HOW TO SURVIVE MIT GESCHWISTERN

KATJA SCHWARZ

HOW TO SURVIVE MIT GESCHWISTERN

MANCHMAL HASSEN WIR SIE,
MANCHMAL LIEBEN WIR SIE.
ABER OHNE SIE WÄR'S GANZ
SCHÖN LANGWEILIG!

MIT ILLUSTRATIONEN VON JANA MOSKITO

SCHWARZKOPF & SCHWARZKOPF

INHALT

DER PERFEKTE SCHLACHTPLAN!

Vorwort

Wäre das hier ein durchschnittlicher Ratgeber, würde er vermutlich nach folgendem Prinzip funktionieren: Die Verfasserin ist eine ausgewiesene Expertin für das Thema, über das sie schreibt. Dadurch kann sie den LeserInnen im besten Fall etwas mit auf den Weg geben, das diese bis zum Zeitpunkt, in dem sie ihr Buch in den Händen halten, noch nicht wussten. Eine Art SchülerIn-LehrerIn-Verhältnis.

Mit diesem Ratgeber verhält es sich jedoch etwas anders.

Denn die Wahrheit ist: Wir alle sind Expertinnen und Experten auf diesem Themengebiet. Zumindest diejenigen von uns, die zu der knappen Mehrheit der Kinder in Deutschland gehören, die in einem der schätzungsweise 3,7 Millionen Haushalte[1] groß werden oder geworden sind, in denen es mindestens zwei Heranwachsende gibt. Wir alle sind daher echte Profis, was die verschiedensten Überlebensstrategien mit Brüdern und Schwestern angeht.

Kein Wunder, denn immerhin bestreiten wir Betroffenen in etwa die gleichen Kämpfe, erleben unvergessliche Momente und machen damit letztendlich das scheinbar Unmögliche möglich: We survive – also wir überleben – mit, beziehungsweise trotz Geschwistern! Diese vielen schrecklich schönen Momente, oder, kurz gesagt, ganz typischen Geschwistererfahrungen, die wir dabei alle gemacht haben, verbinden uns Brüder und Schwestern miteinander. Selbst Geschwister zu haben und einer anderen Schwester oder einem Bruder gegenüberzustehen, vereint Menschen schließlich auf der ganzen Welt. Ob in Berlin, Buenos Aires, Boston oder auf Bali, egal wo man beispielsweise den Satz »*Das hier ist mein Bruder*« sagt oder hört, man versteht seine besondere Bedeutung in jeder Kultur. Jede oder jeder von uns würde die Seiten eines Buches zu diesem Thema mit verschiedenen Geschichten, Erinnerungen oder Erlebnissen füllen und vielleicht auch hin und wieder zu unterschiedlichen Schlussfolgerungen kommen, denn immerhin ist jeder Lebensweg zwischen, mit und unter Geschwistern sehr individuell. Interessanterweise laufen Gespräche über Erfahrungen mit Geschwistern dennoch häufig sehr ähnlich ab. Meiner Erfahrung nach hat jedes Geschwisterkind aus dem Stegreif heraus mindestens ein Dutzend spannende, gemeine, glückliche, lustige, traurige und oftmals sogar mehr oder weniger traumatische Geschichten über das Zusammenleben mit den eigenen Brüdern und Schwestern auf Lager. Und uns alle verbindet dabei ein ganz besonderes Phänomen: Es gibt, soweit ich weiß, nur wenige Konflikte und traumatische Ereignisse im Leben, die uns so sehr prägen und über die wir dennoch gleichzeitig mit einem Lachen im Gesicht sprechen können. Und es gibt auch nur wenige Menschen, deren Eigenschaften uns dermaßen konsequent auf den Zeiger gehen, denen wir aber im selben Moment sozusagen per Naturgesetz schon längst wieder verziehen haben und uns, manchmal sogar ebenfalls lächelnd, tatsächlich mit den Worten zufriedengeben: »*Das war eben schon immer einfach typisch für …*« Das alles trifft fast ausschließlich auf uns und unsere Geschwister zu, denn »*Geschwister sind unsere ersten Spielpartner. Mit einem Bruder oder einer Schwester empfinden wir Gefühlspremieren wie Liebe, Wut, Freude, Eifersucht oder Zusammengehörigkeit. Was wir mit ihnen erleben, wird zum Maßstab für unser späteres Leben*«[2].

Und noch etwas nehmen wir Geschwister meist aus all diesen Lehren, die wir uns gegenseitig beibringen, mit: Wir haben uns, mehr oder weniger bewusst, kreative Strategien einfallen lassen, wie wir es mit den nervtötenden LebensbegleiterInnen, die wir uns gewiss nicht freiwillig ausgesucht haben, die wir jedoch aus unerfindlichen Gründen trotzdem so sehr lieben, irgendwie doch ganz gut aushalten. In Zeiten, in denen wir mittendrin im Geschwisterchaos stecken, meist in der Kindheit und in der Jugend, legt sich keiner, den ich kenne, einen detaillierten HOW TO SURVIVE Guide zu – zumindest nicht bewusst. Wir sind zu diesem Zeitpunkt schließlich viel zu sehr damit beschäftigt, von unseren Geschwistern genervt zu sein, sie selbst zu ärgern, aber zum Glück in der Regel auch oft genug damit, Spaß mit ihnen zu haben. Und weil deshalb die meisten und besten Verhaltensstrategien unter Geschwistern im Alltag ganz ohne Kalkül, sondern vielmehr automatisch ablaufen, entstehen zwar nebenbei, aber deshalb nicht weniger effektiv, ganz persönliche »Überlebenstricks«. Beim Recherchieren, Geschichtensammeln, im Gespräch mit anderen »LeidensgenossInnen« und »KomplizInnen«, beim Schreiben und Erinnern habe ich daher das erste Mal ganz gezielt nach den erfahrungsgemäß besten Verteidigungsstrategien gesucht und dabei viel über uns Geschwister gelernt: Wir alle tragen einen unfassbar großen Erfahrungsschatz in uns, und es ist daher höchste Zeit für einen Überlebens-Guide von Geschwistern für Geschwister, in dem einige dieser kreativen Tipps festgehalten werden und wir so voneinander lernen können. Unterhält man sich nämlich mit anderen Brüdern und Schwestern, stellt man recht schnell fest: Wir alle sitzen im selben Boot. Lasst uns deshalb gemeinsam von den Geschichten oder sagen wir lieber raffinierten Schlachtplänen für das Zusammenleben mit Geschwistern, die ich in diesem Buch zusammengetragen habe, profitieren. Mit etwas Glück und Raffinesse werden wir Brüder und Schwestern auf diese Weise von nun an nicht mehr zu kurz kommen, zu Tode genervt werden oder gegen unseren Willen in einer unbeliebten Geschwisterrolle feststecken bleiben.

Und im besten Fall erheitert die eine oder andere Erfahrung oder Idee, die ich hier teile, ja gleichzeitig ein bisschen. Denn gerade für alle, die Geschwister in ihrem Leben haben, ist die beste Geheimwaffe nach wie vor immer das Motto: *Humor ist der Knopf, der verhindert, dass uns der Kragen platzt.*[3]

Ganz egal ob man gerade noch mittendrin steckt in der Zwangs-WG mit den eigenen Geschwistern oder schon erwachsen und ausgezogen ist. Unsere Brüder und Schwestern werden immer ein Teil unseres Lebens sein und damit auch auf ewig das Potenzial dazu haben, uns auf die Nerven zu gehen. Wir sollten daher niemals vergessen, wie wir uns gegenseitig zu echten ÜberlebenskünstlerInnen gemacht haben. Über das Bootcamp, durch das wir uns auf diesem Weg gegenseitig geschickt haben, könnte schon jede einzelne Familie wahrscheinlich unendlich viele Seiten füllen. Dennoch habe ich, um die Geduld, die Selbstreflexion und den Humor meiner eigenen Geschwister und mir nicht überzustrapazieren, auch Geschichten und Beispiele von Freundinnen und Freunden mit aufgenommen. Da ich außerdem in meiner Schwesternlaufbahn schon oft genug die Provokateurin verschiedenster Geschwisterstreite war und diese Rolle lieber nicht auch noch in meinem Freundeskreis einnehmen möchte, habe ich die Namen der Hauptpersonen abgeändert. Die Geschichten sind allerdings inhaltlich (jedoch wohlgemerkt subjektiv betrachtet) zu 100 Prozent so in meinem oder im Leben meiner Bekannten passiert. Aus friedensstiftenden Gründen fühle ich mich außerdem dazu verpflichtet, ausdrücklich hinzuzufügen, dass alle Menschen (mich mit eingeschlossen), mit denen ich über ihre Schwestern und Brüder gesprochen habe, neben den vielen zwar schockierenden, aber zweifelsfrei sehr typischen Geschwistersituationen auch immer wieder betont haben, wie bedingungs- und ausnahmslos sie in jeder Lebenssituation auf ihre Brüder und Schwestern zählen können. Darauf sind wir schließlich alle, obwohl wir uns so häufig übereinander beschweren, überaus stolz: Wir Geschwister wissen ganz genau, selbst wenn mal einer von uns hinfällt, wir werden uns immer wieder gegenseitig aufhelfen – zumindest sobald wir aufgehört haben zu lachen, das versteht sich natürlich von selbst.

Katja Schwarz

1. KAPITEL

DER WILDE WESTEN – DIESE FAMILIE IST ZU KLEIN FÜR UNS ALLE

Ein waschechter Optimist würde es vermutlich so beschreiben: Wir Geschwister wachsen alle in einer Art Luxus-WG auf. Die (Kinder-)Zimmer sind schön, der Gemeinschaftsraum (Wohnzimmer) sehr gemütlich, und man hat in der Regel sogar unfassbar zuvorkommendes Personal (Eltern), sozusagen zur ständigen Verfügung. Es serviert jeden Tag tolle Gerichte, der Wäscheservice läuft (zumindest die ersten paar Jahre des Lebens) ganz ohne Gegenleistung wie am Schnürchen, und das Freizeitangebot beinhaltet sogar eine/n persönliche/n Entertainer (Wahlweise Mama oder Papa). Klingt fast zu schön, um wahr zu sein, oder? Ganz richtig, wir Geschwisterkinder müssen nämlich schnell lernen, es gibt in der Tat einen klitzekleinen Haken an der Sache: Du darfst dir deine/n MitbewohnerInnen in dieser Idylle nicht selbst aussuchen. Es ist völlig egal, welche Ansprüche du grundsätzlich gerne an deine/n WohnpartnerInnen stellen würdest, du hast noch nicht einmal einen Einfluss auf das Geschlecht deiner Zimmer- und WohnungsgenossInnen. Unsere Eltern setzen sie uns einfach knallhart und ungefragt vor die Nase. Und obwohl alle anderen Umstände in dieser Wohnform das Potenzial zum echten Traumleben hätten, macht dieses eine kleine Detail dein Leben mit Brüdern und Schwestern eben nicht zur Luxus-WG, sondern zur echten Zwangswohngemeinschaft. Und an genau diesem Punkt beginnt nicht selten die unendliche Kettenreaktion der Probleme. Oder anders formuliert: Willkommen im Familienalltag mit Geschwistern!

WIE DU DIR TROTZ »ERST ESS ICH MEINS, DANN TEILEN WIR UNS DEINS«-MENTALITÄT DEINEN ANTEIL SICHERST

Liebe Eltern, ihr habt ja wirklich alle Hände voll zu tun mit uns Kindern. Ihr sorgt dafür, dass unser Hauptnahrungsmittel nicht aus einer Haribotüte kommt. Dass wir unsere Hände nicht in die interessanten Löcher in der Wand stecken (ja richtig, die mit den zwei Augen, aus denen der Strom kommt). Und ihr verhindert, dass wir kleine Playmobilhütchen im Ohr, in der Nase oder wahlweise in irgendeiner anderen Körperöffnung verstecken. Okay, machen wir ein »meistens« daraus: Meistens schafft ihr es, das zu verhindern. Deshalb habe ich auch größtes Verständnis für sehr viele eurer Entscheidungen. Ich kann mir zum Beispiel sehr gut vorstellen, wie man unter solchen Umständen ganz schnell zu dem Trugschluss kommen kann, dass es eine superclevere und noch dazu harmlose Idee ist, zwei Kinder, sagen wir, mich und meine große Schwester, mit je einer Milchschnitte in der Hand alleine im Wohnzimmer zu lassen und in die Küche zu gehen. Dafür hat sich zumindest meine Mutter vor etwa 22 Jahren entschieden. Das Verständnis für dieses Vorgehen wächst sogar noch, wenn ich bedenke, dass wir mit drei und sechs Jahren schon seit einiger Zeit mit den Grundregeln des Teilens und dem Begriff des persönlichen Eigentums vertraut waren.

Die Wahrheit ist allerdings, und das weiß jede/r, die/der Geschwister hat: Genau dann, wenn eine Situation ausgesprochen friedlich erscheint, stehst du eigentlich schon mit beiden Beinen im Haifischbecken. Und der Hai, der in meinem Fall darin schwamm, steht auf die extra Portion Milch: nämlich meine Milchschnitte!

Unter Geschwistern, vor allem, wenn man zu einem der Kleineren gehört, schnappt die Falle immer genau dann zu, wenn man es am wenigsten erwartet – und auch manchmal, wenn man es auf jeden Fall erwartet. Also, im Grunde genommen, schnappt sie generell recht oft zu. Am tückischsten ist sie aber eben genau dann, wenn man nicht damit rechnet, wie zum Beispiel, wenn mein dreijähriges Ich ganz friedlich auf der Couch sein spontanes Milchschnittenglück genießen will. Aber noch bevor ich meinen Schatz aus der Verpackung holen konnte, lächelte mich meine große Schwester Tina, zu dieser Zeit Vorbild, Freundin und häufigste Spielkameradin, an, als wären wir die größten Komplizinnen. Ein vertrauenerweckender Blick, gefolgt von folgendem raffiniert gewählten Satz: *»Hey Katja, ich habe eine gute Idee: Wie wär's, wenn wir es so machen: erst ess ich meins, dann teilen wir uns deins?«*

Alles, was ich in diesem Moment hörte, waren Schlagworte wie: »... eine gute Idee ... teilen..«

Dies führte im Kopf der dreijährigen Katja zu folgenden Gedanken: *Ui, eine tolle Idee meiner großen Vorbildschwester, das ist bestimmt ein super Plan, und dieses Teilen soll ja angeblich auch etwas ganz Tolles sein, meine Mama schwärmt jedenfalls auch die ganze Zeit davon.*

Fazit Katja: *»Ja klar, bin dabei.«*

Solche oder so ähnliche Situationen hat bestimmt jedes Geschwisterkind schon einmal erlebt. Ruck, zuck bringt einen der Bruder oder die Schwester um den eigenen Anteil und – da sind wir uns wahrscheinlich alle einig – das gilt es in jedem Fall zu verhindern. Es schadet also nicht, sich auf solche Fallen vorzubereiten – denn, sie werden kommen!

Hierfür gibt es zwei, mir bekannte, effektive Wege. Dass Teilen eine wertvolle Tugend ist, die man vor allem unter Geschwistern lernt, steht außer Frage. Die gute Nachricht deshalb zuerst: WissenschaftlerInnen sind sich sicher, dass uns traumatische Situationen wie meine Milchschnitten-Erfahrung im Alltag echte Vorteile bringen.

Die Psychoanalytikerin Katharina Ley ist sogar davon überzeugt, dass wir innerhalb von Geschwisterkonstellationen das Grundkonzept von Demokratie erlernen. Einzelkinder haben es als Erwachsene ihrer Meinung nach oft viel schwerer, sich in eine Gemeinschaft einzufügen, in der jede/r die gleichen Rechte und Pflichten hat. Geschwister verlangen dagegen schon früh voneinander Verständnis, Rücksicht und gemeinsame Verantwortung und natürlich auch das berühmte Teilen. Und weil es immer wieder auszuhandeln gilt, wie viel jedem oder jeder Einzelnen in verschiedenen Situationen zusteht, werden wir Geschwister schon früh Profis im Verhandeln und Überzeugen, im Nachgeben und im Kompromisse eingehen. Wir lernen, Mehrheitsentscheidungen zu akzeptieren, und sind damit schon fast so etwas wie kleine DemokratInnen und KompromissmeisterInnen. Davon profitieren wir Geschwisterkinder im Erwachsenenleben dann definitiv. Eine Möglichkeit, »Teil-Konflikte« unter Geschwistern auszuhalten, wäre also: Seht die Situation positiv und als eine Art Reifeprüfung und Chance für unsere späteren Kompetenzen an. Die eigene Familiensituation könnte dann im Prinzip im Lebenslauf unter dem Punkt »besondere Fähigkeiten« stehen.

Was aber, wenn das Verhandeln und Teilen im Kinderzimmer untragbar ist, weil es ständig unfair und inakzeptabel abläuft? Das liegt ja aller Erfahrung nach durchaus im Bereich des Möglichen, wie das oben skizzierte Beispiel in all seiner Dringlichkeit verdeutlicht. Für solche hartnäckigen Fälle sollte sich jedes Geschwisterkind und jede/r zukünftige SuperdemokratIn neben der Akzeptanz von Geschwisterpflichten und Rücksicht auch noch eine zusätzliche Fähigkeit aneignen. Immerhin kann im Erwachsenenleben nicht nur die Kompromissbereitschaft, sondern auch der Kampfgeist hilfreich sein. Das würden bestimmt auch Wissenschaftlerinnen wie Frau Ley nicht abstreiten. Deshalb gibt es eine zweite Variante, die uns Geschwistern dabei helfen kann, mit »Teil-Konflikten« umzugehen. Eine Variante, für die man sicherlich nicht den Friedensnobelpreis, dafür aber wenigstens seine rechtmäßige Portion raffinierten Zucker bekommt:

Wer seinen Teil des Kuchens sichern möchte, muss sich an die alt bewährten Dschungelgesetze halten: Einem Raubtier kehrt man niemals den Rücken zu! Bedeutet: Habe ich etwas gefunden oder bekommen, was jetzt und vor allem auch dauerhaft mir gehören soll, lasse ich es nicht mehr aus den Augen. Unbeobachtete Schokoladenhasen, Plätzchenboxen oder Spielzeuge sind wie Freiwild und werden entsprechend schnell vom Feind erbeutet. Falls ich absolut nicht darum herumkomme und meine Schätze doch mal alleine lassen muss, hat sich die Bunkermethode sehr bewährt. Zu beachten dabei: Kostbarkeiten niemals alle am gleichen Ort verstecken. Die Wahrscheinlichkeit für das Fortbestehen der persönlichen Vorräte wird durch unterschiedliche Aufbewahrungsorte deutlich erhöht. Wer nicht genügend Zeit hat, um derart taktisch vorzugehen, dem bleibt noch die Option auf einen schnellen und drastischen Feldzug: die

Markierung! Besonders wirksam und von Geschwistern weltweit geprüft und bestätigt, ist sie in folgendem beispielhaften Szenario. Eine Familie hat Pizza bestellt und ist auf die pädagogisch und im Hinblick der Vermittlung des Prinzips des Teilens sehr wertvolle Idee gekommen, wenige, aber dafür sehr große Pizzas zu bestellen, sodass keines der Geschwister eine eigene bekommt, sondern alle Stücke untereinander aufgeteilt werden müssen. In so einem Fall würde normalerweise gelebter Darwinismus ins Spiel kommen: Im Klartext, der oder die schnellste EsserIn gewinnt! Es gibt allerdings einen Weg, um seine Ration zu sichern und trotzdem in Ruhe essen zu können. Der Trick: Man muss seine Stücke unwiderruflich markieren und vor den Geschwistern reservieren. Am besten funktioniert das, indem man sich kurz über die Hand schleckt und damit seine Wunschstücke berührt. Aber Achtung! Wichtig ist, dass die Eltern davon nichts mitbekommen (sonst gibt's Ärger). Abgesehen davon ist das erfahrungsgemäß eine sehr effektive Methode, um die Geschwister von den eigenen Stücken fernzuhalten.

Im Nachhinein, muss man zugeben, haben notwendige Verteidigungsstrategien wie diese den ursprünglich sehr langweiligen Prozess des Essens auch irgendwie ein bisschen aufregender gemacht und bestimmt das kreative (Verteidigungs-)Denkvermögen geschult. Auch wenn so viel Ehrgeiz angeblich gar nicht nötig gewesen wäre. Nach eigenen Angaben behaupten Eltern, darunter auch meine Mama, nämlich im Nachhinein gerne felsenfest, dass sie in unfairen Situationen immer eingeschritten sind und für Ordnung und Gerechtigkeit gesorgt haben. Ich bin mir da allerdings nicht ganz so sicher. Woher sonst sollte das tiefsitzende Gefühl in mir kommen, das ich heute noch oft verspüre, sobald meine Schwester sich im Café neben mich an den Esstisch setzt und nur ein Getränk bestellt, weil sie ja angeblich *»gar keinen Hunger«* hat?

In solchen Situationen kickt sofort mein Sympathikus, also ein Teil des unbewusst funktionierenden Nervensystems, ein: Mein Puls geht hoch, die Herzfrequenz steigt, die Pupillen weiten sich, mein

Körper verfällt automatisch in eine erhöhte Alarm- und Leistungsbereitschaft. Im Klartext: Er schaltet in den Flucht- und Verteidigungsmodus. Meistens schaffe ich es leider trotzdem nicht mehr rechtzeitig, dem nur allzu vertrauten Satz zu entkommen: *»Darf ich mal probieren? Ein ganz kleines Stück? Nur mal eben reinpicken.«* Jaja, ist klar. Zum Glück bin ich durch die härteste »Teil-Schule« gegangen, die es auf der Welt gibt: Eine Kindheit unter Geschwistern. Nur so bringe ich heute die innere Stärke auf, um meiner Schwester ganz kompromissbereit und friedensorientiert den Teller rüberzuschieben und ihr meine Gabel zu überlassen.

WIE DU NICHT STÄNDIG MIT GEBRAUCHTEN SACHEN HERUMLÄUFST, DIE DIR NICHT GEFALLEN

Kennt ihr diese Momente, in denen euch jemand von etwas erzählt, von dem ihr bis zu diesem Zeitpunkt noch nie gehört habt, aber in der Sekunde, in der ihr davon erfahrt, trotzdem eines ganz genau wisst: Das ist die Antwort auf alle meine Wünsche, das Potenzial zum Superlativ meines Lebens, sozusagen der Schlüssel zu meinem inneren Frieden? So oder so ähnlich ging es mir jedenfalls einmal in der siebten Klasse. In diesem Moment war ich mir sicher, dass nur diese eine Sache passieren müsste, und ich würde schwuppdiwupp die beste Version meines Lebens führen. Die Rede ist von einer Unterhaltung, die ich auf dem Pausenhof meines Gymnasiums führte. Gemeinsam mit meinen besten Freundinnen saß ich versammelt auf einer Bank. Das Gespräch drehte sich vermutlich gerade um eher durchschnittliche Inhalte wie doofe LehrerInnen, übertrieben viele Hausaufgaben oder um die Frage, wann wir endlich mal wieder eine Freistunde haben.

Das Gespräch plätscherte so dahin, bis jemand ganz beiläufig in die Runde fragte: »*Und was macht ihr so am Wochenende?*« Neben üblichen Antworten wie Schwimmen, Fußball oder Grillen ließ meine Freundin Kerstin ganz nebenbei einen Satz mit ungeahnter Faszination fallen. Falls ich es bis dahin nicht war, wurde ich spätestens bei den Schlagwörtern »*Mailand*« und »*shoppen*« schlagartig hellhörig. Auf meine Nachfrage hin wiederholte sie die magischen Worte im ganzen Satz: »*Meine Mama fliegt mit mir am Wochenende nach Mailand zum Shoppen.*«

Ähm …, wie bitte? Ein Wochenendeinkauf in Italien? Meine Shopping-Erlebnisse bestanden lange Zeit aus der zweimaligen Frage pro Jahr, welche der Birkenstocksandalen aus dem aktuellen Saisonkatalog ich denn gerne haben wolle (und zwar lange bevor

Heidi Klum sie zum Trend gemacht hat), der Frage, ob ich nicht mal eben in die Turnschuhe meiner großen Schwester schlüpfen könne, um zu sehen, ob mir ihre alten noch passen, und der Aufforderung *»dreh dich doch mal kurz, damit die Oma sehen kann, ob sie das noch kürzer nähen soll«*. Zugegeben, je älter (und wahrscheinlich vehementer) ich wurde, desto öfter durfte ich mir auch eigene Sachen aussuchen. Aber glaubt mir, ich habe trotzdem alle Stufen der getragenen, recycelten, selbst gemachten oder aus rein praktischen Gründen angeschafften und dadurch extrem uncoolen Kleidungsstücke durchlebt. Wie weit ein spontaner Shoppingtrip mit meiner Mutter nach Mailand unter diesen Umständen von meiner Realität entfernt war, sollte deutlich geworden sein. Im Nachhinein betrachtet, hatte ich dadurch natürlich weder weniger Freunde und Freundinnen als meine Mailand-Klassenkameradin, noch sonstige Nachteile im Leben. Damals habe ich das aber natürlich noch nicht so gesehen und war mir auch ganz sicher, wem ich meinen Mangel an derart extravaganten Shoppingerlebnissen zu verdanken hatte: meinen Geschwistern! Diese Menschen, die dummerweise meistens, genau ein bis drei Jahre vor mir, exakt meine aktuelle Kleidergröße getragen haben, dies nun nicht mehr tun und deshalb alle ihre alten Klamotten an mir hängen bleiben. Wie es der eine oder andere vielleicht schon geahnt hat, ist Mailand-Kerstin ein Einzelkind, und ich war mir sicher, dass ich in den gleichen Shoppinggenuss wie sie kommen würde, wären da nur nicht meine beiden Geschwister, mit denen ich bis zu den Socken und Unterhosen – und das ist wörtlich gemeint – schon alles geteilt habe.

Ich bin mir sicher, jedes Geschwisterkind hat seine eigene, ganz persönliche Mailand-Kerstin-Erinnerung, die uns um die verpassten Chancen, die wir als Einzelkinder hätten nutzen können, ganz besonders trauern lässt. Aber auch wir Abgetragene-Schlabberpulli-TrägerInnen sollten die Hoffnung nicht aufgeben. Es gibt nämlich einige Strategien, die auch uns helfen können, mit dem Schicksal »Klamottenteilen« besser umzugehen.

Zunächst einmal vorneweg: Ich stehe absolut auf der »Ich will meine eigenen Klamotten im Schrank haben«-Seite, aber eine Sache sollte man sich vielleicht tatsächlich mal vor Augen führen. Wir Kinder wachsen NICHT wie Unkraut. Nein, wir wachsen teilweise sogar schneller. Während manche Unkrautarten, selbst wenn sie sich so richtig wohlfühlen, nur ein paar Zentimeter pro Jahr wachsen, legen wir Menschen schon in unseren ersten zwölf Monaten so richtig los. Wir sind nach dem ersten Lebensjahr nämlich im Schnitt schon um etwa 24 Zentimeter größer, als wir es noch zum Zeitpunkt unserer Geburt waren. Im zweiten Lebensjahr wachsen wir dann immer noch um die zwölf Zentimeter und im dritten Lebensjahr um ganze acht. Alleine innerhalb der ersten drei Lebensjahre wachsen wir also statistisch gesehen durchschnittlich um 44 Zentimeter.[4] Bis in die Pubertät legen wir dann jedes Jahr weitere fünf bis sechs Zentimeter pro Jahr oben drauf. Das wiederum entspricht mindestens einem Unterschied von ein bis zwei Kleidergrößen PRO Jahr. Für eine Familie mit beispielsweise drei Kindern, in der jedes Kind ausschließlich seine eigenen Klamotten bekommt, würde das bedeuten, dass unsere Eltern jedes Jahr, wenn es gut für sie läuft, also bei »nur« durchschnittlichem Wachstum der Kinder, sechs komplette Kleiderschrankausstattungen finanzieren müssten. Und da sprechen wir allein von der Grundausstattung, dazu kommen natürlich noch saisonale Kleidungsstücke wie Röcke, Bademode oder Winterstiefel. Beim Anblick dieser Zahlen fällt es vielleicht an der einen oder anderen Stelle etwas leichter, Verständnis für das Vorgehen unserer Eltern aufzubringen. Wer sich allerdings in Anbetracht der ausgelatschten Sportschuhe seiner Geschwister mit dem Verständnis etwas schwertut, muss sein Vorgehen taktisch intensiver planen. Vielleicht findet ihr im Folgenden ja ein wenig Inspiration dafür.

Zunächst einmal herzlichen Glückwunsch an alle, die nur einen Altersabstand von maximal zwei Jahren zu ihren Geschwistern haben. Nach der Rechnung von eben schafft ihr es vielleicht sogar, die Klamotten eurer großen Geschwister abzugreifen, während die noch, zumindest annähernd, der aktuellen Kollektion entsprechen. Wenn du es dann noch hinbekommst, vielleicht doch das eine oder andere eigene Teil abzustauben, hast du quasi die Vielfalt von zwei Kleiderschränken zur Verfügung. Könnte doch schlechter laufen, oder? Je nachdem, wie alt deine älteren Geschwister schon sind, bekommen sie vielleicht auch schon mehr Taschengeld oder verdienen sogar ihr eigenes Geld und können sich die neusten Sneakers (die du eh haben wolltest) leisten. Schade nur, dass auch die Füße bis in die Pubertät etwa eine ganze Schuhgröße pro Jahr wachsen. Und die Gesetze der Natur spielen euch in solchen Fällen ausnahmsweise mal in die Karten, und ihr kommt schneller, als ihr gedacht hättet, zu den Sneakers, die ihr euch nie selbst hättet leisten können.

Mit all diesen Informationen könnt ihr also eine ganz bestimmte Strategie anwenden. Und die heißt: Weitsicht. Wer vorausschauend plant, profitiert spätestens eine Kleidergröße später davon. Der Fokus sollte dabei auf den größeren Geschwistern liegen. Prägt euch ihre Einkaufsgewohnheiten genau ein. Kurz bevor ihr wisst, dass sie neue Klamotten kaufen beziehungsweise bekommen werden, beginnt eure Geheimmission. Die Geschwister sind quasi eure Schaufensterpuppen. Alles, was ihr an ihnen seht, könnte immerhin bald euch gehören. Ihr seht im Prinzip schon jetzt, wie euer zukünftiges Kleidungsstück in Kombination mit unterschiedlichen Teilen aussieht, was gut funktioniert – und was überhaupt nicht. Hier könnte der erste Anknüpfungspunkt sein. Ein ganz nebenbei erwähntes *»coole Jeansjacke, die neuen Nike Airs würden dir dazu bestimmt super stehen«* pflanzt den Samen für euer zukünftiges Lieblingsoutfit. Wenn ihr es clever anstellt, kaufen eure Geschwister mithilfe eurer Tipps und Kommentare zumindest zu einem Großteil das, was ihr selbst ohnehin gerne tragen würdet. Dass sie es ein paar Monate vor euch schon anhatten, lässt sich dann doch viel leichter verkraften. Empfehlenswert ist es aber, den Eltern nichts von dieser Strategie zu erzählen. Wenn sie nicht wissen, dass die alten Jeans des großen Bruders vielleicht doch nicht so schlimm sind, wie ihr sonst immer behautet habt, bekommen sie vielleicht ab und zu doch mal wieder kurz ein schlechtes Gewissen und kaufen euch eure eigenen ungetragenen Hosen.

Falls deine Geschwister jedoch völlig beratungsresistent für deine guten Outfitideen sind, musst du zu härteren Maßnahmen greifen. Deine Verhandlungskünste sind gefragt! Vielleicht lassen sich deine Eltern ja auch auf einen Kompromiss ein. Die Sachen, die du von deinen Geschwistern übernehmen sollst, aber absolut nicht für tragbar hältst, könntest du zum Beispiel auf Online-Plattformen verkaufen. Für getragene Klamotten bekommt man natürlich lange nicht mehr so viel, wie sie zum Zeitpunkt des Erstkaufs wert waren, aber ein kleines Taschengeld kann schon dabei rausspringen. Mit dem Erlös kaufst du dir dann ganz neue und – das ist das Allerwichtigste – EIGENE Klamotten. Das wäre doch gar kein schlechter Deal?!

SIEGERTREPPCHEN: WIE DU RIVALITÄTEN UND KONKURRENZKÄMPFE ÜBERSTEHST UND DIR DEN SIEG SICHERST

Große Geschwister sind die Pest, kleine Geschwister die Cholera. Es gibt niemanden auf der Welt, den ich mehr liebe als meine Geschwister. Ich weiß genau, wie ich sie am besten bloßstellen und provozieren kann.

Einmal habe ich es geschafft, meinen kleinen Bruder am Esstisch mit bloßen Blicken zum Weinen zu bringen – und ja, etwas Stolz schwingt bei dieser Erinnerung definitiv mit. Wenn jemand schlecht über ihn sprechen würde, verteidige ich ihn notfalls auch mit Fäusten. Mit meiner Schwester halte ich wie Pech und Schwefel zusammen, und am liebsten verpetze ich sie bei günstiger Gelegenheit. Meine Geschwister sind lieb, streitsüchtig, gemein, hilfsbereit, großkotzig, mutig, doof, großzügig und besserwisserisch. Meine Schwester und mein Bruder sind meine größten Rivalen und gleichzeitig auch die treuesten Verbündeten, die ich jemals hatte.

Klingt alles ziemlich unlogisch und gegensätzlich, oder? Nein, ganz und gar nicht! Bestimmt nicht in den Ohren von Menschen, die Geschwister haben. Ihr wisst genau, was ich damit meine. Mir fällt wirklich keine bessere Beschreibung für eine Geschwisterbeziehung ein, als diese Aneinanderreihung von auf den ersten Blick maximal weit voneinander entfernten Attributen und Gefühlen. Geschwister verhalten sich nie einfach nur »großartig« oder »total blöd«, die meiste Zeit über machen sie beides.

Geschwisterbeziehungen sind einzigartig: Eltern sterben, Freunde verschwinden, Intimbeziehungen lösen sich auf, doch Geschwister sind in der Regel unsere lebenslangen WeggefährtInnen, obwohl wir mit ihnen gleichzeitig die vermutlich heftigsten Streite und gewalttätigsten Auseinandersetzungen unseres Lebens führen.

Über das letzte Buttercroissant lässt es sich einfach wunderbar zanken, oder darüber, wer das Zimmer aufräumen muss. Oder noch viel besser, wer es überhaupt dreckig gemacht hat. Wer später nach Hause kommen darf, die Playstation besetzt oder wer genau wem schon wieder irgendein Kleidungsstück gestohlen hat. Wer alleine Brötchen holen darf, Matheaufgaben schon lösen kann (ja als Kind ist man auf die seltsamsten Dinge neidisch), wer mehr Geschenke bekommen hat oder mehrere Entscheidungen treffen darf und so weiter und so weiter und so weiter. Die Gründe für einen Streit sind wortwörtlich so vielfältig und variabel wie Sand am Meer. Jede/r, der Geschwister hat, weiß, dass das keine Übertreibung ist.

Über die Ursachen für die zahlreichen Gründe, die wir Geschwister ständig zum Streiten finden, wird bis heute unterschiedlich diskutiert.

Ein Großteil der PsychoanalytikerInnen sieht die Wurzel der geschwisterlichen Rivalität im sogenannten »Entthronungstrauma« des erstgeborenen Geschwisterchens. Bis zur Geburt seines Bruders oder seiner Schwester musste das Erstgeborene die Liebe und Aufmerksamkeit der Eltern niemals teilen. Plötzlich ändert sich das alles auf einen Schlag, und ein »brandneues« und noch dazu ziemlich bedürftiges Familienmitglied macht sich breit. Nun muss das Erstgeborene die Aufmerksamkeit nicht nur ein kleines bisschen teilen, nein, die Eltern kümmern sich auch noch extrem intensiv um den Neuankömmling. Schnell stellt sich heraus, dass das kleine Bündel Mensch wirklich rein gar nichts alleine machen kann. Noch nicht einmal schlafen – und das ist nun wirklich das Einfachste auf der Welt. Aber selbst in diesen Momenten muss es so lange herumschreien, bis Mama oder Papa sich voll und ganz auf den brüllenden Zwerg konzentrieren und das Erstgeborene nicht selten sehr lange warten muss, bis die kleine Schwester oder der kleine Bruder die Eltern wieder freigibt. Solche Erfahrungen scheinen sich Geschwister ein Leben lang nicht wirklich zu verzeihen und finden immer wieder neue Wege, um sich in die Haare zu kriegen.

Meine Freundin Steffi hat mir mal erzählt, ihre Eltern würden heute noch über die Reaktion lachen, die sie als Zweijährige auf ihren kleinen Bruder zeigte. In der einen Sekunde wollte sie ihn ganz alleine baden, und die Eltern sollten am besten nicht einmal in seine Nähe kommen – sie hatte schließlich alles unter Kontrolle –, und in der nächsten Sekunde fragte sie ihren Vater mit großen Augen und unverständlicher Miene: »*Reicht's eigentlich bald? Wann geht der denn wieder?*« Hinter dem Wort »Entthronungstrauma« sollte im Duden ein Schnappschuss meiner Freundin Steffi in genau diesem Moment abgedruckt werden, vermutlich wäre das die eindeutigste Worterklärung, die man je nachschlagen könnte.

Eine zweite Theorie der PsychologInnen zur Ursache der Rivalitäten unter Geschwistern betrifft ganz generell die Eifersucht. Sie gehen davon aus, dass, sobald wir uns mit unseren Geschwistern vergleichen oder von unseren Eltern verglichen werden, der nächste Streit nicht weit entfernt ist.

Das sollte also schon einmal notiert werden: Unsere Geschwisterstreite lassen sich wunderbar, zumindest teilweise, auf unsere Eltern schieben. Die Einflüsse des Erziehungsverhaltens unserer Eltern auf das Ausmaß der Rivalitäten zwischen uns Geschwistern konnte sogar schon mehrfach wissenschaftlich belegt werden.[5] In Momenten, in denen unsere Eltern uns sagen, dass unser Bruder schöner malen kann oder unsere Schwester sportlicher ist als wir, können wir quasi nicht anders, als unsere Geschwister dafür ätzend zu finden. Der erste Schritt in Richtung eines friedlicheren Zusammenlebens müsste daher eigentlich eine höfliche Aufforderung an unsere Eltern sein: Liebe Eltern, bitte vergleicht uns nicht miteinander. Das macht uns wütend, und nur deshalb streiten wir immer so viel. Tolle Ausrede, oder?

Vor allem, wenn wir uns sehr ähnlich sind, also einen geringen Altersabstand oder das gleiche Geschlecht haben, kracht es statistisch gesehen und auch meiner subjektiven Erfahrung nach wohl am heftigsten. Die größte Chance auf Frieden haben übrigens angeblich Geschwister unterschiedlichen Geschlechts mit einem Mindestaltersabstand von drei Jahren.[6]

Was aber tun, wenn unsere Eltern diese Chance auf eine friedliche Geschwisterkonstellation nicht beachtet haben? Wenn sie unsere Geschwister viel zu schnell oder viel zu spät in die Familien bringen? Und dann womöglich auch noch im »falschen« Geschlecht? Natürlich müssen es dann mal wieder wir Kinder ausbaden und damit klarkommen. Das nervt zwar ziemlich, aber wir können es trotzdem schaffen. Zum Beispiel, indem wir uns folgenden Gedanken immer wieder eintrichtern. Es klingt vielleicht etwas komisch, aber das Streiten ist tatsächlich gut für uns, sagen ExpertInnen, wie beispielsweise Erziehungscoach Stefanie Wenzlick.[7] Zumindest, solange alle Geschwister mal Opfer und mal Täter sind. Wir verbringen als Kinder schon im Alter von einem Jahr genauso viel Zeit mit unseren Geschwistern wie mit unseren Eltern, und später steigt diese Zeit sogar noch weiter an. Es liegt also auf der Hand, dass wir uns auch gegenseitig erziehen. Durchsetzungsvermögen und Konfliktbewältigung – das lernen wir im Streit mit unseren Geschwistern zweifelsohne, und davon profitieren wir alle später mal. Wir lernen früh, uns in andere hineinzuversetzen, Konflikte zu lösen, zu verhandeln und manchmal, das Allerwichtigste, uns zu wehren. Wir sind (zumindest theoretisch) gleichberechtigte PartnerInnen mit unseren Geschwistern und lernen, dass wir nachgeben können, uns aber auch manchmal durchsetzen müssen. Kurz gesagt: Soziale Kompetenzen werden unsere Paradedisziplin. Und das hilft uns laut Expertinnen wie Stefanie Wenzlick im Alltag sowie im Schul- und Berufsleben sehr.

Zusätzlich scheint sich Geduld auszuzahlen. Viele GeschwisterforscherInnen sind sich darüber einig, dass die Geschwisterrivalität im Verlauf der mittleren und späten Kindheit sowieso grundsätzlich mit zunehmendem Alter tendenziell immer mehr abnimmt, da sich alle mit Hochdruck ihre eigenen Interessensnischen gesucht haben. Die Folge: eine innere und äußere Abgrenzung von den restlichen

Geschwistern. Bedeutet im Klartext: Weniger Überschneidungspunkte im Alltag gleich weniger Streitpunkte. Als Erwachsene kann man dieses Motto übrigens noch viel intensiver ausbauen. Aber egal in welchem Alter: Fangen wir doch am besten so schnell wie möglich an, zu akzeptieren, dass jedes Geschwisterkind seine oder ihre eigenen Talente und Schwächen hat, und konzentrieren uns lieber mehr auf uns selbst und auf das, was wir persönlich am besten können. Verständlicherweise fällt es manchmal gar nicht so leicht, sich nicht mit den Geschwistern zu vergleichen. Immerhin teilen wir uns mit ihnen statistisch gesehen rund 50 Prozent unserer Gene und erleben innerhalb eines Familienverbandes zusätzlich sehr ähnliche Umwelteinflüsse.[8] Interessanterweise haben ForscherInnen dennoch herausgefunden, dass das enge Zusammenleben gar nicht unbedingt dazu führt, dass wir Geschwister uns so ähnlich entwickeln, wie man meinen könnte. Vielmehr ist das manchmal so lästige Zusammenleben mit unseren Brüdern und Schwestern anscheinend

sogar ein sehr großer Vorteil für uns und unsere ganz individuelle Entwicklung. Studien haben tatsächlich gezeigt, dass sich eineiige Zwillinge, die genetisch sogar vollkommen gleich sind, ähnlicher sind, wenn sie getrennt voneinander aufwachsen, als wenn sie im gleichen Haushalt groß werden.[9] Der vermutete Grund dafür: unser ganz natürlicher Drang, uns von unseren Geschwistern abzugrenzen. Wer ständig mit seinen RivalInnen (den Geschwistern) konfrontiert ist, versucht in der Regel ganz natürlicherweise, einen anderen Weg einzuschlagen, als die VorgängerInnen (die Geschwister) es getan haben. Die Folge: Alle Geschwister entwickeln sich tendenziell etwas unterschiedlich, haben eigene Interessen, Hobbys, Freunde und Vorlieben. Und genau das ist unser erster Schritt Richtung Siegertreppchen. Maßnahme Nummer eins also: Reibungspunkte mit unseren Geschwistern reduzieren und unbedingt eigene Nischen suchen. Also beispielsweise ein Hobby oder ein bestimmtes Interesse. Maßnahme Nummer zwei: diese friedliche, rivalitätsfreie Zone genießen und nicht mehr ständig hektisch über die Schulter schauen, um zu überprüfen, ob der Bruder oder die Schwester einem schon wieder auf den Fersen ist.

Ich habe mich beispielsweise, im Gegensatz zu meiner großen Schwester, die schon mit sechs Jahren Biologiebücher bastelte, schon immer lieber mit Geschichten, Lesen und Schreiben auseinandergesetzt. Mein Bruder hat sich dagegen lange Zeit in erster Linie dem Sport gewidmet. Der Vorteil: So hatte jede/r von uns einen kleinen Bereich, der uns ganz allein gehörte und in dem wir unsere Erfolge niemals mit denen unserer Geschwister messen mussten. Die heftigsten Streite hatten wir tatsächlich in der Sportart, die sich meine Schwester und ich sozusagen geteilt haben. Aber dazu in einem späteren Kapitel mehr.

Sich seine eigene Nische aufzubauen dauert zwar manchmal ein bisschen, aber es lohnt sich. Vielleicht ein eher langfristiger Trost, aber manchmal ist es doch besser, einen kurzen Strohhalm zum Festklammern zu haben, als gar keinen.

Allerdings ist dem einen oder anderen vielleicht doch etwas mehr nach Soforthilfe zumute. Vor allem, wenn ihr doch im gleichen Interessenbecken wie eure Geschwister schwimmt und es bisher noch nicht geschafft habt, euch einen eigenen Bereich zu krallen. Auch dann gibt es natürlich noch die Möglichkeit, es aufs Siegertreppchen zu schaffen. Dafür muss man sich allerdings auf eine neue Perspektive und eine auf den ersten Blick vielleicht ungewohnte Sichtweise der Dinge einlassen. Man könnte versuchen, die Sache einmal so zu sehen: Achtung, das mag jetzt in manchen Ohren etwas absurd klingen. Es handelt sich eigentlich eher um eine Erinnerung als um eine Neuigkeit, aber im Grunde genommen sind wir Geschwister doch ein Team. Falls ihr es (noch) nicht so richtig seid, findet ihr im nächsten Kapitel vielleicht einige Tipps, wie ihr es werden könnt. Das Zusammenschließen kann sich nämlich tatsächlich lohnen, denn wer immer nur gegeneinander kämpft, verschwendet ziemlich viel Energie und verliert manchmal vielleicht sogar den Blick fürs Wesentliche. Warum sich also nicht mal zusammen gegen elterliche Entscheidungen auflehnen? Nichts verbindet schließlich mehr als ein gemeinsamer Gegner. Je nachdem, wie viele Geschwister ihr seid, gewinnt ihr vielleicht schon allein aus demokratischer Sicht in mehrheitlicher Abstimmung und bekommt so viel schneller euren Willen, als wenn ihr es alleine versucht. Überlegt nur, was ihr gemeinsam alles erreichen könntet! Bei Wahlen fürs Abendessen würde garantiert öfter der Pizzaservice gewinnen, den ihr ständig vorschlagt, länger Fernsehen könnte ein Triumph sein oder vielleicht sogar die Anschaffung des so lang ersehnten Familienhundes. Wenn ihr euch zusammentut, habt ihr nicht nur mehr Argumente, sondern auch mehrere traurige Gesichter, die sich das betreffende Anliegen ganz, ganz, ganz doll wünschen. Meint ihr wirklich, eure Eltern können da widerstehen? Mit eurer geballten »Geschwister-Team-Stärke« stehst du mit großer Wahrscheinlichkeit häufiger ganz oben auf dem Siegertreppchen als sonst. Ja, vielleicht nicht immer alleine, aber dafür auf Platz eins, und das zudem auch noch sehr oft. Das ist doch besser, als gar nicht erst in die Nähe eines Sieges zu kommen, oder?

Wer jetzt trotzdem immer noch etwas in der Art denkt wie: *Nie im Leben schließe ich mich mit meinen Geschwistern zusammen,* dem hilft vielleicht die Weisheit, die Al Pacino alias »der Pate« im zweiten Teil des gleichnamigen Filmes schon erkannte: *»Halte deine Freunde nahe bei dir, aber deine Feinde noch näher.«* Vergesst nicht, es sind Geschwister, und die werden wir in der Regel, zumindest die ersten Jahrzehnte unseres Lebens, einfach nicht los. Auch wenn wir uns also nicht aus Sympathie mit ihnen verbünden wollen, sollten wir trotzdem ihre Nähe suchen und sie studieren. So lernen wir ihre Strategien und Gedankengänge kennen, und die können uns im Ernstfall vielleicht den entscheidenden taktischen Vorteil bringen – denn der nächste Streit kommt bestimmt!

WIE DU EIN UNBESIEGBARES GEWINNERTEAM VEREINST

Im vorherigen Kapitel habe ich einen Gedanken angesprochen, der sicherlich in Familienmomenten, in denen gerade Streit und Ungerechtigkeit herrschen, wie ein schlechter Witz klingen mag: Sich mit den Geschwistern zusammentun und so gemeinsam, als Team, auf dem Siegertreppchen landen! Siegertreppchen klingt ja schön und gut, aber als Team? Wirklich? Damit könnte sich der eine oder andere vielleicht schon etwas schwerer tun. Schließlich wollen wir ja häufig nicht den Friedensnobelpreis bekommen, sondern einfach nur unser Recht oder unseren Willen durchsetzen. Zu diesem Zweck mit Brüdern und Schwestern gemeinsam an einem Strang zu ziehen klingt in Anbetracht so mancher Erfahrungen, die wir mit unseren streitlustigen WeggefährtInnen machen müssen, genauso absurd, wie wenn man einen hungrigen Hund höflich darum bitten würde, das saftige, unbeaufsichtigte Steak bitte freundlicherweise nicht vom Grill zu stehlen.

Ich denke da beispielsweise an Momente, in denen meine Schwester meiner Mama gepetzt hat, dass ich geraucht habe. Oder als der Bruder meiner Freundin Elke ihr Aquarium mit einem Tennisball kaputt gemacht hat und damit alle ihre Fische tötete. Und dann wäre da noch dieser eine Moment, in dem ich vermutlich am allerweitesten davon entfernt war, mich jemals mit meinen Geschwistern zusammenzutun. Die Rede ist von dem Tag, an dem meine große Schwester tatsächlich eine Schere nach mir warf. Und zwar keine abgestumpfte kleine Kinderschere, sondern eine 20 Zentimeter lange Küchenschere mit scharfen Klingen. Wenn ich die Geschichte besonders spektakulär aufziehen will, sage ich immer, es war, als hätte sie zwei Messer in meine Richtung gefeuert. Okay, das ist vielleicht etwas übertrieben. Jedenfalls flog »die Waffe« durch die Luft geradewegs auf mich zu, als ein lauter Rums ertönte, direkt gefolgt von einem dumpfen Plopp und schrillem Gläserklirren. Der Rums, das war die Zimmertüre, die ich gerade noch so in letzter Sekunde zwischen mich und die Schere schlagen konnte. Der Plopp war die Klinge, die sich etwa auf Augenhöhe in die Türe bohrte, und das grelle Klirren war ein Weinglas im Regal, das umfiel und zersprang, nachdem ich die Türe so heftig zugeschlagen hatte, dass die Schränke vibrierten.

Die nächste akustische Wahrnehmung war einfach nur Stille. Entsetzte Stille! Ein Facebook-Meme würde heute vielleicht dazu sagen »that escalated quickly«. Und das tat es wirklich. Derart heftige Streitszenen waren selbst für unsere Verhältnisse außergewöhnlich selten. Das kurze Schweigen während unserer Schockstarren wurde durch den Schwall an Entschuldigungen meiner Schwester unterbrochen. Sie war natürlich selbst darüber erschrocken, wie sehr sie sich von ihrer Wut hatte treiben lassen. Verziehen habe ich es ihr erstaunlich schnell. Allerdings kenne ich auch fast niemanden, der unter Geschwistern aufgewachsen ist und nicht mindestens eine solche Geschichte auf Lager hat, die mit dem Satz *»er/sie hätte mich fast umgebracht«* endet. Insgesamt scheint es also gewissermaßen »normal« für Menschen mit Geschwistern zu sein, immer ein wenig auf Messers Schneide zu tanzen oder, wie in meinem Fall, auf Scheres scharfer Klinge.

Vielleicht denkst auch du jetzt gerade an die heftigste Streitsituation zurück, die du mit deinen Geschwistern erlebt hast. Ein Ausgangspunkt, an dem es mit Sicherheit maximal schwerfällt, sich mit dem Gedanken einer Geschwisterkooperation anzufreunden, oder? Aber ich bin mir sicher, selbst von diesem Standpunkt aus ist es möglich. Und zwar aus einem einfachen Grund: weil Kooperationen mit Geschwistern nicht immer etwas mit Selbstlosigkeit und Friedensorientierung zu tun haben müssen. Wir müssen uns nicht bestens verstehen oder dauerhaft lieb haben, um gemeinsame Ziele zu verfolgen. Wäre das tatsächlich die Bedingung, wäre die Aufgabe, ein Gewinnerteam mit den Geschwistern zu bilden, eine wahre »mission impossible«. Denn wie oft kommt es denn bitte vor, dass wir völlig streitbefreit nebeneinanderher leben? Richtig, meist nicht länger als maximal wenige Stunden am Stück.

Aber das macht nichts, denn, wie gesagt, zum Teamplayer mit seinen Geschwistern zu werden, hat mehr egoistische Vorzüge, als es auf den ersten Blick scheint. Ein erster kleiner Anreiz zum Zusammenschließen mit den Geschwistern ist der ziemlich sicher eintretende Nebeneffekt von Frieden. In den meisten Fällen bedeutet »teamplayen« nämlich weniger Streit. Und um verstehen zu können, dass das positiv für alle Beteiligten ist, muss man nicht harmoniesüchtig oder einfach zu schwach für Auseinandersetzungen sein. WissenschaftlerInnen zufolge erschüttert viel Streit mit Geschwistern und der Familie unser Urvertrauen und kann dazu führen, dass wir später Probleme in Partnerbeziehungen haben oder auf der Arbeit schneller das Handtuch schmeißen, wenn es zu Konflikten kommt, weil wir sie einfach nicht gut aushalten können.[10] Fast so, als hätten wir unser komplettes Streitpotenzial bereits in der Kindheit restlos ausgeschöpft und wären aus diesem Grund als Erwachsene einfach nicht mehr belastbar. Aus rein eigennützigen Motiven sollten wir also dafür sorgen, dass wir nur aufgrund nerviger Streitereien mit unseren Geschwistern später keine ausgeprägten Vertrauens- und Konfliktlösungsprobleme bekommen. Wir brauchen deshalb dringend einige Strategien, um mit unseren Geschwistern als Team Seite an Seite statt auf einem Kriegsfeld zu stehen.

Die Erfahrung zeigt, dass es wider Erwarten häufig einfacher ist als gedacht, sich nach einem Streit wieder mit den Geschwistern zu versöhnen. Häufig liegt das sicherlich auch daran, dass wir keine richtige Alternative haben.

Man müsste sich nur mal vorstellen, ein Fremder hätte mit einer Schere nach mir geworfen: Der- oder diejenige würde mit Sicherheit von der Polizei gesucht und vernommen werden, weil meine Mama ihn oder sie natürlich sofort angezeigt hätte. Ganz sicher würde diese Person jedoch nicht weiterhin mit mir Zimmertür an Zimmertür schlafen, wie es meine Schwester selbstverständlich die folgenden Jahre in unserem gemeinsamen Zuhause weiterhin tat.

Der Grund für diese manchmal fast schon selbstzerstörerisch anmutende Toleranz gegenüber Auseinandersetzungen mit der eigenen Familie ist vermutlich unsere gefühlsmäßige Verbundenheit. Das ist eindeutig Fluch und Segen zugleich, denn genau diese emotionale Geschwisternähe ist einerseits die Voraussetzung für die Entstehung von Rivalitäten zu jeglichen Anlässen, aber auch gleichzeitig die Möglichkeit, diese schnell wieder zu begraben. Mit einer Person, die uns gefühlsmäßig gleichgültig ist, in Rivalität zu treten, hat doch irgendwie so rein gar keinen Anreiz.

Genau diese manchmal logisch nicht nachvollziehbare Macht unserer Geschwisterliebe ist auch der Grundstein für die folgenden Strategien, mit denen wir es schaffen können, trotz zahlreicher Streitmomente mit unseren Geschwistern ein unbesiegbares Gewinnerteam zu bilden.

Wenn man sich erst mal mit dem Gedanken angefreundet hat, mit den Geschwistern gemeinsame Sache zu machen, fallen einem sogar immer mehr Gründe ein, die dafürsprechen. Die möglichen Vorteile liegen direkt vor unserer Nase. Obwohl wir vermutlich dank unserer Geschwister weniger oder zumindest nur geteilte elterliche Aufmerksamkeit bekommen, mehr Streite aushalten müssen und weniger Weihnachtsgeschenke mit unserem Namen darauf unter dem Baum finden, genießen wir gemeinsam, vor allem gegenüber Einzelkindern, doch immerhin auch einige entscheidende Vorteile: Geschwisterkinder müssen nämlich nicht bloß Es-

sen, Klamotten und manchmal sogar Zimmer miteinander teilen. Auch im Urlaub haben wir zum Beispiel immer andere Kinder zum Spielen dabei, können uns Geschenke für alle Familienangehörige ganz einfach zusammen ausdenken und besorgen, uns Haushaltsaufgaben aufteilen und haben außerdem immer jemanden aus einer Generationen in der Nähe, der Computer und das Internet versteht sowie die Jugendsprache spricht oder zumindest davon gehört hat und sie ironisch verwenden kann. Im Gegensatz zu Einzelkindern tragen wir nie die alleinige Schuld für Fehler: Falls die Lage in unseren Zimmern mal wieder eskaliert oder etwas kaputtgeht, haben wir Geschwister immer die Option, alles auf die anderen zu schieben. Ganz nach dem Motto: Solange mein Papa nicht dabei war, muss er erst einmal beweisen, dass ich seine Autotür aus Unachtsamkeit gegen die Hauswand geschlagen haben soll. Kann er das nicht, steht Aussage gegen Aussage, und jede/r der Anwesenden (Geschwister) könnte es ebenso gewesen sein. Im Zweifelsfall für den/die Angeklagte/n, richtig?

Schon diese wenigen Beispiele machen deutlich: Unsere Geschwister und ihre ständige Nähe zu uns können in vielerlei Hinsicht äußerst nützlich sein. Warum dann also nicht gleich ganz gezielt ein Team bilden und gemeinsam Ziele verfolgen? Wenn ihr es clever anstellt, könnt ihr eure Geschwister sogar dazu bringen, eure Anliegen im Team zu unterstützen, auch wenn sie auf den ersten Blick selbst gar nichts davon haben.

Hier nun ein paar Vorschläge, wie genau das gelingen könnte. Der Schlüssel findet sich in Strategien, mit denen ich mich auch in meinem Politikstudium viel beschäftigt habe. Eines Nachmittags im großen Audimax der Ludwig-Maximilians-Universität München, während einer Vorlesung zum Thema Demokratietheorien, hatte ich ein, wie ich es nenne, verpasstes Déjà-vu. Der Professor erklärte uns gerade, wie Staaten, die sich uneinig sind, trotzdem zu einer Lösung gelangen können. Die Zauberworte heißen anscheinend: Verhandlung, Kompromisse, Tauschgeschäfte, das sogenannte

»Bargaining« und die Kunst, entsprechende Anreize für eine Kooperation zu schaffen. Kurz gesagt, hier wird nicht immer nur friedlich darüber gesprochen, wie einig sich alle ohnehin von Anfang an über eine Sache sind, sondern vor allem um UnterstützerInnen und Verbündete gefeilscht und gegenseitige Gefallen ausgetauscht. Das macht auch Sinn. Es gibt ja immerhin aktuell 28 Mitgliedsstaaten in der Europäischen Union, die selbstverständlich so gut wie nie alle einer Meinung sind. Es wäre sehr naiv, anzunehmen, dass sie sich nicht des einen oder anderen Tricks bemächtigen, um ihren egoistischen Willen durchzusetzen. Ganz genau so, wie wir Geschwister eben. Ein »verpasstes Déjà-vu« nenne ich es deshalb, weil ich an dieser Stelle hätte wiedererkennen können, wie ich schon in der Kindheit meine Geschwister mit genau diesen Taktiken dazu gebracht habe, das zu wollen, was ich auch will. Zum Beispiel, wenn es um eine Anschaffung im Kinderzimmer ging oder um das Essen auf dem Familientisch, um das Fernsehprogramm oder das Ziel des nächsten Familienurlaubes. In Wahrheit habe ich in den entscheidenden Momenten leider noch nicht erkannt, wie viel Ähnlichkeit das Leben unter Geschwistern mit politischen Verhandlungen hat. Daher habe ich diese Strategien in den entscheidenden Momenten auch noch nicht bedacht und deshalb auch das enorme Potenzial, das in ihnen steckt, lange Zeit nicht ausgeschöpft. Mit einem richtig durchdachten Plan hätte ich bestimmt so viel mehr erreichen können. Denn wenn es selbst die Europäische Union irgendwie schafft, sich auf Ziele zu verständigen, die ursprünglich keine gemeinsamen waren, dann sollte das doch mit unseren Blutsverwandten überhaupt kein Problem sein, oder? Nach neun Semestern Politikstudium weiß ich, zwar etwas zu spät, aber immerhin, dass es das A und O ist, herauszufinden, welche ganz persönlichen Ziele und Interessen unsere Geschwister verfolgen. Außerdem schadet es nicht, vielleicht das eine oder andere brisante Geheimnis von ihnen zu kennen. Natürlich bin ich grundsätzlich strikt gegen gegenseitiges Verpetzen und Erpressen, aber ein kleines Druckmittel und die pure Möglichkeit, dass man es benutzen könnte, wenn man wollte, kann doch manchmal schon wahre Wunder wirken. Bereits die bloße Androhung der schlimmen Folgen, falls man Geheimnisse verrät oder Sünden an die Eltern verpetzt, kann schon ganz gut für Frieden und Einigkeit unter Geschwistern sorgen. Im besten Fall hat sogar jede/r gegen jede/n etwas in der Hand. Also eine Art kalter (Petzen)Krieg zwischen Brüdern und Schwestern. Allen ist genau bewusst, wie furchtbar es wäre, wenn alle beginnen würden, ihre Geheimnisse über die jeweils anderen auszuplaudern, und deshalb schweigen lieber alle wie ein Grab.

Wer die Teamarbeit etwas freundlicher angehen will, hält sich vielleicht besser an attraktive Tauschgeschäfte. Wenn du beispielsweise Klamotten ausleihen willst, könntest du im Gegenzug dazu Spielzeit an deiner Playstation anbieten. Oder vielleicht drei Mal »Spülmaschine ausräumen« übernehmen, obwohl dein Bruder oder deine Schwester eigentlich dran wäre. Die Erwachsenenversion von Anreizen wäre vermutlich, Kinder betreuen, beim Umziehen helfen oder …, okay, vielleicht auch einfach immer noch die Playstation. In solchen Momenten ist natürlich Kreativität gefragt, ihr wisst schließlich am besten, welche Anreize bei euren Geschwistern besonders gut ziehen.

Auf diese Weise haben meine Geschwister und ich jedenfalls ganz wunderbare Komplotte geschmiedet und sind so, zumindest zeitweise, zu einem echten Gewinnerteam geworden. Einmal, als wir unsere Zimmer aufräumen sollten, haben wir alle Spielsachen, Decken und sogar zwei Matratzen unserer Übernachtungsgäste vom Wochenende einfach zusammen in die Schränke gestopft, statt sie ordnungsgemäß auf ihre Plätze zu bringen. Diese Art von »Aufräumen« hätten wir nie rechtzeitig fertigstellen können, bevor meine Mama zurückkam, wenn wir nicht alle gemeinsam mit angepackt hätten. Habt ihr schon einmal versucht, eine 1,40er Matratze in einen Kleiderschrank zu quetschen? Es hat sich herausgestellt, dass man dafür mindestens circa zwei Schwestern und einen Bruder braucht. Es ist wirklich um einiges schwerer, als ich dachte. Aber zu dritt war es (fast) kein Problem für uns. Alles wieder rauszuholen und tatsächlich aufzuräumen, nachdem meine Mama nach Hause gekommen war und unsere kreative Lösung für »Ordnung« nicht so sehr wertschätzte, wie wir es uns erhofft hatten, war dagegen der viel anstrengendere Teil. Trotzdem war es ein unglaublicher Spaß und sicherlich eine etwas unkonventionelle, aber dafür höchst effektive, teambildende Maßnahme unter uns Geschwistern. Und teamfähig zu sein ist doch für uns Brüder und Schwestern allein schon deshalb wichtig, weil wir letztendlich so oder so lebenslange WeggefährtInnen bleiben und prinzipiell doch auch aus dem gleichen Holz geschnitzt sind. Die gleiche Mischung aus den gleichen Zutaten, nur etwas anders proportioniert. Und das schönste Teammerkmal: Wir haben ein Leben lang den gleichen Heimweg! Das ist doch ein Gefühl, das uns ohnehin für immer mit unseren Geschwistern verbinden wird.

WIE SICH AUCH EIN UNBESIEGBARES GEWINNERTEAM MAL GEGENSEITIG IN RUHE LÄSST

Das Kapitel zum Thema »Ein unschlagbares Gewinnerteam bilden« ist streng genommen etwas unvollständig. Denn darin geht es schließlich ausnahmslos um Wege, wie man gemeinsam mit seinen Geschwistern ans Ziel kommt. Eine derart strategische Zusammenarbeit erfordert natürlich vor allem eines: sehr viel Nähe zu unseren Brüdern und Schwestern. Und genau darin liegt die Unvollständigkeit auf dem Weg zum unschlagbaren Gewinnerteam. Denn ausreichender Abstand kann erfahrungsgemäß mindestens genauso wichtig für so ziemlich jede gute Beziehung sein wie eng verbundene Nähe. Es spielt keine Rolle, wie stark wir uns mit jemandem vereint fühlen, auf Dauer brauchen wir doch von allem und jedem immer mal wieder eine kleine Verschnaufpause, um uns auch dauerhaft gegenseitig aushalten zu können. Das ist meiner Meinung nach absolut nichts Negatives, sondern vielmehr eine äußerst notwendige Sicherheitsmaßnahme, um zu verhindern, dass man sich letztendlich gegenseitig die Köpfe einschlägt.

Der Wunsch nach regelmäßigem Abstand zu den Geschwistern zieht sich auch durch mein Leben. Immerhin hatte ich beispielsweise dasselbe Hobby wie meine Schwester. Das war manchmal sehr schön, aber manchmal auch sehr anstrengend. Vor allem ließ es mich jedoch die Zeiten, in denen ich nur für mich alleine sein konnte, besonders intensiv wertschätzen und genießen.

Es gibt meiner Erfahrung nach einfach einen Punkt, an dem man von der Gesellschaft der eigenen Familie übersättigt ist. Bei manchen tritt dieser Zustand früher, bei manchen erst etwas später ein. Ein Klassiker, was das angeht, ist der Moment, wenn nach einem langen Urlaub oder einem intensiv miteinander verbrachten Wochenende oder Familienfest schon ein Staubkorn auszureichen scheint, um eine minenexplosionsartige Streitsituation auszulösen. Und zwar zwischen Eltern, Kindern, Geschwistern und auch sonst allen Anwesenden, ganz egal, welches Beziehungsgeflecht vorliegt.

SoziologInnen der University of Washington in Seattle haben belegt, dass sich Ehepaare in den USA häufig nach den Sommer- und Winterferien trennen.[11] Nach Ansicht der ForscherInnen um Julie Brines sind die Sommer- und Winterferien emotional besonders stressig, und vor allem verbringen alle eben gaaaanz viiiiel Zeit miteinander, und das scheint ab einem gewissen Punkt offensichtlich leider hinderlich für ein harmonisches Miteinander zu sein. Wir Geschwister haben es da sogar noch viel schwerer als EhepartnerInnen. Das mag jetzt zynisch klingen, aber immerhin können die sich wenigstens voneinander trennen. Geschwister bleiben wir für immer.

Deshalb müssen wir Brüder und Schwestern uns eben etwas anderes einfallen lassen, um uns hin und wieder angenehmen Abstand zu unseren Liebsten zu verschaffen.

Ganz nach dem Motto: »*Die Kunst der Liebe besteht darin, dass man eine stabile Nähe herstellt, dem anderen aber ausreichend Freiheit lässt*«.[12]

Zuallererst muss in diesem Zusammenhang erwähnt werden, dass wir unsere Geschwister aus ethischen Gründen nicht abschaffen, verkaufen oder eintauschen können. Deshalb schlage ich alternativ etwas sachtere Methoden vor. In einer ersten Maßnahme würde ich zunächst einmal herausfinden, welche Themen oder Dinge deine Geschwister überhaupt nicht mögen, und diese dann regelmäßig in den eigenen Tagesablauf einbinden. Vielleicht reicht es ja sogar schon aus, ständig über bestimmte Dinge wie Ballsportarten, Kultur oder Politik (abhängig davon, was deine Geschwister eben NICHT leiden können) zu reden. Ich würde dann ständig Sätze einbauen, wie: »*Ich wollte euch unbedingt noch von den Koalitionsverhandlungen zwischen der SPD und der CDU/CSU erzählen, mir sind da ein paar Punkte aufgefallen, bei denen ich sehr darauf gespannt bin, eure Meinung zu hören*« oder vielleicht auch etwas in die Richtung: »*Oh Mann, ich habe da eine ganz tolle, dreistündige Korbbinder-Dokumentation gesehen, ich würde euch gerne ganz genau erzählen, was darin alles passiert ist!*« Wenn du es schaffst, in den Ohren deiner Geschwister so richtig, richtig langweilig zu klingen, wirst du als Person für sie umgehend total uninteressant sein, und der Fokus deiner Familie bewegt sich ganz ohne dein offensichtliches Zutun weit von dir weg. Deine Geschwister suchen dann höchstwahrscheinlich eine große räumliche Distanz zu dir, um nicht in eines deiner enorm langweiligen Gespräche verwickelt zu werden. Wenn eure Geschwister dann erst mal die Flucht ergriffen haben, brauchst du nur noch eine gute Ausrede, um die mit Hoffnung erfüllten Gesichter deiner Eltern möglichst schonend zu enttäuschen. Die denken bei solchen Aktionen nämlich ganz schnell mit anschwellendem Stolz, dass du der oder die neue BundeskanzlerIn wirst, weil du dich plötzlich so sehr für Politik zu interessieren scheinst und sie dich daher vorsichtshalber schon mal bei der Jugendabteilung einer Partei oder zumindest in der Politik-AG deiner Schule einschreiben.

Falls sich deine Geschwister, im schlimmsten Fall, dummerweise für alle langweiligen Themen dieser Welt interessieren oder derartige Labertaschen sind, dass sie sich, solange sie mit dir sprechen können, auch über die Verdauungsprobleme von Insekten unterhalten würden, brauchst du natürlich eine andere Taktik.

Wie wäre es, wenn du ganz einfach nebenbei ständig erwähnst, wie beschäftigt du in letzter Zeit bist. Halte dir möglichst viele sogenannte Exit-Optionen offen. Genau wie bei einem Date, bei dem man noch nicht weiß, ob man es bis zum Schluss durchziehen möchte, und deshalb mit einer Freundin oder einem Freund vereinbart, dass sie oder er nach circa einer Stunde anruft und dir, falls nötig, einen guten Grund für einen frühzeitigen Abgang gibt. Genauso kann das auch bei Geschwistern funktionieren, die ständig gemeinsame Termine planen wollen. Wenn ihr merkt, wie sich wieder mal die Planung einer Gruppenaktivität, auf die ihr überhaupt keine Lust habt, anbahnt, erwähnt ihr einfach möglichst hochfrequentiert einen zeitnahen Test, einen Abgabetermin oder eine große Aufgabe, die ihr in den nächsten Tagen/Wochen erledigen müsst. Aber Vorsicht: Wichtig ist, dass ihr nicht zu präzise seid, was den genauen Zeitpunkt eurer vorgeschobenen Beschäftigung angeht. Nicht, dass eure Geschwister die ganze Planung euretwegen verschieben und ihr dann doch daran teilnehmen müsst. Hier zahlt es sich wieder einmal aus, seine eigene Nische gepflegt zu haben. Es ist dabei völlig egal, ob es eigene Freunde und Freundinnen, alleinige Hobbys oder Freizeitbeschäftigungen sind. Wer sich genügend Fluchtwege offen hält, tut sich leichter mit dem Initiieren von Abstand und dem Vorschieben von realistisch klingenden Terminen, die eure Geschwister nicht so einfach nachprüfen können.

Das hört sich jetzt erst einmal hart an, aber man muss es doch so sehen: Lieber sagt man nur hin und wieder zu Gruppenaktivitäten zu und hat dafür dann auch richtig Lust darauf, statt jedes Mal nur aus bloßem Pflichtgefühl dabei zu sein. Davon haben doch dann letztendlich alle viel mehr.

Wer sogar in der komfortablen Situation ist und nicht mehr mit den Geschwistern in einem Haushalt lebt, hat schon fast den Jackpot gezogen. Von nun an ist es vergleichsweise sehr einfach, sich seinen wohlverdienten Abstand zu bewahren. Das beste Hilfsmittel dafür sind meiner Meinung nach die neuen Medien. Immerhin ermöglichen sie uns Dinge, die so früher nie möglich gewesen wären, und dazu gehört auch die Bewahrung von gesundem Abstand zu unseren Geschwistern. Wer Diskussionen aus dem Weg gehen möchte, in denen man sich dafür rechtfertigen muss, dass man sich nie meldet oder nichts für die Geschwisterbeziehung tut, kann mithilfe von Facebook, WhatsApp und Co. genügend Beweismaterial sammeln, das gegen solche Anschuldigungen spricht. Dabei hilft es bereits, einfach ab und zu eine kurze Nachricht zu schicken. Zum Beispiel ein knackiges: »*Wie geht's dir?*« Drei Wörter. 14 Tastenschläge. Mit unserem heutigen Trainingslevel der »Tippdaumen«

nimmt das, inklusive Tastensperre lösen und öffnen der App, vermutlich maximal fünf Sekunden Zeit in Anspruch. Ist Technik nicht toll? Sie hilft uns, dokumentierten Kontakt zu unseren Geschwistern zu halten, und das Ganze, zeitlich und nervlich betrachtet, mit minimalem Aufwand. Ich weiß, dass diese oberflächliche Art und Weise von gegenseitiger Anteilnahme genau der Punkt ist, den viele Social-Media-Muffel verteufeln, aber das kann uns doch so was von egal sein, wenn es hilft, temporären Abstand zu sichern und trotzdem darüber auf dem Laufenden zu bleiben, was im Leben unserer Geschwister so los ist. Der offensichtliche Vorteil: Der andere kann dich nicht sofort unendlich »zutexten«, und du musst Nachrichten auch nicht gleich lesen oder zumindest nicht sofort zurückschreiben. Nach kleinen Kontaktpausen wie diesen machen Treffen mit unseren Geschwistern dann doch auch wieder richtig Spaß.

Und der wichtigste Hinweis zum Schluss: Das alles sollte bitte ganz ohne schlechtes Gewissen passieren. Man muss sich immerhin nur mal die Vorteile vor Augen führen, die es hat, für genügend Abstand innerhalb einer Geschwisterbeziehung zu sorgen: Verbringen wir nicht so viel Zeit miteinander, summieren sich Kleinigkeiten, die uns stören könnten, nicht so schnell auf. Wer jede Minute des Tages miteinander verbringt, braucht außerdem gar nicht erst zu erzählen, was er oder sie so erlebt hat, immerhin war der oder die andere ja ohnehin die ganze Zeit dabei. Je mehr Abstand man zueinander hat, desto interessanter werden wir deshalb auch wieder füreinander. Es ist immerhin so, dass man die Anwesenheit von Menschen, die sowieso immer da zu sein scheinen, nur zu leicht für selbstverständlich nimmt.

Grundsätzlich kann also festgehalten werden, dass alles, was ihr tut, um hin und wieder für Abstand in eurer Geschwisterbeziehung zu sorgen, tatsächlich nur purer Geschwisterliebe entspringt. Deshalb ist es meiner Meinung nach auch völlig legitim, sich Wege zu überlegen, um phasenweise auch mal weniger Zeit mit den Geschwistern zu verbringen.

WIE DU DAS KRISENGEBIET »ESSTISCH« BEHERRSCHST

Kennt ihr diese Bilder? Eine Familie sitzt gemütlich und entspannt beim Essen, sie haben ihre schneeweißen Servietten auf dem Schoß liegen, die eigentlich vollkommen überflüssig sind, weil alle Kinder kontrolliert, selbstbeherrscht und gesittet mit Messer und Gabel essen. Man unterhält sich. Der eine oder andere lacht herzlich. Ein Essen mit der ganzen Familie – mit Mama, Papa und den Kindern. Sicherlich kennt ihr diese Bilder. Das sind Szenen, wie man sie auf Tausenden Werbeplakaten, in Haushaltsprospekten, auf Bannern an der Wand, auf Instagram oder anderen Social-Media-Plattformen vorgeführt bekommt. Eine wundervolle, friedliche Vorstellung. Der einzige Haken: Es ist nicht mehr als das: eine Vorstellung!

Wir alle kennen nämlich auch solche Szenen – die der Realität: ein anderer Esstisch, irgendwo in Deutschland, vielleicht ja sogar in deiner Stadt, ganz in deiner Nähe …

Mama kommt zu spät, weil sie noch ein Meeting hatte. Papa hat das Gemüse in der Nudelsoße anbrennen lassen und neutralisiert den rauchigen Geschmack gerade mit etwas Ketchup. Die kleine Ida plärrt: *»Iiiiihgitt, das sieht ja eklig aus.«* Im Hintergrund kippt gerade ein Glas Milch um und tropft auf den teuren Perserteppich unter dem Esstisch. Als Mama anfängt zu schöpfen, verspürt Oskar das dringende Verlangen, vorzuführen, wie er seinen Fußball jetzt auch auf dem linken Fuß balancieren kann, während seine kleine Schwester Marta auf dem Stuhl herumkippelt. Oh, und gerade klingelt noch das Telefon …

Diese chaotische Szene ließe sich noch minutenlang weiterführen. Ich könnte erzählen, wie Ida und Marta plötzlich anfangen, über die Legoburg zu streiten, wie Oskar in einem äußerst fordernden Ton über die seiner Meinung nach angemessene Größe eines Geburtstagsgeschenkes referiert oder Mama und Papa erfolglos versuchen, ihren Plan fürs Wochenende mit den dreien zu besprechen. Kurz gesagt: Jede/r ist von jeder und jedem ein bisschen genervt.

Da fragt man sich doch manchmal zu Recht: Was hat das ganze Chaos am Esstisch verloren und warum kann es nicht einmal so friedlich ablaufen wie auf den stummen Instagramporträts von perfektionistisch drapierten Familientischen, von denen in völligem Einklang gegessen wird? Die Antwort ist: weil das absolut gegen die Natur von Familienesstischen ginge.

Der skandinavische Familientherapeut Jesper Juul erklärt in seinem aktuellen Buch: »*Alles, was die wechselseitigen Beziehungen berührt, kommt bei den Mahlzeiten aufs Tapet – direkt oder indirekt.*«[13]

Der Grund: Gemeinsame Mahlzeiten sind in der Regel eine der wenigen Situationen, in denen die ganze Familie gleichzeitig an einem Ort versammelt ist und die Möglichkeit besteht, sich mit jeder/jedem Einzelnen auszutauschen. Man könnte auch sagen, es ist eine Art Vollversammlung. Und Vollversammlungen werden nun einmal üblicherweise dazu genutzt, um die wichtigsten Tagesordnungspunkte und Anliegen, die alle Beteiligten betreffen oder auf dem Herzen haben, anzusprechen. Klingt wie im Bundestag oder bei einem Unternehmensausschuss, oder? Bei genauerem Hinsehen ist das auch gar kein so schlechter Vergleich. Der Esstisch hat tatsächlich einige sehr deutliche Parallelen zu einem Unternehmensmeeting. Betrachten wir es doch einmal so: Erwiesenermaßen wird bei der Arbeit in Unternehmen ein immer größerer Fokus auf demokratische Instrumente wie mehrheitliche Abstimmungen, inhaltliches Mitspracherecht oder soziale Beteiligung gelegt.[14] ExpertInnen sind sich sicher, dass das im Interesse aller MitarbeiterInnen ist, denn Raum zur individuellen Beteiligung führt zu erheblichen Verbesserungen innerhalb des Unternehmens (oder in unserem Beispiel eben der Familie). Fast alles, was in einem Unternehmen dabei hilft, ein gutes Arbeitsklima zu schaffen, lässt sich auch auf Familien übertragen. Viele Abläufe, Regeln und Verhaltensweisen unter MitarbeiterInnen gelten schließlich genauso auch für Familienmitglieder: Wir müssen uns beispielsweise unseren Platz im Unternehmen (eigenen Stuhl am Esstisch) erkämpfen oder unsere Ideen (Wünsche für das Mittagessen oder Freizeitbeschäftigungen) in Diskussionen einbringen, wenn wir wollen, dass sie umgesetzt werden. Wir müssen so manche nervigen KollegInnen (Bruder/Schwester) aushalten, oder um die Höhe des Gehaltes (Taschengeldes) feilschen. Der einzige Unterschied: All das geschieht eben nicht, wie auf der Arbeit, im Konferenzraum, sondern am Familienesstisch. Da wird sich beschwert, gestritten, gelobt oder ein Feedbackgespräch geführt. Und deshalb geht es dort auch oft so drunter und drüber, Gespräche schaukeln sich hoch, Konflikte werden ausgetragen und Lösungen ausdiskutiert. Aus dieser Perspektive wirkt das gefühlte Chaos am Familienesstisch rein gar nicht mehr überraschend. So viele Interaktionen und Konfliktpotenzial nerven aber natürlich trotzdem manchmal. Vor allem in Momenten, in denen du das Gefühl hast, wenn dieses Esstisch-Chaos jetzt ein/e Außenstehende/r sehen würde, hättest du deinen Ruf als Mitglied einer Flodderfamilie sicher. Dem Reflex, den Teller schnell vollzuschaufeln und ins eigene Zimmer zu flüchten, nachzugeben, ist in solchen Situationen schon sehr verlockend, ich weiß! Um es trotzdem irgendwie auszuhalten, könntest du aber vielleicht versuchen, dir die Chancen dieser Art von Zusammentreffen vor Augen zu führen. Das Gute ist doch, auch du kannst endlich mal Dinge ansprechen, die dich schon seit Wochen nerven. Um nur ein paar Beispiele zu nennen: Dein großer Bruder belegt jeden Morgen bis zehn vor sieben das Bad. Da du das Haus um Punkt sieben verlassen musst, bedeutet das, du hast abzüglich der »Schuhe-Anzieh-Zeit« nur noch genau neuneinhalb Minuten zum Fertigmachen. Das kann nicht funktionieren! Und deine kleine Schwester besitzt noch nicht einmal den Anstand, deine T-Shirts, die sie sich (selbstverständlich ungefragt) ausgeliehen hat, wieder zurückzubringen. Dass du gerade drei ihrer Kleider unter deinem Bett versteckt hältst, um sie nächste Woche mit auf die Klassenfahrt zu nehmen, verschweigst du an dieser Stelle besser. Außerdem hast du doch auch noch ein paar großartige Ideen für den Speiseplan nächsten Monat und würdest deine Hoffnung auf mindestens einmal Pizza pro Woche gerne mit deinen Eltern besprechen. Kurz gesagt: Es gibt doch fast immer das eine oder andere Anliegen, das man mit sich herumschleppt und für das man im Alltag zwischen Kinderzimmertüren und Wohnzimmerwahnsinn oftmals nicht den passenden Moment erwischt, um es anzusprechen.

Jetzt und hier, an deinem Familienesstisch, dem vermutlich chaotischsten der ganzen Welt, zwischen deinen schmatzenden Geschwistern, ist endlich dein Moment gekommen. Denn bedenke – du hast gleich zwei entscheidende Vorteile auf deiner Seite. Erstens: Die meisten haben gerade den Mund voll und müssen dir daher, ob sie wollen oder nicht, zuhören oder brauchen zumindest einige Sekunden länger als sonst, um dir ins Wort zu fallen und zu widersprechen. Zweitens: Alle haben Hunger und werden daher mindestens für die Dauer von »einmal Teller leer essen« im gleichen Raum wie du bleiben und nicht gleich wieder flüchten, wenn du endlich mal alle ihre aktuellsten Fehltritte auf den Tisch packst. Dieser Umstand gibt dir im Schnitt vermutlich etwa 11,4 Minuten Zeit, um alle deine Anliegen vorzubringen. Beeilen musst du dich natürlich trotzdem, denn es dauert nicht lange, bis alle wieder satt sind und keinen Grund mehr dafür sehen, am Tisch sitzen zu bleiben. Aber 11,4 Minuten sind viel Redezeit, wenn du der oder die Einzige bist, die sich so richtig gut darauf vorbereitet hat. Mit ein bisschen Geschick kannst du ziemlich viele Beschwerden, Anregungen und Wünsche in diese 11,4 Minuten packen. Das ist immerhin fast so viel wie die offiziell 15-minütige Redezeit, die unseren Bundestagsabgeordneten zusteht, um die Inhalte unserer gesamten Bundespolitik mitzugestalten. Einmal habe ich es in dieser Zeit beispielsweise innerhalb eines Mittagessens geschafft, meinen Bruder zu einer Entschuldigung zu zwingen oder besser gesagt von meiner Mama zwingen zu lassen, dafür gesorgt, dass meine Schwester eine Standpauke bekommt, und außerdem noch das letzte Stück Schokokuchen vom Nachtisch zu bunkern, weil die anderen so sehr geschmollt haben, dass sie gar nicht mehr aufs Essen achteten. Natürlich ging nicht jeder Esstischkampf so eindeutig für mich aus, aber diese Glanzstunde wird mir immer im Gedächtnis bleiben und mich insgeheim wahrscheinlich auch für zukünftige Krisengespräche am Familientisch motivieren.

Und wenn all das dann immer noch nicht funktioniert und deine Wut nach wie vor in dir brodelt, weil du das ganze Gezeter, Geplärre, Gemecker und Geschmatze deiner Geschwister am Esstisch einfach nicht mehr hören kannst, bleibt immer noch ein letzter Ausweg: hautfarbene Ohropax. Das sind wachs- oder schaumstoffähnliche Stückchen, die man sich in die Ohren schieben kann und die fast jeden Lärm schlucken. Durch die unauffällige Farbe dürfte es eine ganze Weile dauern, bis überhaupt jemand merkt, dass du dich akustisch ausgeklinkt hast. Zu kaufen gibt's diese SOS-Lösung in jeder Apotheke oder im Drogeriemarkt.

WIE ES DEIN LIEBLINGSESSEN AUF DEN SPEISEPLAN SCHAFFT

Montag:	*Spargel-Kartoffel-Tarte mit Trüffelflocken*
Dienstag:	*Rumpsteak-Rouladen mit grüner Pfeffersauce*
Mittwoch:	*Entrecôte auf gegartem Fenchelbett*
Donnerstag:	*Geschmorte Rinderbacken mit Hagebuttensauce*
Freitag:	*Roastbeef auf Sellerie-Mango-Salatbett*
Samstag:	*Tatar mit Basilikum-Öl und Artischocken*
Sonntag:	*Gebackener Kohl mit Mango-Limetten-Dressing*

Feinschmeckerzutaten, vielfältige Gourmetkombinationen und aufwendige Herstellungsweisen. So sieht ein Familien-Speiseplan niemals aus! Es sei denn, deine Mama oder dein Papa sind vielleicht zufällig SterneköchInnen. Obwohl ich selbst dann bezweifle, dass sie wirklich jede Woche so viel Energie in die Arbeit am Familienherd stecken. Schließlich nimmt niemand gerne seine Arbeit mit nach Hause. Das ist einerseits verständlich, andererseits aber auch wirklich schade. Es müssten ja noch nicht einmal unbedingt Gourmetgerichte sein, manchmal würde es uns schon reichen, unser ganz persönliches Lieblingsessen öfter auf den Teller zu bekommen. Ein Grund dafür, warum genau das aber häufig schwerfällt, ist vermutlich eine bestimmte, sehr komplizierte Eigenschaft, die Familien ab einer Mindestzahl von zwei Personen häufig haben. Die Rede ist von völlig verschiedenen Geschmäckern. Denkt doch nur mal an die vielen unterschiedlichen Essgewohnheiten, die eure Geschwister so haben. Hier ein kleiner Auszug aus den Vorlieben meiner Familie, um das Problem zu verdeutlichen: Meine Schwester isst kein Fleisch, dafür aber Fisch. Das Lieblingsessen meines Bruders ist Salamipizza – aber Achtung, ganz wichtig, ohne Salami! Richtig verstanden, wenn es nach ihm ginge, würde meine Mutter wahrscheinlich Minimum vier Mal die Woche Salamipizza backen und bevor sie sie uns auf den Tisch stellt, die Salamischeiben wieder herunterpicken. Was nach reiner Schikane klingt, hat laut meines Bruders eine völlig nachvollziehbare Erklärung. Auf diese Weise schmeckt er nämlich anscheinend das würzige Salamiaroma heraus. Da er Salami aber an sich gar nicht so sehr mag, möchte er »verständlicherweise« nicht die ganzen Scheiben essen. Käse kann mein Bruder übrigens auch nicht leiden, manche Sorten dürfen sein Essen noch nicht einmal berühren, es sei denn, der Käse ist geschmolzen, dann kann er es (gerade so) aushalten und in seltenen Fällen sogar gerne essen. Käse gehörte allerdings gleichzeitig eine ganze Weile zu meinen Hauptnahrungsmitteln, weil ich als 16-Jährige mal eine Low-Carb-Diät gemacht und deshalb nur wenig Kohlenhydrate zu mir genommen habe. Puh, bei so vielen Extrawünschen bleiben unterm Strich wie viele Gerichte übrig, mit denen wirklich jede/r komplett einverstanden ist? Ganz richtig, grob geschätzt kein einziges!

Deshalb sollten wir natürlich in erster Linie Verständnis dafür aufbringen, dass es, was den Speiseplan angeht, nicht immer nach unserer Nase gehen kann. Aber ab und zu wollen wir natürlich trotzdem das durchsetzen, was wir gerne essen. Und der Weg dorthin führt meiner Meinung nach, ausnahmsweise mal, über die Kleinkariertheit. Ich weiß, niemand will gerne ein Korinthenkacker sein, aber wie das oben genannte Beispiel deutlich macht, ist die Essensplanung für die meisten Familien recht kompliziert, und unsere Eltern müssen ohnehin schon so viele Dinge beachten – da müssen wir ganz einfach selbst dafür sorgen, dass unsere Wünsche nicht zu kurz kommen. Und das geht meiner Erfahrung nach am besten über eine verbindliche Zusage, die, falls nötig, auch schriftlich festgehalten wird. Wenn ihr die Zusage bekommt, dass es eines eurer Lieblingsgerichte mal wieder auf den Speiseplan schafft, dann besteht darauf, dass eure Eltern euch ein festes Datum nennen. Ansonsten geht die Zusage oft im Alltagschaos wieder verloren. Um es fair zu halten, müssten sich natürlich alle mal was wünschen dürfen, was die anderen dann jeweils ohne Nörgeln hinnehmen müssen. So geht jede/r mal einen Kompromiss ein, bekommt aber auch hin und wieder genau das, was er oder sie will.

Mit ein bisschen Geschick könnt ihr ja vielleicht sogar noch ein weiteres Familienmitglied von eurem Lieblingsgericht überzeugen und habt somit gleich zwei Vorteile. Wie ihr vielleicht wisst, ist die demokratische Abstimmung eine sehr beliebte pädagogische Erziehungsmaßnahme von Eltern. Falls ihr also mal wieder darüber feilscht, was auf den Familienesstisch kommt, hättest du, wenn du eine/n Verbündete/n findest, einen Mehrheitsvorteil, und dein Lieblingsgericht gewinnt somit leichter. Wenn sich mehrere Leute in kurzen Zeitabständen das gleiche Essen wünschen, entsteht außerdem bei deinen Eltern der Eindruck, mit diesem Gericht den geringsten »Fehler« zu machen und somit so wenig wie möglich Meckereien ertragen zu müssen. Schwuppdiwupp stehen sie so essenstechnisch auf deiner Seite. Verbündete sind demnach meistens der schnellste Weg zum Wunschgericht!

Wer dagegen in keiner demokratischen Familie lebt, kann sich noch eines weiteren Jokers bedienen, um so das eigene Lieblingsessen auf den Tisch kriegen.

Verrückte Idee, aber wie wäre es, wenn du anbietest, das Essen selbst zuzubereiten? Ich glaube, da müsste schon einiges passieren, dass Eltern so ein Angebot abschlagen. Wahrscheinlich könntest du sogar sagen: *»Hey Papa, ich mach morgen Wurmkot-Kompott mit Meerschweinsknödel für uns alle, du musst also nichts kochen, ist das in Ordnung?«* Alles, was dein Vater hören würde, wäre vermutlich *»blablablabla … du musst also nichts kochen«*, und schon bist du HerrscherIn der Küche und bestimmst den Speiseplan selbst. Wer dagegen sozusagen nicht gleich »all in« gehen möchte, könnte zumindest schon mal etwas Hilfe in der Küche im Austausch gegen Mitspracherecht anbieten, manchmal reicht sogar das schon aus, um die Eltern kooperativer werden zu lassen. Und plötzlich, herzlichen Glückwunsch, gibt es heute mal zur Abwechslung genau das, was du essen willst.

2. KAPITEL

KEINE FREIE PLATZWAHL – WENN DAS RUDEL WÄCHST

Schon die ersten wenigen Seiten haben deutlich gemacht, dass das Leben mit unseren Geschwistern hin und wieder einer Zwangs-Wohngemeinschaft gleicht. Der Zwang besteht jedoch nicht nur darin, dass sich Geschwister nicht selbst aussuchen können, mit wem sie aufwachsen, den Esstisch, das Sofa und manchmal sogar ihr bis dahin eigenes Zimmer teilen müssen. Wäre es »nur« das, könnte man sagen, *»schon gut, halb so wild, man kann sich schließlich an alle Umstände irgendwann gewöhnen«.*

Aber nein, unsere VermieterInnen (Eltern) behalten es sich sogar vor, jederzeit und meist ohne lange Vorwarnung noch mehr MitbewohnerInnen einziehen zu lassen, und auch diese Entscheidung wird in der Regel nicht auf einer Art BewohnerInnen-Versammlung einstimmig oder zumindest mehrstimmig entschieden, sondern eines Tages einfach ganz alternativlos verkündet. Meist verpackt in den zunächst harmlos anmutenden Worten: *»Wir haben tolle Nachrichten, du/ihr bekommt eine/n kleine/n Schwester/Bruder.«* Was im Klartext so viel bedeutet wie: Wenn's blöd läuft, kämpft ihr von nun an also an noch mehr Fronten als vorher. Auf den folgenden Seiten bekommt ihr für diese Fälle jedoch die besten Schutzschilder an die Hand.

Wie du als Nesthäkchen nicht untergehst

Wir schreiben das Jahr 2000. Ein Arbeitszimmer in einem kleinen Dorf, irgendwo in Rheinland-Pfalz, Deutschland. Der Tatort: Ein Bürodrehstuhl. Die Täterinnen: zwei große Schwestern, neun und zwölf Jahre alt. Das Opfer: ein fünfjähriger kleiner Bruder. Tathergang: Es beginnt als unschuldiger Spaß, begleitet von ohrenbetäubenden Freudeschreien. Dazwischen mischen sich die Rufe der beiden Mädchen: *»Schneller, schneller, los, drehen wir ihn noch ein bisschen schneller«*, hallt es aus dem Arbeitszimmer der Eltern. Im Gesicht des Jungen zeichnet sich eine Mischung aus Erstaunen und freudiger Neugierde über die Schmetterlinge ab, die durch die immer schneller werdenden Drehbewegungen des Bürostuhls in seinem Bauch hektisch mit den Flügeln flattern. Hinter seinen amüsiert zuckenden Mundwinkeln lauert allerdings auch eine schüchterne Angst, die insgeheim durch die Frage ausgelöst wird, wie dieser »Spaß« bloß endet. Dieses Rätsel sollte jedoch nicht lange unbeantwortet bleiben. Wenige Sekunden nachdem der Drehstuhl seine Maximalgeschwindigkeit erreicht hatte, hielten die beiden Mädchen das selbst ernannte Karussell abrupt an, entfernten sich ein paar Schritte vom Stuhl und riefen mit glückerfüllten Stimmen: *»Komm, Tobias, komm, lauf schnell zu uns!«* Wie ein Bierliebhaber auf dem Heimweg vom Oktoberfest kämpft sich Tobi Schritt für Schritt in Richtung seiner Schwestern. Ein paar Sekunden später wird er dafür mit den freudigen Rufen belohnt: *»Schau nur, wie lustig er hin und her taumelt.«* Doch genau wie auch der eine oder andere Oktoberfestspaß endete auch diese Geschichte mit einem weniger erfreulichen Vorfall: Tobi musste kotzen.

Diese Geschichte hat sich ziemlich detailgetreu genau so in meiner Familie vor einigen Jahren zwischen mir, meiner großen Schwester und meinem kleinen Bruder abgespielt. An dieser Stelle möchte ich mich zunächst einmal bei meinem Bruder in aller Form entschuldigen. Natürlich sowohl bei ihm persönlich als auch stellvertretend bei allen jüngeren Geschwistern, die immer wieder unter dem speziellen Verständnis von Spaß ihrer älteren Brüder und Schwestern leiden müssen. Gleichzeitig möchte ich mich aber natürlich auch ausdrücklich für die vielen Lachanfälle bedanken, die wir dank meines kleinen Bruders genießen durften. Schließlich gab erst er uns die Möglichkeit, solche Späße überhaupt ausführen zu können.

Dass das für die Nesthäkchen der Familie nicht immer denselben Spaß bedeutet, habe ich allerdings ehrlicherweise schon lange geahnt. Immerhin wird nicht nur in persönlichen Familiengeschichten immer wieder vom besonderen Kampf, dem die Jüngsten unter uns ausgesetzt sind, berichtet, auch in wissenschaftlichen Büchern wird euch Letztgeborenen ausdrücklich attestiert, dass ihr es mit uns Älteren in der Tat ausgesprochen schwer habt: *»Jüngste Kinder müssen, wenn sie nicht einfach der Wonneproppen der Familie sind, mit Charme, Einfallsreichtum oder List einen Platz im geschwisterlichen struggle of life finden. Sie müssen es aushalten, dass die älteren Geschwister ihnen überlegen sind. Das kratzt am Selbstbewusstsein. Sie bleiben immer der Kleine oder die Kleine.«*[15]

Das klingt erst einmal hart. Aber da man seine Geburtenposition leider nun einmal genauso schwer loswird wie die grundsätzliche Steuerpflicht in Deutschland, sollte jedes Nesthäkchen besser ein paar Tricks auf Lager haben, um in der Sippe nicht unterzugehen. Obwohl ihr Jüngsten als letzte auf »die Party« der Familienbande gekommen seid und offensichtlich regelmäßig darunter leiden müsst, vereinen sich in eurem Leben als jüngster Sprössling, wenn man mal genau darüber nachdenkt, doch auch mehrere positive Umstände. Um euch in »schweren Zeiten« mit einem Lichtblick über Wasser halten zu können, solltet ihr vielleicht versuchen, euch auf diese positiven Aspekte des »Nesthäkchen-Seins« zu konzentrieren.

Auf den größten eurer Vorteile müsst ihr zwar eine Weile warten, aber früher oder später, wenn wir anderen Geschwister endlich aus dem Haus sind, genießt ihr immerhin tatsächlich alle Privilegien und Vorzüge eines Einzelkindes – und das gilt unter Geschwisterkindern bekanntlich sozusagen als der Jackpot aller Lebensumstände. Und für euch, liebe Nesthäkchen, gibt es zu diesem Sechser im Lotto sogar noch die Superzahl obendrauf. Im Vergleich zum erstgeborenen Geschwisterkind, das gleich zu Beginn seines Lebens mit dem Einzelkindbonus gesegnet ist, habt ihr nämlich einen weiteren Vorteil: Eltern sind zu dem Zeitpunkt, in dem ihr das einzige Kind im Haushalt seid, schon um einiges entspannter als noch zu Beginn ihrer Elternkarriere. Was Regeln, Grenzen und Familiengesetze angeht, genießt ihr vergleichsweise echte Narrenfreiheit. Viele erfahrene Eltern handeln vermutlich insgeheim nach dem Motto: Alle Geschwister vor euch haben schließlich auch irgendwie überlebt, deshalb kann man alles rund ums Thema Sperrstunde, Lernvorgaben, Alkoholregeln etc. ruhig mal etwas entspannter angehen. Zusätzlich müssen sie ja auch keine Angst mehr vor den heimlichen selbst ernannten »HilfsrichterInnen« der Familie haben. Schließlich sind alle älteren Geschwister aus dem Haus und können sie für eventuelle Abweichungen bzw. Abmilderung bestehender Regeln nicht mehr zur Rechenschaft ziehen. Von diesen Umständen profitiert dann besonders eine/r: Und zwar ihr, die Nesthäkchen!

Mit der Vorfreude auf genau diese Zeit im Kopf kannst du doch, auch wenn es jetzt noch nicht so weit sein sollte, zumindest in Gedanken schon einmal wunderbar über deine großen Geschwister triumphieren.

Zusätzlich könntest du einen weiteren Vorteil, den du hast, strategisch gut ausnutzen. Studien haben gezeigt, dass es jüngeren Geschwistern anscheinend besonders leichtfällt, Ältere um Rat zu fragen.[16] Da dich, typisch für die Jüngsten der Familie, auf deinem Lebensweg ohnehin eine ganze Reihe an Menschen begleiten werden, die dir permanent schlaue Tipps geben wollen (deine Mama, dein

Papa, deine große Schwester, dein großer Bruder, LehrerInnen, TrainerInnen, TutorInnen usw.), nutze diese Vielfalt an RatgeberInnen doch am besten gleich maximal zu deinem persönlichen Vorteil aus. Wer sich nicht zu schade ist, Tipps von erfahrenen Mitmenschen anzunehmen, der kann enorm von ihrem Know-how profitieren und viele Fehler von vorneherein vermeiden. Weniger hilfreiche Tipps kannst du ja trotzdem einfach weiterhin ignorieren.

Und wenn euch nett gemeinte, aber leider gleichzeitig etwas übermotivierte Ratschläge dennoch mal auf die Nerven gehen, ist es vielleicht an der Zeit für einen Imagewechsel. Ganz wichtig ist es, dass ihr euch nicht in die Rolle des hilfsbedürftigen Kindes drängen lasst. Daher ein strategischer Vorschlag, den wir Kinder, ganz gleich auf welcher Geschwisterposition man uns findet, vielleicht mal bedenken könnten: Auch wenn es manchmal bequem ist, sollten wir nicht warten, bis unsere Eltern sich um unsere Aufgaben kümmern. Ein kleines Beispielszenario: Der Wäscheberg mit unseren Klamotten im Bad ist schon wieder so groß geworden, dass unser Papa ihn einfach selbst wegräumt, weil er es nicht mehr sehen kann. Ähnliche Situationen gibt es auch im Erwachsenenalter, zum Beispiel beim Rechnungen bezahlen, Steuererklärung machen oder Versicherungen abschließen.

Auch wenn es sehr bequem ist, wenn solche Dinge für uns erledigt werden. Falls wir nicht für immer betüttelt und dafür ernster genommen werden wollen, dann sollten wir in allen Bereichen zeigen, dass wir auf eigenen Beinen stehen können und nicht ständig auf Hilfe angewiesen sind. Denn solche Situationen werden im Zweifelsfall sofort gegen uns verwendet und als Beweis dafür aufgeführt, dass wir ja noch laaaange nicht selbstständig sind und daher auch noch nicht alle Privilegien einer mündigen, selbstbestimmten Person genießen dürfen.

Meiner Erfahrung nach ist es so: Je deutlicher Eltern sehen, wie gut alles ohne sie läuft, desto leichter fällt es ihnen auch, uns in Ruhe zu lassen.

Wenn wir wollen, dass Sätze wie: »*Ich mag gerne eine Stunde länger wegbleiben, weil ich langsam wirklich kein Kind mehr bin*« ihre Wirkung nicht verfehlen, dann dürfen wir auch keine Präzedenzfälle schaffen, auf die sich unsere Eltern beziehen können, um zu untermauern, wie viel Hilfe wir angeblich noch ständig von ihnen brauchen, um zu überleben. Und das gilt eben leider auch für Fälle, in denen wir ihre Unterstützung nicht aus tatsächlicher Hilflosigkeit, sondern viel eher aus Faulheit angenommen haben. Das glaubt uns im Nachhinein nämlich leider keiner mehr.

Um als jüngstes Familienmitglied zu überleben, schadet es zu guter Letzt sicherlich auch nicht, ein bisschen Verständnis für die hohe Wahrscheinlichkeit aufzubringen, dass ausgerechnet immer die Letztgeborenen unter einer übertriebenen Fürsorge der Eltern leiden müssen. Eltern machen das vermutlich so gerne, weil ihnen beim Letztgeborenen oft bewusst wird, dass es eben wirklich das allerletzte Kind sein wird, das sie je dauerhaft bei sich zu Hause betreuen werden. Eine alternative und gleichzeitig sehr bequeme Durchhaltetaktik könnte deshalb auch einfach »zurücklehnen und genießen« heißen. Genießt einfach alle womöglich entstandenen Defizite an Aufmerksamkeit, die ihr mit euren Geschwistern teilen müsst oder musstet. Wunschmenü jeden Tag, Putzhilfen im eigenen Zimmer, persönliches Taxiunternehmen immer auf Abruf – andere Leute kommen ein Leben lang nicht in den Genuss solcher Luxusangebote. Ist doch eigentlich auch nicht so schlecht, oder?

Genießen könnt ihr die Vorteile eurer Position als Nesthäkchen außerdem auch außerhalb der Familie. Nutzt einfach die ganz besonderen Fähigkeiten, die ihr dank der harten Geschwisterschule, durch die wir Älteren euch gejagt haben, besitzt. Wenn du ein jüngstes Geschwisterkind bist, hast du immerhin wahrscheinlich schon in der Kindheit sehr schnell gemerkt, dass du gegen körperliche Überlegenheit schlecht ankommst, und angefangen, dir mit deinen Worten im Streit Macht zu verschaffen. Jeffrey Kluger, Autor des Buches *The Sibling Effect* ist sich sicher, dass das eine ganz besondere Gabe ist, die du da hast: »*Wenn man seine älteren Geschwister nicht schubsen kann, dann entwaffnet man sie mit Witz oder einer besseren Intuition, um zu bekommen, was man will.*« Er nennt es sogenannte Low-Power-Strategien, und darin seid ihr, die fünfjährigen Tobiasse auf rasenden Drehstühlen dieser Welt, ganz gewiss die ultimativen Meister. Vergesst also nicht, trotz aller Strapazen habt ihr etwas Leuchtendes an euch: eure Wortgewandtheit gepaart mit dem vermutlich größten Geschenk, das wir älteren Geschwister euch jemals gemacht haben. Die Rede ist vom Sinn für Humor. Klar, du hast viel gelitten und vielleicht sogar geweint. Okay, du hast ganz sicher ein paarmal geweint. Aber du hast wahrscheinlich auch viel gelacht. Und vor allem weißt du, wie man damit umgeht, wenn ein Witz auch mal auf deine Kosten geht. Das ist etwas, was viele Leute später niemals mehr lernen und sich deshalb im Leben nur allzu oft ärgern.

WIE DU ALS SANDWICHKIND NICHT VERGESSEN WIRST

Dieses Kapitel liegt mir besonders am Herzen, denn auch ich bin ein Sandwichkind. Und ja, ich muss mich eventuell bereits an dieser Stelle dafür entschuldigen, dass ich es auf den folgenden Seiten unter Umständen nicht ganz schaffen werde, meine persönliche Betroffenheit vollständig zu verbergen. Sowohl im wissenschaftlichen Diskurs als auch im Volksmund, aber vor allem in meiner persönlichen Erinnerung gilt die Position des Mittelkindes immerhin gewissermaßen als die anspruchsvollste unter den Geschwistern. Die Platzierung in der Mitte, also alles nach dem erst- und vor dem letztgeborenen Geschwisterkind, trägt eine gewisse Tragik in sich: Wir sind zu spät gekommen für all die Privilegien und Aufmerksamkeiten, die unsere älteren Geschwister genießen durften, aber leider trotzdem zu früh, um den Freifahrtschein des Nesthäkchens ausnutzen zu können, welches, begleitet von den Zauberworten *»der/die Kleine weiß oder kann es eben noch nicht besser«*, in vielen Situationen bis zu jeder beliebigen Endstation fahren darf.

Es ist meiner Meinung nach deshalb höchste Zeit, endlich mal die systematische Benachteiligung von uns Mittelkindern offen anzusprechen. Immerhin habe ich, typisch für uns Mittelkinder, einen ausgeprägten Gerechtigkeitssinn, und wir Sandwichkinder gehören bei momentan durchschnittlich 1,59 Kindern[17] pro deutscher Familie eindeutig einer tendenziell eher aussterbenden Minderheit an. Es gibt uns demnach in vielen Haushalten noch nicht einmal mehr. Und Minderheiten verdienen bekanntlich besonderen Schutz und Unterstützung. Sogar Google scheint uns darauf aufmerksam machen zu wollen. Gibt man »Sandwichkind« in die Google-Suchleiste ein, ist gleich einer der ersten Vorschläge: *»Sandwichkind psychische Probleme«* oder *»Sandwichkind Depression«.* Ist das nicht ein bezeichnendes Ergebnis? Wir haben anscheinend in der Tat mit einigen stark prägenden und einschneidenden Herausforderungen im Leben zu kämpfen, und die Position von Sandwichkindern in der Familie ist daher offenbar tatsächlich besonders risikoreich.

Wie bereits angekündigt, bin ich an dieser Stelle eventuell etwas voreingenommen und einen Tick zu subjektiv, aber ich bekomme für meine besondere Sorge um uns Sandwichkinder sogar wissenschaftliche Unterstützung. Neben empirischen Studien verdeutlicht immerhin auch ein einfacher mathematischer Gedankengang eines Experten des Max-Planck-Instituts für Bildungsforschung in Berlin die These der ungerechten Ausgangsposition von uns Mittelkindern.[18] Schuld daran scheinen tatsächlich unsere Eltern zu tragen. Um jedoch eines vorneweg zu nehmen: Liebe Eltern, zur Beruhigung, in diesem Rechenbeispiel wird nicht nur angenommen, dass die Sandwichkinder wegen euch tatsächlich das Nachsehen haben, was jegliche Ressourcen wie Aufmerksamkeit,

Nahrung, Geld oder Zeit angeht, sondern auch, dass ihr Eltern diese Ungerechtigkeit wenigstens mit den besten Absichten produziert. Das theoretische Modell von Ralph Hertwig geht nämlich davon aus, dass alle Eltern versuchen, ihre kompletten Ressourcen zu jedem Zeitpunkt gleichmäßig und gerecht unter all ihren Kindern aufzuteilen. Klingt erst einmal nach einer utopisch gerechten und fairen Welt für alle Geschwisterkinder, oder? Falsch! In dieser Annahme steht das Sandwichkind nämlich trotzdem als Verlierer da. Der Grund dafür: Es ist das einzige Kind, das niemals die Vorzüge des Einzelkindes genießen darf. Wenn unsere Eltern aus Liebe zu uns Kindern alle ihre Ressourcen zu jedem Zeitpunkt zu gleichen Anteilen unter den Geschwistern aufteilen wollen, bedeutet das im Endeffekt Folgendes: Das erstgeborene Kind bekommt gleich zu Beginn seines Lebens einen erheblichen Ressourcenvorsprung. Denn alle Ressourcen geteilt durch eins bedeutet, das erstgeborene Kind vereinnahmt genau wie viel von allen zur Verfügung stehenden Mitteln für sich? Ganz richtig gerechnet, es bekommt lange Zeit genaugenommen alles! Eine Forschungsarbeit aus den Vereinigten Staaten von Amerika hat in einer Untersuchung unter 15.000 Kindern herausgefunden, dass Erstgeborene im Schnitt etwa ganze 3.000 Stunden mehr Aufmerksamkeit und Zuwendung bekommen als ihre jüngeren Brüder und Schwestern.[19]

Kein Wunder, es dauert immerhin eine ganze Weile, bevor es zum ersten Mal Liebe, Spielsachen, Anerkennung, Essen und so weiter mit dem zweitgeborenen Kind teilen muss. Gleiches gilt auch für das letztgeborene Kind. Auch dieses genießt ziemlich wahrscheinlich ein paar friedliche Jahre allein, ab dem Zeitpunkt, an dem die älteren Geschwisterkinder ausgezogen sind. Die Einzigen, die tragischerweise niemals alles für sich alleine haben werden, sind also wir Mittelkinder. Und da unsere Eltern zu der Zeit, in der alle Geschwisterkinder gleichzeitig in der Familie leben, ziemlich wahrscheinlich nicht schon im Voraus für einen angemessenen Ausgleich sorgen, kommen wir Mittelkinder meistens und mathematisch nachweisbar in den meisten Familien also unterm Strich zu kurz.

Die Auswirkungen dieser logischen Schlussfolgerungen beschreiben Untersuchungen, wie sie beispielsweise im Buch *The Sibling Effect* von Autor Jeffrey Kluger besprochen werden. Da die mittleren Kinder tatsächlich am wenigsten Aufmerksamkeit von den Eltern bekommen, reagieren diese häufig mit einem ganz bestimmten Verhaltensmuster: Sie provozieren gerne, scheren aus und suchen sich verstärkt Beziehungen außerhalb der Familie.[20] Okay, Zeit für eine kleine Selbstreflexion: Hatte ich viele Freunde außerhalb der Familie? Ja. Habe ich eventuell hin und wieder etwas provoziert? Na ja, das kommt darauf an, ob man Rauchen, Auto fahren ohne Führerschein oder das gelegentliche Entwenden des Personalausweises meiner großen Schwester für unterschiedliche Zwecke als Provokation bewerten möchte. Also, sagen wir einfach mal, ja, es könnte durchaus vorgekommen sein, dass ich ab und zu etwas über die Stränge geschlagen habe. Dazu müssen rückblickend betrachtet zwei Dinge gesagt werden. Erstens: Tut mir wirklich leid, Mama, ich bewundere die Geduld und das Verständnis, das du mir in solchen Momenten trotzdem entgegengebracht hast. Und zweitens: Ich habe daraus wirklich eine wichtige Sache gelernt, die vielleicht auch für andere vernachlässigte Mittelkinder interessant sein könnte.

Einer der häufigsten Trugschlüsse ist es nämlich, zu denken, double trouble sei gleichbedeutend mit double Aufmerksamkeit. Das stimmt so leider einfach nicht. Es ist vielmehr wie mit dem viel gefürchteten Jojo-Effekt nach einer Crash-Diät: Für einen kurzen Moment mag man sich durch extreme Aktionen vielleicht die (negative) Aufmerksamkeit erkämpft haben. Auf längere Sicht bleiben aber unangenehme Gefühle dir gegenüber bei deinen Eltern zurück, und deine Geschwister, die ihnen in diesen Momenten zeigen, wie schön es doch ist, auch noch brave Kinder zu haben, sind die wahren Gewinner – und das auch noch mit deiner Hilfe und ohne etwas dafür tun zu müssen. Und das kann doch auf keinen Fall das Ziel sein, oder?

Daher ist mein Fazit aus mehreren Jahren Teilen, Diskutieren, den Kürzeren ziehen, unangebrachte Kompromisse eingehen und unfaire Deals akzeptieren müssen oder auch kurz gesagt, das Leben eines Mittelkindes führen, vor allem eines: Wir müssen anfangen, mit breiter Brust in Aktion zu treten und unseren eigenen Weg zu gehen. Wir Sandwichkinder werden in unserer Geschwisterposition in vielen Beschreibungen oft stereotypisch als Wesen dargestellt, die ständig in den ausgewaschenen T-Shirts unserer großen Brüder und Schwestern herumlaufen müssen und weniger Bilder im Familienalbum nachweisen können. Die Position als Sandwichkind hat jedoch in Wirklichkeit auch einige Vorzüge. Vorausgesetzt, man beachtet mögliche Stolperfallen und schwebt grazil und mit einem siegessicheren Lächeln im Gesicht über sie hinweg. Und dafür gibt es einen sehr effektiven Weg. Wichtigste Regel: Nur nicht auf Vergleichsspielchen einlassen! Auch wenn es manchmal schwerfällt, es zuzugeben, aber nicht selten erscheinen uns unsere größeren Geschwister tatsächlich als Vorbilder. Statistisch gesehen sind sie immerhin oft sehr gut in der Schule und bekommen Jobs, die mit hoher sozialer Anerkennung belohnt werden. Sie werden zum Beispiel öfter ÄrztInnen oder IngenieurInnen. Sie können auch Sportarten und Spiele in der Regel früher und manchmal sogar besser als wir – immerhin hatten sie schon ein paar Jahre vor uns Zeit, sie zu üben. All das ist sehr verlockend für die kleinen Teufelchen auf unseren Schultern, die auf die Namen »Neid« und »Hol sie ein« hören. Viel entspannter und befriedigender ist es doch aber, wenn ihr erst gar nicht versucht, irgendwelchen Vergleichen und Duellen hinterherzujagen. Sucht euch lieber euren ganz eigenen Bereich, in dem ihr gut seid und in dem ihr Erfolge feiern könnt, ohne euch dabei ständig im Hinterkopf zu fragen, wie gut eure Schwester oder euer Bruder im gleichen Wettbewerb oder der gleichen Prüfung vor ein paar Jahren war beziehungsweise gerade ist. Treten wir erst gar nicht direkt gegeneinander an, können wir auch nicht gegen sie verlieren, weder indem wir uns selbst mit ihnen vergleichen noch aufgrund absolut nicht hilfreicher Kommentare von außen à la *»für deine/n Bruder/Schwester war das damals kein Problem«*. Wenn wir nicht davon abgelenkt werden, uns zu vergleichen, fällt es uns außerdem auch viel leichter, zu sehen, wie positiv und zielgerichtet wir unsere eigenen Fähigkeiten einsetzen können. Denn wir Sandwichkinder haben immerhin Talente, die bei keinem Geschwisterkind so gut trainiert wurden wie bei uns. Wenn uns die ständige Zerrissenheit zwischen »zu jung für dies« und »zu alt für jenes« und zwiespältige Anweisungen wie: *»Das musst du teilen, weil du ja schon groß bist«* und *»das musst du hergeben, weil du ja noch zu klein bist«* eine Sache gelehrt haben, dann doch die Fähigkeiten, uns zäh und beharrlich durchzukämpfen und unser vernachlässigtes Recht einzufordern, komme was wolle. Es spricht also nichts dagegen, diese antrainierte Kraft in jeglichen Lebenslagen zu nutzen. Egal ob im Job, in der Schule oder innerhalb der Familie. Unser ganz spezieller Kampfgeist kann überall nützlich sein und auch in jedem Alter. Ihr könntet zum Beispiel mal ganz geradeheraus fragen, ob eure Eltern etwas mit euch alleine unternehmen. Vielleicht sind sie noch nie auf die Idee gekommen, weil sie ständig damit beschäftigt sind, alles gleichmäßig und »fair« unter allen Geschwistern zu verteilen. Aber für das Gefühl, genügend Beachtung zu bekommen, wäre ein bisschen one-on-one-time mit den Eltern vielleicht genau das Richtige und so etwas wie eine heilende Wärmflasche auf der angeknacksten Sandwichkinderseele. Das gilt meiner Meinung nach übrigens ebenfalls für jedes Alter. Das Rechenbeispiel des Max-Planck-Instituts könnte vielleicht eine wunderbare Argumentationsgrundlage dafür sein, unsere wohlverdiente »Alleinzeit« endlich zu bekommen. Wir Sandwichkinder können uns immerhin keine Scheu vor dem Einfordern unserer Rechte leisten, haben jedoch zum Glück auch kein Problem damit, denn darauf wurden wir schließlich ein Leben lang von unseren Geschwistern vorbereitet. Auch wenn es harte Lektionen sind, die wir als Mittelkinder zwischen unseren Geschwistern lernen müssen, in jeder Lebenslage sind diese Fähigkeiten eine gute Voraussetzung, um es weit zu bringen. Vielleicht ist es daher ganz im Sinne des Mottos »*Raus aus der Opferrolle*« an der Zeit, unseren Geschwistern dankbar dafür zu sein, dass wir durch sie eine außergewöhnliche Durchsetzungskraft erlernt haben und diesen Vorteil jetzt jederzeit zu unseren Gunsten nutzen können.

DEN WEG FREI KÄMPFEN! WIE DU DAS SCHICKSAL DES GRÖSSTEN GESCHWISTERKINDES ERTRÄGST

Du bist perfektionistisch, erfolgreich, verlässlich und machst dir gerne Listen? Dann bist du vermutlich ein Erstgeborener oder eine Erstgeborene. Zumindest, wenn man den Forschungsergebnissen einiger WissenschaftlerInnen glaubt. Zum Beispiel dem amerikanischen Psychologen Kevin Leman. Er beschäftigt sich seit vielen Jahre mit Studien und praxisnahen Seminaren rund um das Thema Geschwisterbeziehungen. Laut Leman versuchen TeilnehmerInnen solcher Seminare, aber auch einige Laien oft, Geschwisterkonstellationen sogar mit so etwas wie Astrologie zu vergleichen. Wir alle kennen schließlich Prophezeiungen wie: *Sternzeichen Stier – Sie sind momentan besonders durchsetzungsfähig und aufmerksam, machen Sie sich Ihre Fähigkeiten zunutze, denn Ihnen steht in diesem Monat eine große Veränderung bevor – Ihr spirituell stärkster Tag ist der Dienstag.* Stattdessen könnte es für Geschwister zum Beispiel heißen: »*Lieber Erstgeborener – Sie sind sehr organisiert, pflegen eine ausgeprägte To-do-Listen-Kultur und kümmern sich gewissenhaft um jede ihrer Aufgaben. In diesem Leben werden Sie vermutlich eine letztgeborene Frau heiraten und sich für eine akademische Laufbahn entscheiden.*«

Leman glaubt zwar nicht wirklich, dass Geschwisterkonstellationen mit Horoskopen vergleichbar sind, allerdings ist er sich sicher, dass die Konstellationen, in denen wir aufgewachsen sind, tatsächlich alle Bereiche unserer Persönlichkeit beeinflussen: So auch die Partnerwahl, den Berufswunsch, wie wir unsere Kinder erziehen und seiner Meinung nach sogar, ob wir an Gott glauben oder nicht.[21] Die Forschung in diesem Bereich ist zwar noch recht jung, aber seit etwa 40 Jahren belegen tatsächlich auch wissenschaftliche Studien, dass es konkrete Eigenschaften zu geben scheint, die zumindest tendenziell eher auf Erst-, Mittel- oder Letztgeborene zutreffen. Im Volksmund ist diese Erkenntnis alles andere als eine Neuigkeit, sondern vielmehr eine jahrhundertealte Überzeugung.

Und auch mir ist etwas aufgefallen, was vor allem auf erstgeborene Geschwister zuzutreffen scheint. In meinen zwar nicht repräsentativen, dafür aber großflächig im Freundeskreis durchgeführten Befragungen häufen sich Hinweise darauf, dass alle Erstgeborenen ein enges Band des Leidens verbindet. Sie berichten alle beinahe ausnahmslos mit einer beeindruckend ausgefeilten Argumentationsgrundlage, wie sie ihre ganze Kindheit über dazu verdammt waren, den Weg für ihre jüngeren Geschwister freizukämpfen.

Unter dieser systematischen Ungerechtigkeit leidet beispielsweise auch mein Freund Ben sehr. In seinem Fall haben sich sogar nicht nur die Geschwister und seine Eltern unfairerweise gegen ihn verbündet, sondern auch noch das deutsche Gesetz.

Ben ist schon, solange er denken kann, großer Fan von Fahrzeugen jeglicher Art. Kein Wunder, dass er es deshalb auch kaum erwarten konnte, endlich selbst mal am Steuer zu sitzen. Er war der Einzige, den ich kenne, der auf den Tag genau, an seinem 15. Geburtstag, das erste rechtlich zugelassene Fahrzeug für dieses Alter besaß. Ein Mofa mit der Maximalgeschwindigkeit von 30 km/h. Zumindest war das die Höchstgeschwindigkeit zum Zeitpunkt der Anschaffung, einige Wochen und viel »Herumgeschraube« später kroch die Tachonadel nicht selten Richtung 60 km/h, aber das ist eine andere Geschichte. Jedenfalls folgte mit 16 Jahren selbstverständlich der Rollerführerschein, und zur gleichen Zeit lag Ben seinen Eltern bereits ständig in den Ohren, weil er gerne mit ihnen auf den ADAC-Übungsplatz wollte, um auch endlich die Königsdisziplin, das Autofahren, üben zu können. Die Unfallquoten von Jugendlichen vor Augen, waren seine Eltern allerdings absolut keine Fans dieser Idee. Sie erklärten ihm, dass er, da er den Führerschein ohnehin erst mit 18 Jahren haben durfte, als 16-Jähriger nichts hinter einem Autolenkrad verloren hätte. Sein regelmäßiger Polizeikontakt wegen zu schnellen Fahrens auf einem nicht ordnungsgemäß gedrosselten Roller könnte diese vehemente Ablehnung seiner Eltern eventuell verstärkt haben. Aber wie gesagt, das ist eine andere Geschichte. Jedenfalls änderten Bens Eltern ihre Meinung tatsächlich nicht mehr, und er musste letztendlich wirklich bis kurz vor seinem 18. Geburtstag warten, bis er die erste offizielle Autofahrstunde nehmen durfte. Aber nicht nur diese unerträglich lange Wartezeit hat bei Ben für ein nachhaltiges Trauma gesorgt, sondern auch eine Gesetzesänderung aus dem Jahr 2011. Seit jenem Jahr ist es nämlich erlaubt, bereits mit 17 Jahren den Führerschein zu haben, um so, zwar noch in Begleitung der Eltern, dafür aber schon ein ganzes Jahr früher als zuvor, selbst fahren zu dürfen. Unfassbar gemeines Timing, wenn man Ben fragt. Denn genau im gleichen Jahr der Gesetzesänderung wurde sein kleiner Bruder Lou 16 Jahre alt und durfte sich deshalb schon ein halbes Jahr vor seinem 17. Geburtstag in der Fahrschule anmelden. Die Konsequenz: Lou durfte insgesamt ein ganzes Jahr früher als Ben zu seiner Zeit damit anfangen, Fahrstunden zu nehmen. Und zwar nicht nur auf einem popligen ADAC-Übungsplatz, sondern auch noch auf richtigen Straßen. Und weil es jetzt ganz offiziell und vor dem Gesetz erlaubt war, hatten auch seine Eltern plötzlich nichts mehr dagegen, dass ein 16-Jähriger hinterm Autosteuer sitzt. Ben ist bis heute nicht ganz über diesen unfairen Lauf der Dinge hinweggekommen.

Um diesem kollektiven »Trauma« der Erstgeborenen möglichst schmerzlindernd zu begegnen, sollte die Aufmerksamkeit vielleicht ganz bewusst auf einige Vorteile gerichtet werden, die man dadurch hat, dass man als Allerserstes unter allen Geschwistern da gewesen ist. Ganz nach dem Prinzip »Wer zuerst da ist, mahlt zuerst«,hängen beispielsweise an Tausenden deutschen Kühlschränken, Küchentafeln und Wänden stolzer Eltern, Großeltern, Tanten und Onkel verhältnismäßig viele künstlerische Werke von Erstgeborenen. In den Augen von Erstlingseltern scheint offensichtlich jeder Strich aus der Feder ihres Erstgeborenen einen Picasso in den Schatten stellen zu können. Ihr Ältesten habt außerdem in der Regel niemals das Problem, dass ihr mit den getragenen Klamotten eurer Geschwister herumlaufen müsst. Ihr dürft euch ziemlich wahrscheinlich das größere Zimmer aussuchen und habt auch oftmals die schnelleren Fahrzeuge (weil ihr ja schon größer seid).

Und dennoch hat fast jedes erstgeborene Geschwisterkind eben mindestens diese eine traumatische Geschichte auf Lager, in der sich die geballte Ungerechtigkeit ihrer Kindheit widerspiegelt. Bevorzugt geht es dabei um erkämpfte »Wachbleibezeiten«, die ersten Übernachtungen des anderen Geschlechts, um das Alleine-zu-Hause-Bleiben, das erste Haustier oder die Höhe des Taschengeldes. Diese Geschichten sind in den Erzählungen der Erstgeborenen keine Erfolgsstorys, da sie diese am Ende leider nicht etwa mit ihrem Erfolg, sich gegen die Eltern durchgesetzt zu haben, verknüpfen, sondern mit der Enttäuschung, dass die jüngeren Geschwister etwas später die gleichen Regeln und Privilegien ganz ohne Kampf genießen durften. Dennoch ist es natürlich – zugegeben zumindest ein kleines bisschen – unfair!

Und deshalb, liebe Erstgeborene, möchte ich euch gerne ein kleines Geschenk machen: ein Zugeständnis! Ich als Sandwichkind, das normalerweise prädestiniert ist für die Opferrolle in der Familie und dieses eine, sehr seltene Alleinstellungsmerkmal eigentlich nur sehr ungern aufgibt, gebe euch von Herzen recht. Ja, mit Sicherheit musstet ihr für uns Jüngere, egal wie viele nach euch folgten, den Weg frei kämpfen. Was das angeht, seid ihr ziemlich wahrscheinlich tatsächlich im Laufe eures Lebens zum Opfer von Ungerechtigkeiten geworden. Auch wenn unsere Eltern gerne behaupten, es gelten für alle Kinder die gleichen Regeln. Wir wissen alle, dass wir jüngeren Geschwister in der Realität trotzdem durchschnittlich viel mehr viel früher durften als ihr. Für dieses Ungleichgewicht gibt es in der Regel ein bis zwei Gründe: Mama und Papa! Ihr habt als Erstgeborene neben der vollen Aufmerksamkeit unserer Eltern gleichzeitig leider auch die undankbare Rolle des Versuchskaninchens geerbt. Wenn ihr auf die Welt kommt, spuken noch so irrwitzige, übermotivierte Vorstellungen in den Köpfen unserer Eltern herum wie: *»Also unsere Emma wird keine Süßigkeiten bekommen, dann gewöhnt sie sich erst gar nicht an den ungesunden, raffinierten Zucker«, »Fastfoodrestaurants??? Da werden wir mit dem kleinen Thilo nie hingehen«* oder vielleicht auch so etwas wie *»Handys und Tablets bekommt Matheo nicht vor der Pubertät in die Finger, wir spielen mit ihm lieber immer draußen an der frischen Luft.«*

Allerdings fällt der Realitycheck dann oft doch eher so aus: Matheo wird beim Kinderarzt so lange quengeln, bis er doch die springenden Figuren von Farmville auf dem Handy bestaunen darf, weil er einfach nur so stillhält. Thilo feiert spätestens seinen fünften Geburtstag bei McDonald's, weil seine Eltern das Gebettel nicht mehr hören können, und Emma isst in der Schule all ihren Freunden die Gummibärchen aus der Tupperbox, weil sie das heimliche Süßigkeitenversteck ihrer Eltern schon lange bis aufs letzte Hanuta geplündert hat.

Kurz gesagt, sowie Eltern als auch Kinder sind der lebende Beweis für das ständige Ausdehnen, Neuverhandeln und Brechen aller Regeln, die jemals innerhalb einer Familie aufgestellt wurden. Das scheint so etwas wie ein Naturgesetz innerhalb von Familien zu sein. Regeln sind offensichtlich sehr dynamisch und sehr wohl veränderbar, auch wenn Eltern gerne das Gegenteil behaupten. Und diejenigen, die in dieser Schlacht um Regelbrüche nun mal ganz vorne kämpfen, seid ihr, liebe Erstgeborene.

Wie man das nun verhindern oder zumindest ertragen kann? Ich sehe grundsätzlich zwei mögliche Ansatzpunkte. Der eine macht allerdings nur Sinn, wenn ihr die Tatsache in Kauf nehmen wollt, als negativer Prototyp der/des Erstgeborenen in die Familiengeschichte einzugehen: Also als kleinkariert, überkorrekt und regelfanatisch. In diesem Fall könntet ihr tatsächlich darauf bestehen, dass eure Eltern Buch darüber führen, zu genau welchem Zeitpunkt ihr etwas machen durftet. Wie früh musstet ihr von der ersten Geburtstagsparty ohne Elternaufsicht zurückkommen? Wann habt ihr den ersten Roller bekommen oder durftet hohe Schuhe tragen? Die Liste der jeweils ganz persönlichen Regelerrungenschaften während der Kindheit und Jugend ist lang, und sobald sie ordnungsgemäß dokumentiert ist, könnt ihr eure Eltern viel besser darauf festnageln, sobald die jüngeren Geschwister etwas später dann die gleichen Diskussionen eröffnen. Falls du tatsächlich mit dieser Variante der Gerechtigkeitsdurchsetzung liebäugelst, möchte ich allerdings sehr gerne versuchen, dich davon abzubringen, indem ich auf Lösungsvorschlag Nummer zwei hinweise. Wer nämlich genauer darüber nachdenkt, welchen Nachteil ein erstgeborenes Geschwisterkind tatsächlich durch die Tatsache hat, dass ein jüngeres Geschwisterkind die gleichen Dinge früher oder mit weniger Diskussion machen darf, könnte nach reichlicher Überlegung auch zu folgendem Schluss kommen: Gar keinen – man hat rein gar keinen objektiven Nachteil. Außer vielleicht das innere Gerechtigkeitsgefühl, das etwas angeknackst ist. Aber – und das ist der zentrale Punkt dieser Überlegung – man darf nicht vergessen, der Kampf ist bereits gekämpft. Ihr habt euch mit den Eltern zu eurer Zeit auf eine Regel geeinigt und das Ergebnis überlebt. Jede Diskussion, die ihr im Nachhinein noch darüber führt, oder Ärger, den ihr darüber verspürt, weil euer Bruder oder eure Schwester eine Extrabehandlung bekommt, ist doch im Grunde genommen verschwendete Energie, weil es nichts mehr daran ändert, wie früh ihr vor einigen Jahren zu Hause sein musstet, während WIRKLICH ALLE ANDEREN noch auf der Party bleiben durften. Das klingt jetzt vielleicht erst einmal immer noch nicht befriedigend genug, aber vielleicht hilft es ja, sich zusätzlich vor Augen zu führen, wie viel früher als wir (die später Geborenen unter uns) ihr Älteren Auto fahren durftet, ein eigenes Zimmer bekommen habt, mit riesiger Schultüte eingeschult wurdet oder die neuen Turnschuhe, die Skiklamotten oder Tennisschläger stellvertretend für alle kleineren Geschwister aussuchen durftet, die wir dann nach euch gebraucht tragen mussten.

Ich kann euch sagen, all das hat uns später Geborene wahnsinnig gemacht. Gönnt es euch, diese Tatsache ausgiebig zu genießen und den Triumph auszukosten, dass all eure Errungenschaften sogar noch viel wertvoller waren, weil wir jüngeren Geschwister sie euch geneidet haben. Ohne unsere sehnlichen Blicke und verzweifelten Wünsche, doch bloß auch schon so »groß« sein zu können wie ihr, wären eure damaligen Siege nach einer langen Diskussion mit den Eltern, wie zum Beispiel die eine Stunde länger wach bleiben am Wochenende, doch nur halb so schön gewesen, oder? Sorgt diese Perspektive nicht wenigstens für ein kleines Gefühl der Entschädigung? Auch wenn wir einige Zeit nach euch vielleicht schon viel mehr durften als ihr, hattet ihr diese Privilegien in jedem Fall schon vor uns und als Allererste unter allen Brüdern und Schwestern – bewundernde Blicke der ZuschauerInnen, uns jüngerer Geschwister inklusive! Ein Triumph, der euch ganz allein vorbehalten ist und den wir später Geborenen niemals bekommen werden, egal wie sehr wir uns anstrengen.

HALB(E)GESCHWISTER – VOLLE GEFÜHLE

Wenn ich bisher über Halbgeschwister nachgedacht habe, kam ich schnell zu dem Entschluss: Ich habe keine Halbgeschwister und weiß deshalb nichts darüber, wie es ist, mit Halbgeschwistern aufzuwachsen! Auf diesem Standpunkt war ich daher auch zu dem Zeitpunkt, zu dem ich mich vor einigen Wochen mit meinem Kumpel Janosch traf. Wir hatten uns verabredet, weil er gleich zwei Halbgeschwister hat. Er selbst ist 28, seine kleine (Halb)Schwester 24 und sein kleiner (Halb)Bruder 21 Jahre alt. Ich hatte die Hoffnung, dass er mir für dieses Kapitel ein paar Tipps und Geschichten zum Leben mit Halbgeschwistern geben kann, er erschien mir mit seinem Hintergrund wie der ideale Experte dafür. Wir kamen inhaltlich recht schnell zum Grund unseres Treffens, und ich sprang mit meinem allerersten Kommentar direkt zielstrebig ins Fettnäpfchen. Ich stellte die Frage, die schon die ganze Zeit in meinem Kopf herumschwirrte. *»Ich habe keine Halbgeschwister, deshalb habe ich keine Ahnung, wie das Leben mit ihnen so ist. Erzähl doch mal.«* Janosch lachte und antwortete: *»Gar keine Ahnung? Das glaube ich nicht. Du hast doch schließlich auch Geschwister. Warum gehst du davon aus, dass sich die Beziehungen so stark voneinander unterscheiden?«*

Gute Frage, musste ich anerkennen und schämte mich ein bisschen. Ich gebe zu, ich war unbewusst an das Thema herangegangen, als wäre ich eine Art außenstehende Beobachterin, die das erste Mal einen Blick auf Kreaturen werfen darf, die gerade aus einem Ufo steigen. Als hätten sie sehr wenig, wenn nicht sogar rein gar nichts mit uns restlichen Menschen, die mit den »echten« Geschwistern, zu tun. Und damit waren wir auch schon mitten im Thema. Janosch machte nämlich schnell eine Einschränkung und gab zu, dass es seiner Meinung nach doch einen großen Unterschied zu Menschen mit »Vollgeschwistern« gibt. Die Rede ist von genau dieser Situation, in der wir steckten. Er und seine Geschwister müssten ihre Beziehung zueinander schon immer erklären, sobald Leute erfahren, dass sie »nur« Halbgeschwister sind. Ähnlich ginge es auch Menschen mit Stiefgeschwistern, berichtet Janosch mir weiter. Sie alle würden sich zwar in der Regel recht schnell an ihre besondere Situation gewöhnen, *»aber trotzdem ist es nicht ganz fair, dass oftmals automatisch angenommen wird, dass unsere Beziehung weniger eng oder viel wahrscheinlicher problematisch sein muss«*, beklagte Janosch sich über seine bisherigen Erfahrungen mit Außenstehenden (wie mir).

Allerdings bestätigt die Forschung dieses Vorurteil leider. Hartmut Kasten berichtet in seinem Buch *Geschwister. Vorbilder, Rivalen, Vertraute* von genau diesem Effekt, den Janosch anspricht und bestätigt, *»(…) dass negative Vorurteile gegenüber Stieffamilien immer noch weit verbreitet sind. Diese Vorurteile bewirken, u.a., dass auf Stiefgeschwistern ein Druck lastet, sich möglichst schnell miteinander anzufreunden und gut miteinander auszukommen, obwohl ihnen dazu die Voraussetzungen – gemeinsame, in derselben Familie gemachte Erfahrungen – vollständig fehlen.«*[22]

Das Schwierigste für Janosch waren allerdings nicht seine Geschwister, sondern vielmehr ein anderer häufiger Begleiter: Die Rede ist vom Gefühl, seine Mutter zu verraten, wenn er sich gut mit seiner »neuen« Familie versteht. Gerade als Kind sei es ihm schwergefallen, einen ganz neuen Bereich in seinem Leben aufzubauen, indem seine Mutter keine Rolle spielte. An sein schlechtes Gewissen in solchen Situationen erinnert er sich bis heute. Natürlich sah er seine Mutter in regelmäßigen Abstanden weiterhin, obwohl sie nicht mehr im selben Haushalt lebten. Aber sämtliche Alltagssituationen, wie beispielsweise regelmäßige Familienfrühstücke, spontane Fernsehabende oder Spaziergänge fanden natürlich häufig ohne sie statt.

Allerdings hatte Janosch Glück, der Altersabstand zu seinen Halbgeschwistern war nur sehr gering, die drei Geschwister hatten also durchaus viele Erfahrungen, die sie gemeinsam in derselben Familie gemacht haben. Vielleicht ist das der Grund dafür, dass sie heute nicht viel weniger verbindet als Geschwister, die beide Elternteile genetisch miteinander teilen.

Grundsätzlich scheint die DNA ohnehin nicht das Einzige zu sein, was uns zu Geschwistern macht. Da stimmen auch ExpertInnen wie Susann Sitzler zu. Sie vertritt in ihrem Buch *Geschwister. Die längste Beziehung des Lebens* folgende Meinung: »*Geschwisterlichkeit hat nur eine Voraussetzung: Sie muss da sein. Ob auf dem Papier oder im Gefühl, das spielt oft erst in zweiter Linie eine Rolle. Das Vertrauen zwischen Geschwistern ist ein Fundament, auf dem eine Identität ruhen kann.*«[23]

Diese Erkenntnis würde Janoschs Freund Andi sicherlich Mut machen. Von ihm erzählt mir Janosch im Zusammenhang mit sagen wir »nicht klassischen« Geschwisterbeziehungen. Denn auch Andi erlebt eine besondere Form des Geschwisterdaseins. Er hat eine Stiefschwester, allerdings liegen zwischen ihnen ganze zehn Jahre, und seine Schwester war bereits fünf Jahre alt, als sie durch die zweite Ehe seiner Mutter in sein Leben kam. Da Janosch und Andi sozusagen ein ähnliches Schicksal teilen, haben sie sich schon oft darüber unterhalten, wie es für Andi war, verhältnismäßig spät noch eine neue geschwisterliche Beziehung zu der »Nachzüglerin« aufzubauen. Dieser hatte überraschenderweise sogar oftmals das Gefühl, es einfacher gehabt zu haben als Halb- und Vollgeschwister mit einem geringeren Altersabstand. So war ihre Beziehung zu Beginn vor allem sehr höflich, erzählt er. Schließlich handelte es sich bei seiner »neuen« Stiefschwester quasi um ein fremdes Kind, und zu denen ist man ja in der Regel grundsätzlich erst einmal tendenziell nett. Außerdem, erzählte Janoschs Freund, hatte er sehr wenige Erwartungen an sie. Er sei nicht davon ausgegangen, dass dieses fünfjährige Mädchen ihm im Alltag irgendwie nützen oder ihn bereichern würde. Das klingt vielleicht erst einmal gemein, aber wo keine Erwartungen sind, können immerhin auch keine enttäuscht werden. Viel entspannter und müheloser konnte sich so eine richtig gute Beziehung zwischen den beiden entwickeln. Auch Sitzler ist sich sicher, dass wir grundsätzlich alle dazu in der Lage sind, Geschwister mit »ganzem Herzen« zu adoptieren:

»Auch als Erwachsene schaffen wir uns noch neue Geschwister. Manchmal suchen wir ein Leben lang nach Menschen, mit denen wir uns verwandt fühlen können. Dieser Drang – und diese Fähigkeit – ist eine der wichtigsten Ressourcen einer sozialen Gesellschaft.«[24]

Und das, obwohl das Leben mit Halb- oder auch Stiefgeschwistern ganz besondere Herausforderungen mit sich bringt.

Laut Experten wie Hartmut Kasten ist eine der größten Herausforderungen, sich innerhalb einer Stieffamilie immer wieder an abrupte und ständig wechselnde Veränderungen anzupassen. Zum Beispiel ändert sich der Geburtsrangplatz mit dem Einzug »neuer Geschwister« auf einen Schlag. Während Kinder sich unter normalen Umständen langsam in die Rolle der oder des Älteren beziehungsweise in die des Nesthäkchens hineinleben können, müssen Halbgeschwister häufig von heute auf morgen in die entsprechenden Rollen schlüpfen. Außerdem gibt es oft regelmäßige Änderungen in der Zahl der Familienangehörigen. Manche Stiefkinder oder Halbgeschwister sind vorübergehend beim anderen Elternteil. Das verlangt eine hohe Flexibilität in Alltagsroutinen, wie beispielsweise bei den Essensvorbereitungen.[25]

Nun könnte man sagen, dass es Halbgeschwister aus rein theoretischer Sicht daher wirklich nicht leicht miteinander haben. Erzählungen wie die von Janosch beweisen allerdings dagegen auch hin und wieder das Gegenteil. Streit und phasenweise Ablehnung gibt es ohnehin in jeder Geschwisterbeziehung.

Aber genau darin liegt auch die große Chance für diejenigen unter uns Geschwistern, die nicht in traditionellen Familienverhältnissen aufgewachsen sind:

»In einer Gesellschaft, die sich durch zunehmende Vielfalt und Komplexität auch in sozialzwischenmenschlichen Belangen auszeichnet, können Umgangserfahrungen und Fähigkeiten, welche Stiefgeschwister erwerben, wenn sie in ihrer neuen Familie Beziehungen zueinander aufbauen, sehr nützlich sein.«[26] Wer Stief- oder Halbgeschwister hat, den kann also auch im restlichen Leben so gut wie nichts mehr schocken. Kein Beziehungsgeflecht scheint zu kompliziert für euch zu sein, und ihr erwerbt die beeindruckende Gabe, selbst lose herumliegende Kontaktpunkte mit Leichtigkeit zu verbinden.

Janosch ist sich zudem sicher, dass vor allem die Vorurteile von außen die Beziehung zwischen ihm und seinen (Halb)Geschwistern noch enger gemacht haben. Schließlich mussten sie sich immer und immer wieder in der Öffentlichkeit zueinander bekennen, da ihre enge Beziehung für viele nicht selbstverständlich zu sein scheint. Fast schon wie bei einer Hochzeit, bei der man vor einem Publikum schwört, ein Paar zu sein und auch zu bleiben. Obwohl sich danach innerhalb einer Beziehung im alltäglichen Leben in der Regel nichts ändert, hat das Ritual des öffentlichen Bekennens für viele dennoch eine ganz besondere Bedeutung. Genau das macht ihr Halbgeschwister ganz selbstverständlich und ständig. Darauf könnt ihr stolz sein, denn eigentlich kann euch in Anbetracht dessen keiner mehr etwas vormachen in Sachen intensive Geschwisterbeziehungen.

WIE DU AUCH MIT DEINEN VIEL ÄLTEREN ODER VIEL JÜNGEREN GESCHWISTERN IN EINEM TEAM SPIELST

Es gab eine Person auf meiner Schule, die so manch rätselhafte Geschichte umgab. Die Rede ist von Damian aus der Klassenstufe über mir. Wer den 15-jährigen Damian kennenlernte oder auch nur von ihm hörte, dem wurde sofort klar, dass er so ziemlich der coolste Typ der Schule sein musste, zumindest nach den Maßstäben von Zwölf- bis Achtzehnjährigen. Der Grund? Ziemlich offensichtlich, wenn ihr mein 13-jähriges Ich fragt. Denn wer und vor allem wie schafft man es bitte, bereits in der neunten Klasse blaumachen zu können, wann man will, trotzdem immer alle Hausaufgaben perfekt und richtig mit in den Unterricht zu bringen und gleichzeitig dennoch zu den Coolsten der ganzen Schule zu gehören, weil man die besten Partys mit jeder Menge Alkohol und einer topmodernen Musikanlage schmeißt? Damian leistete jedenfalls all das, scheinbar mit links.

Wer über die Gründe für diesen beeindruckenden Lebensstil eines Neuntklässlers nachdenkt, kann eigentlich nur zu zwei möglichen Schlüssen kommen. Nummer eins: Damian leitet einen illegalen Drogenring, der ihm zum einen genügend Geld und Alkohol für seine Partys zur Verfügung stellt und gleichzeitig noch ausreichende Druckmittel beschert, um seine LehrerInnen dazu zu bringen, stets äußerst tolerant gegenüber seinen Fehlstunden zu sein und ihn auch noch regelmäßig für seine perfekten Hausaufgaben zu belohnen. Da dieses Szenario für einen durchschnittlichen Neuntklässler aus einer ganz gewöhnlichen deutschen Kleinstadt, zumindest statistisch gesehen, nicht gerade realistisch erscheint, kommt nach genauerem Nachdenken eigentlich nur eine einzige andere mögliche Erklärung für seine luxuriöse Lebenssituation infrage.

Die Rede ist von einem deutlich älteren Bruder oder einer älteren Schwester. Im Klartext: Jemand mit genügend rechtlicher und monetärer Macht, sprich Zugang zu einem Bankkonto mit monatlichen Einkünften, die es ermöglicht, teure Musikboxen zu besitzen, uneingeschränkten Zugang zu Alkohol zu gewährleisten und außerdem aufgrund eines höheren Bildungsstandes regelmäßig Unterstützung bei den Hausaufgaben zur Verfügung zu stellen. Tatsächlich hatte Damian dieses aus damaliger Perspektive große Glück und seinen zehn Jahre älteren Bruder mit all diesen Vorzügen immer an seiner Seite. Alles in allem erschien mir diese Geschwisterkonstellation daher schon immer äußerst reizvoll.

Viele EntwicklungspsychologInnen sind dagegen der Ansicht, der perfekte Altersabstand zwischen Geschwistern liege bei etwa drei Jahren: *»Dann hat sich die symbiotisch-enge Beziehung des älteren Kindes zu seinen Eltern schon etwas gelockert, es reagiert gelassener auf sein Brüderchen oder Schwesterchen.«*[27] Und daran halten sich die meisten Deutschen auch. Im Durchschnitt kommt das zweite Kind 3,3 Jahre nach dem ersten zur Welt.[28] Ein weiterer Grund, warum ein geringerer Altersabstand so häufig als »besser« angesehen wird, ist die Annahme, dass Geschwister angeblich ab einem Altersabstand von etwa sechs Jahren quasi als Einzelkinder aufwachsen.

Es gibt Experten wie den Berliner Psychoanalytiker Horst Petri, der darin ein Problem sieht und in seinem Buch *Geschwister – Liebe und Rivalität* beklagt, dass dieser *»kollektive Verlust von Geschwistern das Ende einer Kultur«* einläute. Die Rede ist von der Streitkultur. Einzelkinder streiten immerhin viel weniger, als es unter Geschwisterkindern der Fall ist. Tatsächlich habe auch ich mit meiner drei Jahre älteren großen Schwester in der Tat deutlich mehr gestritten als mit meinem fast fünf Jahre jüngeren Bruder. Der größere Altersunterschied scheint demnach tatsächlich eine friedensstiftende Wirkung zu haben. Was für Petri wie ein Kulturverlust wirkt, hört sich für mich allerdings viel mehr nach einer ziemlich entspannten Geschwisterbeziehung an. Es könnte meiner Meinung nach immerhin wirklich Schlimmeres geben, als seine Ruhe vor angriffslustigen Brüdern und Schwestern zu haben, die einem ständig im Nacken sitzen, oder irre ich mich da etwa?

Deshalb kann ich, aufgrund zahlreicher individueller Erlebniserzählungen innerhalb meines direkten Umfeldes, den oben skizzierten wissenschaftlichen Einschätzungen selbstbewusst einige Antithesen entgegenhalten. Ich denke, dass die Konstellation »Geschwister mit großem Altersabstand«, trotz so mancher Theorien, die gerne etwas anderes behaupten, einige unerwartete Vorzüge zu haben scheint. Bei genauerem Hinsehen fällt schnell auf, dass jede/r Beteiligte durchaus seine Vorteile aus diesem Arrangement ziehen kann.

Zwar vielleicht auf eine etwas andere Art und Weise als Geschwister mit geringerem Altersabstand, aber trotzdem können der Bruder oder die Schwester ganz leicht zum nützlichen Komplizen oder zur Komplizin werden.

Ich habe schon häufig von Menschen, die viel ältere Brüder oder Schwestern haben, gehört, dass sie ihre Geschwister eher in einer Art Elternrolle wahrnehmen. Allerdings mit einem entscheidenden Unterschied, und darin liegt auch der entscheidende Vorteil. Es steckt noch etwas in ihnen, was man sich, im Gegensatz zum Verhältnis zu seinen echten Eltern, zunutze machen kann: ihre Geschwistergefühle! Verständlicherweise befinden sich Geschwister mit größerem Altersabstand nämlich häufig in einem sehr ambivalenten Gefühlschaos. Sie wissen, sie sind und haben Geschwister, und wollen daher natürlich ein dementsprechendes Verhältnis zueinander aufbauen. Aufgrund des hohen Altersunterschiedes haben sie jedoch eigentlich absolut kein oder zumindest nur ein Minimalmaß an natürlichem Interesse für die Dinge, die im Leben der viel Jüngeren oder Älteren gerade eine Rolle spielen. Es wird sich daher vermutlich niemals ein Geschwisterverhältnis auf exakter Augenhöhe entwickeln – das muss es aber auch nicht, um sich für beide Seiten dennoch zu lohnen. Aus den erwähnten Gesprächen mit »ErfahrungsexpertInnen« habe ich hier einige Vorteile für jede Geschwisterposition mit großem Altersunterschied zusammengetragen.

VORTEILE FÜR VIEL JÜNGERE GESCHWISTER:

Wende dich an deine viel älteren Geschwister, wenn du etwas willst oder argumentative Verstärkung brauchst. Zum Beispiel gegenüber deinen Eltern. Deine älteren Geschwister haben die »Erwachsenenargumente« vielleicht schon viel besser drauf als du, aber sind trotzdem noch nicht ganz so weit von deiner Perspektive auf die Dinge entfernt, wie es eure Eltern sind.

Wenn du zum Beispiel was verbockt hast, können deine Geschwister euren Eltern die Sachlage auf einer erwachseneren Ebene erklären und somit effektiv um Verständnis für dein Verhalten bitten. Du fragst dich, welchen Anreiz deine ältere Schwester oder dein Bruder dafür haben sollten, dir beizustehen? Ein ganz einfacher Selbstläufer: Ihre Geschwistergefühle, die sie per Naturgesetz in sich tragen und die dafür sorgen, dass sie sich ein gutes Verhältnis zu dir wünschen und dir deshalb selbstverständlich auch gerne beistehen.

Und das Beste an der Sache ist: Gefällt dir doch nicht so ganz, was sie sagen oder vorschlagen, hast du immer noch die Exit-Option zu verkünden: *»Du hast mir gar nichts zu sagen, du bist schließlich nicht mein/e Mutter/Vater.«*

Ein weiterer Vorteil daran, um einiges ältere Geschwister zu haben, der fast nicht von der Hand zu weisen ist, ist die Tatsache, dass Geschwister in der Regel weniger peinlich sind als die eigenen Eltern, trotz, oder, wie in Damians Beispiel, gerade weil sie schon eine ganze Ecke älter sind.

Ich weiß noch, wie meine Freundinnen und ich immer drauf bestanden haben, dass uns unsere Eltern, wenn sie uns mit dem Auto ins Nachbardorf zu einer Verabredung mit (männlichen) Freunden kutschierten, schon eine Straße vor dem eigentlichen Treffpunkt absetzen mussten. Der Grund: Ganz einfach, wir wollten richtig cool zu Fuß zur Bar laufen, statt aus dem Auto unserer Eltern zu steigen, sodass bloß keiner merkte, dass wir eigentlich noch auf Mama und Papa angewiesen sind. Keine Ahnung, was wir dachten, was Leute annehmen würden, wie wir hergekommen sind. Dass wir fünf Kilometer auf unseren hohen Absätzen von unserem Heimatdorf aus bis zur Bar gelaufen sind, ist, wenn man ehrlich ist, wahrscheinlich dann doch keine so naheliegende Theorie.

Aber das war uns egal, solange wir nur nicht öffentlich aus dem Auto unserer Eltern steigen mussten. Als meine Schwester allerdings den Führerschein hatte und mich abholen konnte, war es absolut kein Problem mehr für mich, beim Ein- und Aussteigen beobachtet zu werden. Leider habe ich diesen Vorteil nur ungefähr zwei Jahre und auch nicht sehr oft nutzen können, weil meine Schwester dummerweise meistens auf den gleichen Festen war wie

ich und deshalb natürlich auch nicht selbst mit dem Auto fuhr. Wenn unser Altersabstand jedoch größer gewesen wäre, hätte ich die »coolere Art, auf einer Party einzulaufen« vielleicht viel öfter genießen können. Unsere drei Jahre Altersabstand waren in diesem Fall einfach zu wenig.

Was mit viel älteren Geschwistern außerdem noch praktisch ist, ist die Chance, sich bei Bedarf alles bei ihnen abschauen zu können. Alle möglichen Dinge kommen dafür infrage, und zwar in jeder Lebenslage und -phase. Zum Beispiel die Fächerwahl in der Schule, Praktika, Auslandsaufenthalte, die Wahl des Studienfachs, Wahlheimaten, die Frage: Mieten oder im Eigentum wohnen, Haustiere anschaffen ja oder nein, Arbeitsstellen und so weiter und so weiter.

Ihr könnt euch ganz in Ruhe anschauen, welche Wahlen eure Geschwister getroffen haben und wie es für sie gelaufen ist. Dann könnt ihr ganz entspannt entscheiden, ob ihr sie euch als Vorbild nehmt oder es lieber ganz anders macht als sie. Der große Vorteil im Vergleich zu Geschwistern, die nur zwei oder drei Jahre älter sind als ihr, zeigt sich dabei definitiv in Langzeiterfahrungen, die bei Brüdern und Schwestern ab circa sieben Jahren Vorsprung natürlich weitaus aussagekräftiger sind. Als ich mich beispielsweise für ein Studium entschieden habe, war meine Schwester noch nicht einmal im dritten Semester, sie konnte die Uni demnach noch nicht wirklich viel besser einschätzen als ich. Die Wahrscheinlichkeit dagegen, dass Geschwister, die fünf bis zehn Jahre älter sind, mir in diesem Fall eine fundierte Auskunft hätten geben können, wäre um einiges höher gewesen.

VORTEILE FÜR VIEL ÄLTERE GESCHWISTER:

Im allerbesten Fall ist ein Geschwisterverhältnis eine Win-win-Situation. Deshalb sollten sich natürlich gerechterweise auch die Älteren nach Möglichkeit einen Vorteil aus ihrer Beziehung zu viel jüngeren Geschwistern herausziehen können.

Grundsätzlich könnte man optimistisch schon einmal feststellen, dass die Konstellation, einen deutlich jüngeren Bruder oder eine viel jüngere Schwester zu haben, für das Image eines älteren Geschwisterkindes in jedem Fall fast nur von Vorteil sein kann. Lässt man den viel kleineren, süßen Bruder mitspielen, schmelzen alle Beobachtenden sofort dahin, und man liest das *»ooohh wie nett ist es von ihr/ihm, den/die Kleine/n auch mitmachen zu lassen«* unmissverständlich von ihren verzückten Gesichtern ab.

Entscheidet man sich jedoch dafür, das kleine Geschwisterchen nicht miteinzubeziehen, heißt es sehr wahrscheinlich mit gleichem Verständnis *»ist ja kein Wunder, dass die beiden nicht gemeinsam spielen, ihre Interessen liegen verständlicherweise viel zu weit auseinander«*. Beides stimmt, und da der oder die Ältere meist den Ton angibt, oder, wenn es so richtig gut für sie läuft, als einzige/r überhaupt schon reden kann, entscheidet das ältere Geschwisterkind auch, für welche der beiden Varianten es sich die Zustimmung von Außenstehenden einholt.

Diesem enormen Vorteil folgt ganz dicht ein weiteres Ass im Ärmel der deutlich älteren Geschwister.

So könnt ihr eure um einiges jüngeren Geschwister sozusagen als Versuchskaninchen benutzen und an ihnen eure Autorität und Erziehungsqualitäten testen. Das kann zum einen hilfreich sein, falls ihr euch mal eine eigene Familie mit Kindern wünscht, zum anderen aber auch im Berufsleben nicht schaden. Ihr lernt Führungs- und Erziehungsqualitäten, und das auch noch an verhältnismäßig dankbaren Objekten. Eure viel jüngeren Geschwister geben euch nämlich, im Gegensatz zu so manchen KollegInnen, in der

Regel eine Art Bewunderungsvorschuss, sind gleichzeitig aber auch viel ehrlicher, was Feedback angeht, als fremde Menschen auf der Arbeit. So könnt ihr herausfinden, wie gut ihr als Autoritätsperson ankommt.

Aus Erfahrung kann ich mit Sicherheit sagen: Bei Geschwistern, die nur wenige Jahre jünger sind als ihr, müsst ihr erst gar nicht versuchen, ihnen etwas vorzuschreiben. Sie hören sowieso nicht oder nur äußerst selten, beziehungsweise nur dann, wenn sie es sowieso genauso machen wollten, auf ihre großen Geschwister. Gute Führungsqualitäten hin oder her.

Das Allerbeste daran, dass es sich letztendlich natürlich nicht um eure eigenen Kinder und Angestellten, sondern um eure Schwester oder um euren Bruder handelt, ist der Luxus, den ihr habt, indem ihr einfach wieder damit aufhören könnt, wenn ihr doch keine Lust mehr auf Verantwortung habt und euch nicht mehr um die Kleinen kümmern wollt. Es ist schließlich nicht offiziell eure Verantwortung. Eine wirklich komfortable Situation.

Und es geht noch weiter. Als älteres Geschwister könntet ihr außerdem bei euren Eltern Hilfe mit den Kleinen gegen einen (oder mehrere) Gefallen eintauschen. Ein Beispiel: Wenn ihr, was bestimmte Themen angeht, vielleicht den besseren Draht zu den Jüngeren habt als eure Eltern selbst und sie deshalb von Dingen überzeugen könnt, über die sie mit Mama und Papa noch nicht einmal in einem Nebensatz sprechen würden, hast du deine Eltern quasi in der Hand und kannst in einer Art Tauschgeschäft persönliche Forderungen im Austausch für deine Unterstützung auf den Verhandlungstisch bringen. Beispielsweise Hilfe bei der Beziehung zur störrischen Tochter oder zum faulen Sohn gegen ein langes Wochenende Mamas Auto ausleihen oder so etwas in der Art. Ihr älteren Geschwister fungiert in diesem Szenario also als eine Art ZwischenhändlerIn und profitiert davon in erster Linie auch persönlich.

Grundsätzlich lassen sich die Vorteile für beide Seiten mit den Worten der Autorin Susann Sitzler in ihrem Buch *Geschwister –*

die längste Beziehung der Welt sehr treffend zusammenfassen: »*Erst wenn der Abstand zwischen zwei nacheinander folgenden Kindern mindestens fünf Jahre beträgt, sinkt der Druck, sich ständig aneinander messen zu müssen.*«

Und das senkt meist automatisch auch den chronischen Streit zwischen zwei Geschwistern. Das klingt doch eigentlich ziemlich verlockend!

3. KAPITEL

RUCK, ZUCK ERWACHSEN??? – WETTLAUF DER HORMONE

In vielen Situationen im Leben wird mit der Zeit alles ein bisschen besser. Lernt man eine neue Sportart, fallen die Bewegungsabläufe mit jedem Training etwas leichter. Spricht man eine neue Fremdsprache, klingen die Sätze mit regelmäßiger Übung nach einer Weile immer flüssiger. Lernt man einen neuen Menschen kennen, verändert sich die Stimmung mit jedem Treffen und wird im besten Fall ausgelassener und entspannter. Diese positiven Entwicklungen, die sich mit der Zeit sehr häufig einstellen, lassen sich auf viele Bereiche im Leben übertragen. Der Alltag mit Geschwistern folgt hingegen mal wieder ganz anderen Gesetzen. Besonders drastisch merkt man das häufig in den ersten zwei Jahrzehnten seines Lebens. Was hier nach vielen Jahren, erfüllt von zahlreichen kindischen Streitereien, mit der Zeit folgt, ist in der Regel nämlich nicht etwa der von erwachsener Vernunft geprägte Frieden, sondern vielmehr das Aufeinanderprallen von hoch explosiven, pubertären Hormoncocktails halbwüchsiger Brüder und Schwestern. Ein scheinbar unerschöpflicher Vorrat an Sprengstoff, offen, frei zugänglich und sehr leicht entflammbar gelagert in zahlreichen Kinder- und Jugendzimmern. Die nachfolgenden Kapitel zeigen, wie man unter solchen Umständen am besten in Deckung geht und entgegen allen Erwartungen von kritischen Situationen sogar noch profitiert.

WIE DICH DAS ANDERE GESCHLECHT NICHT IN DEN WAHNSINN TREIBT

Ich erinnere mich immer gerne an zwei Geschwister, deren Lieblingsspiel es lange Zeit war, das komplette Kinderzimmer mit Matratzen auszulegen, die Türe heimlich zu schließen, um die mahnenden Worte der Mutter zu umgehen und dann energiegeladen mit ihrer Performance zu beginnen. Ihr Startpunkt war dafür meist das Hochbett am Ende des Raumes. Einer der beiden legte sich dann auf den weichen Untergrund, während sich der andere vom Hochbett stürzte und direkt auf dem Körper des Spielpartners zum Erliegen kam. Es folgten mehrere halsbrecherische Rangelbewegungen, die von den Teilnehmenden des Spiels als professionelle Stunts bezeichnet wurden.

Für alle, die es noch nicht erraten haben: Die Rede ist von einer handfesten Wrestling-Performance, vorgeführt von zwei Geschwistern. Zur Erinnerung für alle »Nicht-Insider« oder Nicht-Wrestling-Fans: Wrestling ist eine Sportart, in der zu Showzwecken verschiedene Kampfszenen nachgestellt werden. Dabei geht es in erster Linie darum, die Interaktionen möglichst spektakulär und gefährlich aussehen zu lassen, um das Publikum optimal zu unterhalten. Und weil sich dabei alle so sehr Mühe geben, passieren trotz vorchoreografierter Kämpfe auch sehr häufig echte Unfälle, was die ganze Sportart dementsprechend gar nicht mal so ungefährlich macht. Und das gilt selbstverständlich noch viel mehr für Situationen, in denen zwei gewöhnliche Kinder die Hauptprotagonisten der Show sind. Aber diese Tatsache schreckte die beiden Geschwister zweifellos nicht von ihrer Leidenschaft ab.

Wer jetzt denkt, bei dieser groben Raufgeschichte kann es sich nur um zwei Brüder handeln, liegt falsch. Die Rede ist vielmehr von meinem kleinen Bruder und mir. Wir beide haben als Kinder eine ganze Weile nach der Schule jeden Nachmittag damit verbracht,

Kampfszenen zwischen 150-Kilo-Muskelmännern wie dem berühmten Great Khali oder Stone Cold Steve nachzustellen.

Die Idee dazu hatte zwar ursprünglich mein Bruder, es dauerte allerdings nicht lange, bis auch ich zumindest kurzzeitig ebenfalls Feuer und Flamme für die spektakuläre Sportart war. Dank meines Bruders waren mir, entgegen so mancher Erwartungen und möglicherweise in manchen Augen äußerst untypisch für ein zwölfjähriges Mädchen, folgende Ausdrücke sehr geläufig: **Screwjob:** Vorfall, der aus Sicht der beteiligten Wrestler auf unerwartete und unabgesprochene Weise endet, **No-selling:** Eine Wrestling-Aktion, (die) keine Reaktion des Publikums oder eines Wrestlers (erzeugt), **Run-In:** Oft unfaires Eingreifen eines anderen Wrestlers in ein Match. **Stiff:** Besonders hart ausgeführte Aktionen[29] oder **SmackDown:** Die bekannteste US-amerikanische Wrestling-Show.

So viel zum kleinen Einmaleins der Wrestlingkunst.

Was diese Erinnerung mit meinem Bruder aus meiner Kindheit verdeutlicht, ist meiner Meinung nach einer der größten Vorteile beim Aufwachsen mit Geschwistern des anderen Geschlechts: Die stereotypischen Geschlechterrollen werden in vielen Situationen sozusagen ausgehebelt, und man erweitert den eigenen Erfahrungshorizont.

Auch wenn man im Alltag vielleicht trotzdem manchmal das Gefühl hat, dass der Bruder, der stundenlang fast regungslos mit seinen Freunden vor der Spielekonsole hängt, oder die Schwester, die unermüdlich jeden einzelnen Tag in der Woche mit ihren Freundinnen »Pferd« im Garten spielt, nicht weiter von der eigenen Lebenswelt entfernt sein könnte. Auch in Momenten, in denen der große Bruder seine körperliche Überlegenheit ausnutzt und sich ungefragt alles aus deinem Zimmer nimmt, was er will, oder wenn die Schwester die »Ich-bin-doch-nur-ein-armes-kleines-Mädchen-Karte« spielt, um Unterstützung von den Eltern zu bekommen, obwohl sie sehr wohl auch gut alleine zurechtkommen würde, mag sich der Nutzen des anderen Geschlechts oft nicht auf den ersten

Blick zeigen. Man sollte sich natürlich auch nichts vormachen. Manchmal ist es sicherlich einfacher, Geschwister des eigenen Geschlechts zu haben und mit ihnen genau die gleichen Interessen, Sorgen und vor allem Klamotten teilen zu können.

Aber nichtsdestotrotz finde ich, es ist äußerst hilfreich, das andere Geschlecht in nächster Umgebung zu haben. Gründe für diese Annahme findet man viele. Zunächst einmal kann man festhalten, dass ExpertInnen den Eindruck meiner persönlichen Erfahrungen bestätigen: »*Mädchen, die mit Brüdern aufwachsen, entwickeln sich weniger geschlechtsrollenkonform, ebenso Jungen, die mit Schwestern groß werden.*«[30]

Diese Entwicklungen haben aller Wahrscheinlichkeit nach einen einfachen Grund: »*Allgemein gilt, daß Kinder, die mit älteren andersgeschlechtlichen Geschwistern aufwachsen, auch mehr typische Interessen und Beschäftigungsvorlieben des anderen Geschlechts übernehmen – der große Bruder bzw. die große Schwester wirken als Vorbild – und sich damit in geringerem Umfang rollenklischeehaft verhalten.*«[31]

Da wir in einer modernen Welt leben, in der beide Geschlechter zumindest schon einmal theoretisch und vor dem Gesetz gleichberechtigte Möglichkeiten im Leben nutzen können, schadet es mit Sicherheit nicht, sich Eigenschaften des jeweils anderen Geschlechts teilweise anzueignen oder sie sich zumindest einmal näher anzuschauen, um diese dann bei Bedarf für sich zu nutzen. »Das Studium« des anderen Geschlechts bringt immerhin nachweisliche Vorteile: »*Insgesamt gesehen erweist sich für die Ausbildung von kreativen Fähigkeiten das Aufwachsen mit einem oder mehreren Geschwistern, die dem anderen Geschlecht angehören, als günstig. (…) Dieses offenere, unkonventionelle, nichtkonforme Geschlechtsrollenverhalten fördert die Entstehung von Kreativität bei Jungen bzw. männlichen Jugendlichen und Mädchen bzw. weiblichen Jugendlichen.*«[32]

Wer sich also nicht auf die sozialen Erwartungen, die an das eigene Geschlecht gestellt werden, beschränken lassen will, hat dank seiner andersgeschlechtlichen Geschwister unter Umständen viel bessere Möglichkeiten, in unterschiedlichen Bereichen zu punkten. Wir können immerhin so einiges voneinander lernen.

Ich habe beispielsweise mit meinem Bruder gewrestelt, und mein Bruder hat sich von mir auch mal schminken und verkleiden lassen. Und bevor jetzt irgendein Bruder behauptet, er würde so etwas niemals zulassen, sage ich nur eins: Ihr könnt guten Gewissens aufhören zu lügen, ich kenne keine einzige Schwester in meinem Bekanntenkreis, die einen Bruder hat und ihn nicht mindestens einmal dazu überreden konnte, sich wenigstens ein bisschen Wimperntusche auftragen zu lassen. Kein Grund also, irgendetwas abzustreiten, wir sind ja schließlich unter uns und wissen sowieso alle ganz genau Bescheid.

Inwiefern das Wrestling oder die Schminke meinen Bruder oder mich im Leben weitergebracht hat, kann ich natürlich nicht genau sagen, aber grundsätzlich hat sich eine Strategie für mich immer bewährt: zuschauen und lernen (und fremde Angewohnheiten auch eventuell mal ausprobieren). Es ist doch immerhin so: Vorausgesetzt man ist heterosexuell und hat keine überdurchschnitt-

liche Angst vor engeren Bindungen, wird es früher oder später im Leben ziemlich sicher irgendwann dazu kommen, dass man mit dem anderen Geschlecht einen gemeinsamen Haushalt teilt. Und das Zusammenleben birgt in fast jeder Konstellation, egal ob mit einem Mann oder einer Frau, große Herausforderungen. Unter verschiedenen Geschlechtern tendenziell und stellenweise aber sicherlich sogar sehr große Herausforderungen. Deshalb sollte man im Kindesalter dieses einzigartige Trainingscamp unter Geschwistern ausnutzen. Wie verhält sich das andere Geschlecht, was ist typisch, was bringt sie oder ihn auf die Palme, was sind häufige Vorlieben und Abneigungen? Selbstverständlich ist nicht jeder Mann genau wie der andere, beispielsweise verrückt nach Playstation und einem Hang dazu, überall Socken herumliegen zu lassen. Das Gleiche gilt natürlich auch für Frauen. Sie sind nicht alle übermäßig reinlich und brauchen doppelt so viel Platz im Kleiderschrank. Aber zumindest gibt es Themen, die Geschlechter untereinander mit großer Wahrscheinlichkeit verbinden oder auf die sie immerhin ähnlich reagieren. So werden sich Mädchen vermutlich häufiger darüber Gedanken machen, was sie zu verschiedenen Anlässen anziehen sollen. Immerhin haben wir Mädchen und Frauen auch eine viel größere Auswahl an möglichen Kleidungsstücken und Kombinationen. Jungs und Männer werden sich dagegen sehr wahrscheinlich alle irgendwann mal gefragt haben, ob ihr Bizeps eigentlich größer sein könnte. Auch das sind selbstverständlich nur Beispiele. Aber wie dem auch sei, mögliche Themen des jeweils anderen Geschlechts zu kennen kann in Bezug auf die Entwicklung unserer allgemeinen Menschenkenntnis in jedem Fall einen sehr nützlichen Mehrwert an Lebensweisheit bedeuten.

Ein weiterer, positiver Nebeneffekt ist zweifelsfrei auch die Empathie, die man dadurch für das jeweils andere Geschlecht entwickeln kann. Ich bilde mir beispielsweise ein, genau erkennen zu können, ob ein Mann mit Schwestern oder eine Frau mit Brüdern aufgewachsen ist oder nicht. Dieser Umstand hat nach meinen

Maßstäben häufig positive Auswirkungen auf die entsprechenden Männer und Frauen. Männer haben in diesem Fall beispielsweise häufig ein natürliches Verständnis für Regelschmerzen, bessere Kommunikationsfähigkeiten und einen ausgeprägteren Sinn für Ästhetik. Frauen, die mit Brüdern aufgewachsen sind, sind oftmals angenehm ekelresistent, weniger schmerzempfindlich und in vielen Situationen nicht zimperlich. Natürlich sind auch das alles stereotypische Beschreibungen, die sich nicht eins zu eins auf jede Schwester oder jeden Bruder übertragen lassen. Zumindest aber lassen sich meiner Erfahrung nach hin und wieder positive Tendenzen wie diese feststellen.

Und noch ein weiterer Vorteil ist nicht zu verachten. Unsere männlichen und weiblichen Zeitgenossen eignen sich auch wunderbar sozusagen als »Fach-interne« Ratgeber oder Ratgeberin. Viele Verhaltensweisen beider Geschlechter lassen oft einen riesigen Interpretationsspielraum offen. Daher schadet es in solchen Fällen manchmal nicht, eine Meinung vom gleichen Geschlecht dazu einzuholen. Sozusagen eine Art Insidereinblick in die weibliche, bzw. männliche Psyche, wenn diese einen in die Verzweiflung zu treiben scheint. Und wer kann uns diese Art von Einblicken schnell und verlässlich geben? Ganz richtig, unsere andersgeschlechtlichen Geschwister. Das kann euch in vielen Situationen enorme taktische Vorteile bringen.

Auch die Kontaktaufnahme zu bestimmten Personen von Interesse könnte durch Brüder und Schwestern erleichtert werden. Wenn da beispielsweise ein Junge/Mann oder Mädchen/Frau im Sportverein, in der Schule, auf der Arbeit oder in der Bar interessant ist, gibt es nichts Effektiveres, als den eigenen Bruder oder die eigene Schwester als sogenannte/n Wingman oder -women einzuspannen. Sprich als FlirtkomplizIn. Es wirkt immerhin viel harmloser und ungezwungener, wenn jemand des gleichen Geschlechtes die erste unverbindliche Kontaktaufnahme übernimmt und man selbst dann etwas später ganz »zufällig« dazustößt.

Mit Geschwistern des anderen Geschlechts ist es unterm Strich daher meiner Meinung nach eine ganz einfache Kosten-Nutzen-Rechnung. Natürlich nerven peinliche, weinerliche, petzende, eklige, ärgernde, gemeine (usw.) Brüder oder Schwestern manchmal ungemein, und nicht selten hat man vielleicht auch das Gefühl, von ihnen noch schlechter verstanden zu werden als von den Geschwistern des eigenen Geschlechts. Aber dafür gibt es auch einige einmalige und ungemein nützliche Eigenschaften an ihnen, die im Schnitt doch meist mehr wiegen als alle negativen Aspekte zusammen. Und wenn gar nichts mehr hilft, funktioniert es meiner Erfahrung nach mit fast niemandem so gut wie mit dem anderen Geschlecht, sich einfach gegenseitig komplett in Ruhe zu lassen. Schließlich gehen die Interessen in der Regel doch weiter auseinander als die der gleichgeschlechtlichen Geschwister, und das kann in manchen Situationen auch ein Segen sein.

PRIVATSPHÄRE: WIE DU DEIN ZIMMER VOR UNGEBETENEN GÄSTEN SCHÜTZT

Zwei Mädchen sitzen in einem Kinderzimmer und kämmen sich gegenseitig die Haare. »*Bis hierhin ist es okay*«, sagt die Braunhaarige. »*Oder vielleicht sogar noch einen Zentimeter weiter*«, fügt sie großzügig hinzu. »*Alles klar, dann darfst du danach bei mir auch bis hierhin*«, antwortet das blonde Mädchen im Gegenzug. Sie nimmt eine Bastelschere und schneidet beherzt in die lange braune Wallemähne ihrer besten Freundin. »*Bumm ...!*« Die Zimmertür wird aufgerissen, und ein kleiner Junge steht plötzlich im Raum. Direkt hinter ihm taucht auf der Türschwelle eine entsetzt schauende Frau auf. Der kleine Junge ist mein Bruder, der mal wieder einfach so, ohne Vorwarnung in mein Zimmer geplatzt ist, und die verärgerte Frau hinter ihm meine Mutter, die gerade realisiert, dass sie der

Mama meiner Freundin Nadine irgendwie beibringen muss, dass die hüftlangen Haare ihrer Tochter zwar immer noch sehr schön sind, jetzt aber leider nicht mehr auf ihrem Kopf, sondern auf meinem Kinderzimmerboden liegen. Meine Freundin Nadine hatte von nun an eine sehr schicke Kurzhaarfrisur, und ich hätte es ihr so gerne gleichgetan, aber leider sind mein Bruder und meine Mutter ins Zimmer geplatzt, bevor sich Nadine für den Haarschnitt, den ich ihr soeben verpasst habe, rächen … ähm ich meine natürlich revanchieren konnte. Das war wirklich sehr schade. Es gibt Dinge, für die braucht man eben einfach genügend Privatsphäre.

Mir fallen wirklich Hunderte Situationen wie diese ein, in denen man seine Ruhe braucht. Etwas später ist es vielleicht die ungestörte Zeit mit dem festen Freund oder der festen Freundin, in seltenen Momenten sogar das Bedürfnis, in Ruhe lernen zu können, einen trashigen Film anzuschauen oder eben einfach nur Dinge zu tun, bei denen man keine ZuschauerInnen haben will. Privatsphäre gilt natürlich auch für WhatsApp-Nachrichten, Briefe, Facebook oder andere Inhalte, die niemanden außer einen selbst etwas angehen. Teilweise gilt dieses Recht auf Privatsphäre sogar vor dem Gesetz. Im Artikel 10 des Grundgesetzes steht: *»Das Briefgeheimnis sowie das Post- und Fernmeldegeheimnis sind unverletzlich.«* Das heißt, jeder Mensch – sprich auch jedes Geschwisterkind – hat ein Recht auf die Wahrung des Briefgeheimnisses. Man kann also ganz eindeutig festhalten: Briefe, Tagebücher, Zimmer oder andere persönlichen Aufzeichnungen und Bereiche sind für alle, denen sie nicht gehören, tabu. Und trotzdem, wie das Beispiel meines ersten Versuches als Friseurin zeigt, kommt es doch immer wieder vor, dass Familienmitglieder nicht anklopfen oder ein lautes und deutliches *»nein«* auf die Frage *»Kann ich hereinkommen?«* entweder aus purer Absicht nicht akzeptieren oder ganz aus Versehen mit der etwas ähnlich klingenden Antwort *»Klar, komm doch bitte so schnell und stürmisch wie möglich in mein Zimmer geplatzt«* verwechseln.

Deshalb müssen wir Geschwister eben manchmal ein paar drastische Schritte einleiten. Die erste Maßnahme scheint vielleicht überflüssig zu erwähnen, aber sie ist aus Erfahrung wirklich enorm wichtig. Sie folgt dem Motto: Wie du mir, so ich dir. Wenn du willst, dass deine Privatsphäre respektiert wird, solltest du das selbst auch bei anderen tun. Nicht nur weil es fair ist und selbstverständlich so gehandhabt werden sollte, sondern auch und vor allem, weil du eine gute Argumentationsgrundlage brauchst, um dich und deine Forderungen im Streitfall zu untermauern. Dazu gleich mehr.

Wenn aller Anstand und jeder mündliche Hinweis auf die Privatsphäre jedoch nicht fruchtet, muss man meiner Meinung nach zu härteren Methoden greifen. Das könnten zum Beispiel einfach zu befolgende Signale an der Zimmertüre sein, wie beispielsweise *»Bitte nicht stören«*, *»Bitte anklopfen«* oder *»Bitte sofort wieder umdrehen und sich nie wieder dieser Tür nähern, danke!«* oder so ähnlich. Leider kommt es nur zu häufig vor, dass derartige Schilder an der Zimmertüre von der Realität nicht bestätigt werden und trotzdem alle hereinplatzen, wann immer es ihnen passt. Noch schwerer sind solche Grenzen durchzusetzen, wenn vielleicht auch du in einem Haushalt aufgewachsen bist, in dem die Philosophie vertreten wurde, Schlüssel seien ausschließlich etwas für respektlose Mitmenschen. Bei uns zu Hause durfte niemand die Zimmertüre abschließen, weil wir anscheinend lernen sollten, unsere gegenseitigen Privatsphären auch ohne solche Maßnahmen zu respektieren. Auch wenn das die meiste Zeit über sogar recht gut funktioniert hat, reicht es doch aber schon aus, wenn die Geschwister ein einziges Mal ungewollt hereinplatzen, während man beispielsweise gerade *Der Bachelor* schaut, obwohl man behauptet hat, so etwas niemals zu tun. Um selbstverständlich nur mal ein völlig aus der Luft gegriffenes Beispiel zu nennen. Wir Geschwister wissen, wie verheerend so ein einziger Zwischenfall für den Rest unseres Lebens sein kann. Immerhin ist niemand auf der Welt so konsequent im Vorhalten von peinlichen Momenten oder versehentlichen Fehlern wie Brüder und Schwestern.

Wer also ständig alle Grundregeln des Zusammenlebens verletzt und dieses Fehlverhalten nicht einsieht, dem muss vor Augen geführt werden, wie es sich anfühlt, wenn jemand einfach so ständig hereinplatzt. Für mich hat sich dafür eine Konfrontationstherapie in zwei Stufen bewährt. Wenn deine Geschwister weder schriftliche noch mündliche Warnungen befolgen wollen, dann versuche es zuerst mit Sätzen wie *»Stell dir vor, wie du es finden würdest, wenn ich … machen würde«*. Halte ihnen den Spiegel vor! Diese Methode hilft manchmal recht gut, um den eigenen Standpunkt zu verdeutlichen. Und zusätzlich hast du dir sogar auch noch einen Joker aufgehoben. Jetzt kommt nämlich die zu Beginn bereits angesprochene Regel »Wie du mir, so ich dir« ins Spiel. Wenn du dich selbst bisher immer an die Privatsphärenregeln gehalten hast, ist jetzt der Moment, dies deinem Gegenüber kräftig unter die Nase zu reiben. Wirf die Frage in den Raum: *»Wann habe ich jemals DEINE Privatsphäre so rücksichtslos missachtet?«* Falls du wirklich immer fair gespielt hast, könnten deine Geschwister dann theoretisch nur mit *»niemals«* antworten. Mach dir jedoch nicht zu große Hoffnungen, das werden sie vermutlich niemals tatsächlich aussprechen, aber wenn sie genauer darüber nachdenken, wird ihnen vielleicht wenigstens im Nachhinein auffallen, dass du dich – im Gegensatz zu ihnen – immer an die Regeln gehalten hast, und das könnte ihnen mit etwas Glück eventuell doch zu denken geben. Und falls nicht, dann ist es Zeit dafür, die Stufe zwei einzuläuten: Platze selbst zu jeder Gelegenheit in ihr Zimmer und rufe jedes Mal: *»Siehst du, genau so fühlt es sich an, wenn man einfach so reinplatzt.«* Ziehe diese ich nenne sie einmal »erweiterte Spiegelübung« etwa ein bis drei Tage durch und versuche es dann noch mal ganz ruhig mit einem Gespräch und dem wiederholten Angebot: Wie du mir, so ich dir. Vielleicht einigt ihr euch ja auf diesem Wege darauf, von nun an beide damit aufzuhören, und erreicht einen Waffenstillstand.

Wenn du dir allerdings jetzt schon sicher bist, dass deine Geschwister auf keinen Fall einsichtig sein werden, gibt es noch eine völlig andere Herangehensweise.

Bevor ich darauf eingehe, möchte ich die Aufmerksamkeit allerdings noch gerne auf eine sehr schützenswerte Gruppierung lenken.

Kannst du vielleicht über Menschen, die sich beschweren, weil die Geschwister ständig ins eigene Zimmer hereinplatzen, nur sehr müde lächeln? Dann gehörst vermutlich auch du zu den Geschwistern, die schon froh wären, überhaupt ein eigenes Zimmer zu haben. Vermutlich musstest auch du dir immer ein Zimmer teilen. Dazu möchte ich zunächst einmal eines sagen: Mein herzliches und ausdrückliches Beileid! Auch ich musste, bis ich vier Jahre alt war, ein Zimmer mit meiner Schwester teilen. Und obwohl man im Durchschnitt an dieses Alter noch nicht viele Erinnerungen hat, eine habe ich doch noch sehr deutlich im Kopf: Endlich ein eigenes Zimmer zu bekommen war das vermutlich berauschendste Gefühl, das ich bis dahin jemals verspürt habe. Wenn also auch du dir mit deinen Geschwistern bis heute ein Zimmer teilen musst oder zumindest in der Vergangenheit eine solche Erfahrung gemacht hast, weißt du vermutlich genau, wovon ich spreche. Besonders unter solch prekären (Haft-)Bedingungen ist es enorm wichtig, mit den Geschwistern strenge Zimmerregeln aufzustellen. Es müssen vor allem feste Zeiten ausgehandelt werden, in denen jede/r allein für sich sein kann. In dieser Zeit ist das Zimmer für andere eine Sperrzone. Am effektivsten ist die Diskussion rund um jegliche Regeln übrigens erfahrungsgemäß, wenn man gerade mal keinen Streit hat. Regeln, die im Frieden entstanden sind, haben die höchsten Überlebenschancen, da es allen Beteiligten im besten Fall wirklich um die Regeln an sich geht und nicht um persönliche Rachefeldzüge. Geschwisterregeln dieser Art sind universell anwendbar, egal welches Alter ihr gerade habt, in welcher Geschwisterkonstellation ihr euch befindet oder welcher Altersabstand zwischen euch herrscht. Und sie sollten dann auch grundsätzlich auf Lebzeiten gelten. Natürlich können sie bei Bedarf dennoch modifiziert und angepasst werden.

Bei geteilten Zimmern oder später, wie in meinem Fall, sogar bei geteilten Wohnungen ist es außerdem enorm wichtig, bestimmte Ecken oder Zimmer untereinander aufzuteilen. Was in diesen Bereichen passiert, geht den jeweils anderen dann rein gar nichts an. Auch wenn dort beispielsweise seit zehn Wochen nicht aufgeräumt und geputzt wurde, wenn Sachen ihren Platz nicht im Schrank, sondern auf dem Teppich haben oder wenn Wäschekörbe keine Zwischenlagerung, sondern vielmehr ein erweiterter Kleiderschrank sind.

Egal ob im Erwachsenen- oder im Kindesalter, für seine Privatsphäre lohnt es sich immer zu kämpfen. Die gute Nachricht ist dabei: In jeder Lebensphase haben wir Asse im Ärmel, um diesen Kampf für uns zu entscheiden. So genießt man als Kind und Jugendliche/r einen Vorteil, den man leider nur einen sehr geringen Teil seines Lebens hat. Die Rede ist von universell einsetzbaren SchiedsrichterInnen: unseren Eltern! Im Erwachsenenleben wünscht man sich so oft eine/n neutrale/n BeobachterIn, der/die die Macht hat, eine ungerechte Situation zu beenden und Gerechtigkeit wiederherzustellen. Zum Beispiel jemanden, der der Chefin mal sagt, dass sie uns endlich mit dieser nervigen Präsentation in Ruhe lassen soll, oder jemand, der den Arsch in der Straßenbahn mal an den Ohren zieht und ihm klarmacht, dass er gefälligst mit dem Drängeln und Schubsen aufhören soll. Genau so, wie es in Kindertagen eben die Eltern machen. Manchmal funktionieren sie zwar nicht ganz von alleine und man muss die Elternschiedsrichter ganz gezielt auf Verletzungen der Gemeinschaftsrechte und Privatsphärenverstöße hinweisen. Aber immerhin hat man überhaupt diese Möglichkeit, und das sollte man wirklich ausnutzen, solange es noch geht. Das hat in diesem Fall meiner Meinung nach auch nichts mit Petzen zu tun, sondern vielmehr mit dem Einfordern der eigenen Rechte. Denn klar ist, wo keine Strafe droht, da wird sich immerhin oft auch nicht ans Gesetz gehalten, und um das zu verhindern, gibt es eben Gerichte und die Polizei. Innerhalb unserer Familie übernehmen unsere Eltern diese Funktion, und deshalb darf man sich auch an sie wenden.

Als Erwachsene hat man dagegen einen ganz anderen Vorteil. Wer alt genug ist, einen Mietvertrag selbstständig zu unterschreiben, muss nie mehr unfreiwillig sein Zuhause teilen (es empfiehlt sich parallel dazu allerdings auch, ganz selbstständig einen Arbeitsvertrag zu unterschreiben, um für den Mietvertrag auch bezahlen zu können). Kommt es dann in den eigenen vier Wänden dennoch zum Bruch der Privatsphäre durch die Geschwister oder durch irgendjemanden, habt ihr, im Gegensatz zu den Situationen in eurer Kindheit, einen ganz entscheidenden Vorteil: Ihr seid jetzt erwachsen und müsst Grenzüberschreitungen nicht mehr akzeptieren. Ihr seid nicht mehr dazu gezwungen, dauerhaft miteinander auszukommen und euch zu arrangieren. Wenn sich eure Geschwister nicht »benehmen«, könnt ihr sie tatsächlich rausschmeißen. Ein Kindheitstraum wird wahr! Vielleicht solltest du das nicht sofort und ganz ohne Vorwarnung tun, aber wenn sie deine »Hausregeln« einfach nicht respektieren wollen, kannst du sie höflich, aber mit Nachdruck bitten zu gehen. Klar, sie werden sich vielleicht im ersten Moment vor den Kopf gestoßen fühlen und mit Sicherheit auch eine Zeit lang beleidigt sein, aber der Vorteil ist doch ganz klar, dass eure Geschwisterbeziehung das dennoch ganz sicher aushalten wird. Sie hat schließlich in Kindertagen schon viel mehr durchgestanden, nicht wahr? Das klare Aufzeigen von Grenzen gehört eben zum Erwachsenwerden dazu.

Und noch ein letzter Tipp, der vermutlich auch in jedem Alter hilfreich sein könnte: Lass nichts herumliegen, was geheim bleiben sollte. Du willst verhindern, dass jemand in deinem Tagebuch blättert oder deine Geschwister auf einem Kontoauszug sehen, was und wie viel du wo shoppst? Klar, eigentlich sollte niemand herumschnüffeln. Doch damit sie erst gar nicht in Versuchung kommen:

Sorg selbst dafür, dass es nichts zum Aufspüren gibt. Schaff dir einen Platz an, wo du all deine privaten Dinge verstecken kannst. Eine abschließbare Schublade, eine Kiste mit Vorhängeschloss oder sonst irgendein sicheres Versteck.

Eine häufige Steilvorlage ist in Schnüffelszenarien zum Beispiel das vorgeschobene Aufräumen und Saubermachen. Meist gibt's unterschiedliche Meinungen darüber, was noch als gemütlich oder schon als Müllhaufen gilt. Wenn du willst, dass niemand, den du nicht ausdrücklich dafür bezahlt hast, zum Aufräumen und Saubermachen in dein Zimmer kommt, sorge selbst für Ordnung und Sauberkeit. So haben auch die Geschwister keine Ausrede mehr, um in deinen Sachen herumzuwühlen, obwohl sie doch angeblich nur ihren Pullover suchen, den du ausgeliehen haben sollst. Das spart jede Menge Ärger.

JOKER IN DER TASCHE: WIE DU DAS SPIELCHEN »GOOD COP, BAD COP« PERFEKTIONIERST

Wenn man genau darüber nachdenkt, hat das Überleben unter Geschwistern doch wirklich sehr viel mit strategischer Psychologie zu tun. Wer immer nur spontan, fair und ohne Hintergedanken handelt, kommt in einem Becken voller gieriger Brüder- und Schwesternhaie schnell zu kurz.

Glücklicherweise gibt es viele schlaue DenkerInnen, die Verhandlungs- und Siegesstrategien erforscht und sich erfolgreiche Vorgehensweisen ausgedacht haben, um mit etwas Geschicklichkeit jede Verhandlung für sich zu entscheiden. Ich bezweifle zwar, dass jemand von ihnen eine dieser Theorien entwickelt hat, um sich leichter gegen Geschwister durchsetzen zu können, aber das ändert meiner Meinung nach nichts an der Tatsache, dass ihre Erfolgsstrategien auch innerhalb einer Familie eingesetzt werden und hilfreich sein können. Was Verhandlungen angeht, haben wir mit unseren Brüdern und Schwestern immerhin oft ein ähnliches Verhältnis wie beispielsweise eine Chefin mit ihrer Angestellten im Gehaltsgespräch, ein Verkäufer innerhalb eines Verkaufsdeals oder sogar wie die Polizei in einem Verhör mit einem Verdächtigen.

Nehmen wir ein Beispiel. Wir alle kennen Szenarien dieser Art: Zwei Gestalten in Uniform stehen in einem trostlosen Vernehmungszimmer. Eine Polizistin lehnt lässig an der venezianischen Spiegelwand, durch die man nur von außen in den Raum hineinschauen kann, während die Insassen dagegen nur eine gewöhnliche Wand vor Augen haben. Ihr Blick ist hellwach, die Augenbrauen argwöhnisch und herausfordernd Richtung Haaransatz gezogen. Mit misstrauischem Unterton zischt sie: »*Wir kriegen Sie eh dran, die Verhandlung ist dank der Beweise, die wir gegen Sie in der Hand haben, eine reine Formsache, und Ihre Endstation heißt Knast. So oder so. Besser Sie kooperieren mit uns, solange Sie noch können.«*

Ihr Kollege sitzt am kahlen, grauen Vernehmungstisch und lächelt seinem Gegenüber zaghaft zu, als wolle er sich für seine gnadenlose Kollegin entschuldigen. Der potenzielle Täter hängt zusammengefallen, mit rundem Rücken in seinem unbequemen Metallstuhl und überlegt fieberhaft, wie er aus dieser beengten Situation herauskommt, ohne all seine Geheimnisse wie ein Opernstar herauszuträllern. Der männliche Polizist schiebt ihm aufmunternd ein Glas Wasser zu und setzt eine Miene auf, die sagen möchte: *»Du kannst mir vertrauen, deine Kooperation wird sich positiv für dich auswirken. Lass uns das unter uns zwei Männern klären.«*

Ein ganz klarer Fall der sogenannten »Good cop, bad cop«-Strategie. Der offensichtliche »bad cop«, die Polizistin, will den Täter aus der Reserve locken, sie macht ihn nervös, treibt ihn in die Enge und sorgt so dafür, dass er verzweifelt nach einem Ausweg sucht. Und da kommt der »good cop« ins Spiel. Bei ihm kann er sich entspannen, kurz durchatmen und eine Art Komplizen finden, jemanden, der ihm einen Ausweg aus dieser mehr als unangenehmen Lage zu präsentieren scheint.

Die »Good cop, bad cop«-Methode wirkt deshalb so gut, weil der naive Verhandlungspartner das Gefühl bekommt, der oder die »Nette« stehe quasi auf seiner Seite und wäre besonders fair, konstruktiv und hilfsbereit ihm gegenüber.[33]

Die Neigung, mit dieser »netten Person« der beiden Vernehmenden zu kooperieren, wächst daher in der Regel aus Mangel an Alternativen oft schnell. Dieses Wissen können auch wir Geschwister für uns nutzen.

Ich habe diese Methode das erste Mal bewusst für mich entdeckt, als meine große Schwester ins Teenager-Alter kam. Wir saßen mit meiner Mutter im Auto, als meine Schwester plötzlich wie aus dem Nichts heraus ich nenne es mal emotional explodierte. Sie hinterließ lauter wahllos erscheinende Anschuldigungen, die sich hauptsächlich gegen meine Mutter richteten. Sie sei unfair, gemein, verstehe sie nicht und behandle sie zu allem Übel auch noch ständig wie ein Kind. Dass ich all diese Inhalte verstand, grenzte übrigens an ein Wunder, denn sie presste sie sehr abgehackt, in den kurzen Atempausen ihres hysterischen Heulkrampfes hervor. Wie es genau zu dieser, in ihren Augen, Tragödie kam, hat keiner so richtig verstanden, meine Mutter vermutete allerdings, es liege an der Pubertät. Das hörte meine Schwester aber schon nicht mehr, denn sie stampfte, als wir in unserer Straße parkten, sofort Richtung Haustüre, um sich möglichst schnell in ihrem Zimmer verkriechen zu können. Ich weiß noch, wie ich zu meiner Mutter sagte: *»Ich werde dich nie einfach so grundlos anbrüllen.«* Sie lächelte und entgegnete diplomatisch wie immer: *»Warte nur, bis du in das Alter kommst.«* Trotzdem kann ich mich noch sehr gut erinnern, wie sie mich zurück ins Auto setzte, wir zusammen zur Eisdiele fuhren und ich an diesem Tag einen besonders großen Becher bekam. Offiziell natürlich nur, um meiner großen Schwester ein bisschen Zeit zum Abkühlen zu geben. Aber ich bin mir sicher, ich war in dieser Situation ganz einfach der erfolgreiche »good cop«. Dieses Spielchen funktioniert nämlich offenkundig auch ohne die Kooperationsbereitschaft des »bad cops«. Man muss im Prinzip nur auf den passenden Moment warten: sprich eine Situation, in der sich unsere Geschwister mal so richtig danebenbenehmen und es somit ein Leichtes für uns ist, neben ihnen zu glänzen. Das ist dann die perfekte Gelegenheit, um mit etwas unschuldigem Augenklimpern gute Deals bei den Eltern oder anderen Geschwistern herauszuschlagen. Mama und Papa sind in solchen Momenten nämlich meist so froh, wenigstens ein braves Kind zu haben, dass selbst ein neutrales Verhalten schon genügt, um für den Moment den Platz des heimlichen Lieblingskindes der Familie einnehmen zu können.

Da geübte Eltern jedoch meistens schnell wieder ihre gerechte Objektivität wiederfinden und alle Geschwister gleich viel lieben werden, empfehle ich doch eher eine Kooperation, um die positiven

Effekte dieser Spieltaktik noch nachhaltiger genießen zu können. Sobald ihr Geschwister dasselbe Ziel verfolgt, darf abwechselnd einer mal der »gute« und einer der »böse« Cop sein.

Im Prinzip funktioniert dann alles genauso wie im Beispiel mit mir und meiner Schwester, nur dass der oder die »Böse« mit Absicht so tut, als wäre sie oder er total sauer. Sobald der »god cop« dann eine Belohnung herausgehandelt hat, holt ihr das »böse Geschwisterkind«, also den »bad cop«, zurück ins Boot und schlagt vor, dass es für den Familienfrieden doch sehr sinnvoll wäre, wenn alle gemeinsam ins Kino gehen, das Zimmer jetzt nicht aufräumen, sondern lieber zusammen eine Pizza bestellen oder sonst irgendetwas Schönes, was sich unter »teambildende Maßnahme« verkaufen lässt, gemeinsam machen. Um einfach nicht mehr weiter in beleidigte Gesichter schauen zu müssen, zeigen sich Eltern nach einem kleinen vom »bad cop« initiierten Drama häufig erstaunlich kooperativ.

Alternativ gibt es sogar noch weitere strategische Tipps, die ihr mit (oder gegen) eure Geschwister anwenden könnt. Ihr könntet beispielsweise auch vom sogenannten »Ankereffekt« profitieren. Am einfachsten ist dieser Trick am Beispiel eines Gehaltsgesprächs zu erklären. Das läuft in der Regel so ab: Du nennst einen Betrag, der etwas zu hoch für deine aktuelle Position ist. Der oder die ChefIn sind dann zunächst einmal völlig entsetzt und tun so, als hättest du gerade nach einer Tagesgage von einer Millionen Euro gefragt. Sie zählen dann meistens eine ganze Reihe an Gründen auf, die ihre Reaktion nachvollziehbar machen sollen. Dazu können beispielsweise eine ausnahmsweise wirklich, wirklich schlechte Jahresbilanz gehören, ganz allgemein die unglaublich schlechte weltwirtschaftliche Lage, ein noch vorhandenes Steigerungspotenzial von deiner Seite aus, oder oder oder. Wenn du dennoch weiterhin auf deinen Forderungen beharrst, einigt ihr euch letztendlich, vermutlich aber doch knapp unter dem von dir genannten Betrag. Hättest du dagegen von Beginn an viel tiefer angesetzt, würde dich die Chefin oder der Chef selbstverständlich nicht nach oben korrigieren, sondern zur Demonstration ihrer Macht trotzdem versuchen, den Kompromissbetrag etwas nach unten zu drücken. Tiefstapelei ist in solch einem Fall daher niemals höflich, sondern einfach nur verschenktes Potenzial. »*Es kann sein, dass euer Eröffnungsangebot lächerlich wirkt. Dennoch wird damit unterbewusst ein ›Anker‹ gesetzt*«, erklärt Management-Professorin Leigh Thompson in einem Artikel im *Business Insider.*[34] Das erste Gebot gibt also den Ton an, und in diesem Radius bewegt sich das Endergebnis dann in der Regel auch.

Die Devise sollte also lauten: (Etwas) Mut zur Dreistigkeit. Nehmen wir ein bekanntes Beispiel, das ein hohes Maß an Einigkeit erfordert, aber in der Realität oft für Diskussionen sorgt. Die Rede ist von der Urlaubsplanung. Egal ob mit der ganzen Familie, mit Freunden oder dem/der PartnerIn, irgendwie muss man sich auf ein Urlaubsziel einigen, und da heutzutage fast die ganze Welt als Möglichkeit infrage kommt, ist das gar nicht so einfach, wie es sich anhört.

Laut der Ankermethode ist die erste Forderung die wichtigste. Um die Kontrolle über den Verlauf der Diskussion und damit über das Urlaubsziel zu behalten, schlage ich eine Geschwisterkooperation vor. Einer fängt an und sollte möglichst hoch pokern. Geschwisterkind 1 beginnt zum Beispiel mit der Forderung: »*Mama, Papa, wir würden gerne auf die Malediven fliegen.*« So! Das Anfangsgebot steht! Wundert euch nicht, wenn eure Eltern erst einmal Schnappatmung bekommen. Immerhin fliegt eine durchschnittliche Familie mit mehreren Kindern vermutlich eher nicht für einen Familienurlaub auf die Malediven. In meiner Familie war das zumindest nie der Fall. Die Erfolgschancen einer solchen Forderung gehen daher gegen null, aber das wisst ihr natürlich von Anfang an. Es geht bei diesem Anfangsgebot immerhin nur darum, eine Richtung zur Orientierung festzulegen.

Irgendjemand muss das erste Angebot in den Raum werfen, und das solltet unter allen Umständen ihr Geschwister sein. Wenn der Campingplatz in Südtirol nämlich erst mal zur Debatte steht, kommt ihr selbst im besten Verlauf der Verhandlungen vermutlich nicht über die Endlösung Nordseestrand hinaus.

Die Malediven erscheinen mir daher trotz ihres hohen Maßes an Realitätsverlust als Eröffnungsangebot im Hinblick auf das Endergebnis um einiges vielversprechender. Eure Eltern haben dann vermutlich immerhin verstanden, dass es euch um einen weißen Strand, blaues Meer und warme Temperaturen geht. Sie werden euch selbstverständlich trotzdem herunterhandeln wollen. Vielleicht schlagen sie als Kompromiss die Kanarischen Inseln vor. Aber Vorsicht! Stimmt nicht zu schnell zu. Geschwisterkind 2 sollte sich möglichst bald einschalten und die Konversation ganz kompromissbereit und unauffällig in die Richtung eures eigentlichen Wunsch-Urlaubsziels lenken. Einer von euch wirft dann ganz nebenbei den Vorschlag ein: »*Wie wäre es denn mit der Karibik Europas? Lasst uns doch nach Sardinien fahren.*« Vor lauter Erleichterung darüber, dass die teuren Malediven endlich vom Tisch sind, werdet ihr euch vermutlich über Gran Canaria und Lanzarote immer näher in die richtige Richtung bewegen und letztendlich mit etwas Glück tatsächlich an einem Strand auf Sardinien landen.

Und das vor allem dank eurer viel zu hoch gegriffenen, äußerst unrealistischen und fast schon frechen Eröffnungsforderung. Neben den Malediven erscheint immerhin so ziemlich jeder andere Vorschlag äußerst bescheiden.

WIE DU DEINE GESCHWISTER FÜR DICH DEN WEG FREI KÄMPFEN LÄSST

»One for the team«. Das heißt so viel wie »einer muss sich für die Gemeinschaft opfern«. Man kennt das zum Beispiel von Sportwettkämpfen. Ein Spieler oder eine Spielerin der Mannschaft lenkt beispielsweise die Gegnermannschaft in irgendeiner Form ab und verzichtet damit darauf, den entscheidenden Punkt selbst zu machen. Mit ihrer oder seiner Hilfe hat ein/e andere/r SpielerIn dann die Chance, den entscheidenden Treffer zu landen.

Natürlich könnte man sagen: Ist doch egal, wer den entscheidenden Punkt geholt hat, man gewinnt ja schließlich immer mit dem ganzen Team, und die Leistung des ablenkenden Teammitglieds war deshalb ganz genauso wichtig wie das Siegestor, das den Punktestand letztendlich in die Höhe trieb. Theoretisch stimmt das so natürlich auch, aber wenn man mal ehrlich ist, spricht doch im Nachhinein niemand mehr wirklich über die beeindruckende Hilfestellung, sondern jede/r lobt nur noch den entscheidenden Siegestreffer.

Trotzdem war es natürlich sehr wichtig, dass sich jemand für die Gruppe geopfert hat. So oder so ähnlich läuft es auch häufig zwischen uns Geschwistern ab. Allerdings passiert dieses »Aufopferungsritual« in der Regel nicht, indem alle Geschwister – bis zum Rand gefüllt mit Adrenalin und sportlichem Teamgeist – gemeinsam die Köpfe zusammenstecken, ihre Hände in der Mitte übereinanderlegen und siegessicher im Chor rufen: »*Gemeinsam schaffen wir das!*« Nein! In der Geschwisterrealität läuft die Suche nach dem- oder derjenigen, der/die sich für das sogenannte Team einsetzt, oftmals vielmehr so ab, dass sich immer die Gleichen ganz ungefragt und unfreiwillig aufopfern MÜSSEN. Die Rede ist, für Insider ganz selbstverständlich, vom ältesten Geschwisterkind. Das klingt nicht nur unfair, das ist es streng genommen sicherlich auch, und wir jüngeren Geschwister profitieren zugegebenermaßen in den meisten Fällen ohne großen Aufwand sehr davon.

Bevor sich aufgrund dessen jetzt aber alle ältesten Geschwister an dieser Stelle von den Vorzügen des »Den-Weg-frei-kämpfen-Lassens« ausgeschlossen fühlen, möchte ich gerne gleich vorneweg einen aufmunternden Hinweis geben: Im Kapitel *»Den Weg frei kämpfen! Wie du das Schicksal des größten Geschwisterkindes erträgst«* findet ihr vielleicht die eine oder andere Anregung dafür, wie ihr dieses Schicksal des großen Geschwisterkindes etwas besser ertragen könnt. Und es gibt sogar noch einen weiteren Lichtblick, denn am Ende dieses Kapitels werden untypischerweise auch die großen Geschwister unter uns – die, was diesen Punkt angeht, normalerweise die Nieten dauerabonniert haben – lernen, die »Andere-kämpfen-mir-den-Weg-frei-Methode« für ihre ganz eignen Interessen zu nutzen.

Aber kommen wir zunächst einmal doch zu den viel offensichtlicheren Vorteilen der besagten Methode: Die Rede ist von der Frage, wie wir jüngeren Geschwister am meisten von der Tatsache profitieren können, dass ältere Geschwister grundsätzlich die Macht zu haben scheinen, uns den Weg für Dinge zu ebnen, die uns etwas später mal nützlich sein können.

Wir sind ja glücklicherweise oftmals sogar in der komfortablen Situation, dass viele Wege schon ganz ohne unser Zutun für uns von den Älteren mit leicht begehbaren und bequemen Pflastersteinen ausgelegt werden.

Ein bekanntes Beispiel dafür: Ich möchte behaupten, dass wir uns heutzutage alle zu beinahe 100 Prozent darauf verlassen können, dass so ziemlich jedes Kind lieber früher als später ein Smartphone besitzen möchte. Dieses Thema beschäftigt unsere älteren Geschwister demnach mit großer Sicherheit schon einige Jahre bevor es für uns relevant wird, und sie werden daher auch die Verhandlungen mit unseren Eltern rund um das Handy-Thema, zwar ungewollt, aber dennoch stellvertretend, auch für uns Jüngere führen. In Fällen wie diesen können wir uns also einfach nur zurücklehnen und genießen. So weit, so einfach.

Da wir allerdings unter uns Geschwistern auch immer mal wieder für sehr unterschiedliche Ziele kämpfen, gibt es leider auch gewisse Bereiche, die unsere älteren Geschwister vielleicht nicht so sehr interessieren wie uns selbst und sie sich deshalb dummerweise auch nicht (stellvertretend für uns) dafür einsetzen. Und so kommt es leider doch immer wieder vor, dass wir, obwohl wir die Jüngeren sind, eine Sache oder einen Streitpunkt ansprechen müssen, der für unsere Eltern (also die GesetzgeberInnen in den meisten Szenarien) unter ganz neues Terrain fallen. Und was das wiederum bedeutet, ist keine gute Nachricht: Eltern sind in den nennen wir es einmal Erstverhandlungen oftmals zunächst vorsichtig, defensiv und regeltechnisch streng eingestellt. In unserer Familie war das beispielsweise beim Thema »Abends ausgehen« der Fall. Während meine große Schwester lange Zeit gar kein Interesse daran hatte, abends in eine Bar oder in einen Club zu gehen, konnte ich es schon mit 13 Jahren kaum erwarten, endlich alt genug dafür zu sein. Wenn du dir nun, sobald die Zeit für dich gekommen ist, Diskussionen mit deinen Eltern so einfach wie möglich machen möchtest, sollten sich deine Geschwister im Idealfall jedoch um genau diese Angelegenheiten kümmern, die auch für dich später wichtig sein werden. Wie das Beispiel meiner Schwester, mir und unseren unterschiedlichen Interessen daran, abends wegzugehen, deutlich zeigt, ist nicht jedes Thema ein Selbstläufer, und unterschiedliche Grundeinstellungen unter Brüdern und Schwestern können daher ein echtes Hindernis darstellen. Wenn deine Geschwister also nicht sowieso »deine Interessensgebiete« abdecken, ist deine überzeugendste Überredungskraft gefragt. Oberste Priorität sollte meiner Erfahrung nach in solchen Fällen die Vorbereitung der Zeit haben, in der es so weit ist und du selbst mit den Eltern über das entsprechende Thema verhandeln musst/darfst/kannst. Ich bin in diesem Fall beispielsweise folgendermaßen vorgegangen: Ich habe, so sehr es mir möglich war, versucht, meine große Schwester irgendwie doch noch auf einen gemeinsamen Nenner mit mir und meiner Vorliebe zum Abends-Ausgehen zu bringen. Sprich, ich habe alles dafür gegeben, meiner Schwester das Nachtleben, oder zumindest das, was ich zum damaligen Zeitpunkt aus Erzählungen und Filmen unter Nachtleben verstand, irgendwie schmackhaft zu machen. Ein Weg, der bei dieser Art von Vorhaben häufig zum Erfolg führt, ist meiner Erfahrung nach der Appell an die Eifersucht deiner Geschwister. Führe deinem Bruder oder deiner Schwester so deutlich wie möglich vor Augen, was sie sich gerade alles durch die Lappen gehen lassen. Wenn sie sich bisher noch nicht darüber geärgert haben, dass sie schon um 22 Uhr zu Hause sein müssen, während andere Jugendliche im gleichen Alter viel länger unterwegs sein dürfen, sollten sie das spätestens nach deinen Erzählungen und Sticheleien endlich tun. Berichte ihnen beispielsweise immer wieder von den älteren Geschwistern deiner Freunde und Freundinnen, die schon so lange unterwegs sein dürfen, wie sie wollen, und immer wieder erzählen, dass sie nach 22 Uhr die allerlustigsten Geschichten erleben. Zeige deinen Geschwistern damit klar und deutlich, wie viele Freiheiten und spannende Erfahrungen sie sich bisher haben entgehen lassen. Mit etwas Glück beißen sie an und entscheiden sich dafür, es von nun an auch unfair zu finden, dass die anderen älteren Geschwister schon so viel mehr dürfen als sie selbst. Ihr nächster logischer Schritt liegt dann auf der Hand: ein ernstes Wörtchen an eure Eltern. Sie machen es natürlich nicht dir zuliebe, aber das kann dir ja egal sein. Denn wenn alles nach Plan läuft, werden deine Geschwister ab jetzt mit der Arbeit beginnen: Deine Eltern bequatschen, betteln, dass sie länger draußen bleiben dürfen, und ihnen im besten Fall auch beweisen, dass sie verantwortungsvoll mit ihrem Vertrauen umgehen. Ganz nach dem Motto *»Der stete Tropfen höhlt den Stein«* ist das konsequente und möglichst früh beginnende Einreden auf deine Eltern durch die älteren Geschwister eine sehr effektive Variante, um ans erklärte Ziel zu gelangen.

Für dich ist es ja leider ohnehin noch zu früh, über ein solches Thema mit deinen Eltern zu diskutieren, aber jeder Erfolg deiner Geschwister stellt ab jetzt trotzdem bereits die Weichen für die Art (und Dauer) deiner Abendbeschäftigungen in ein paar Jahren. Zum Zeitpunkt, an dem das entsprechende Thema dann auch für dich relevant wird, ist die Hauptarbeit in der Regel auf diese Weise schon von deinen Geschwistern erledigt worden. Aber Vorsicht! Wenn es dann endlich so weit ist und auch du beim »Wie-lange-darf-ich-abends-wegbleiben-Spiel« mitmachen darfst, gibt es trotz aller geleisteter Vorarbeit eine wichtige Sache zu beachten.

Während deine großen Geschwister in der Vorbereitungsphase der wichtigste Baustein deines Plans sind, musst du unbedingt da-

rauf achten, dass sie, wenn es für dich dann ernst wird, unter allen Umständen aus den Verhandlungen zwischen dir und deinen Eltern ausgeschlossen werden. Um ganz auf Nummer sicher zu gehen, sollten sie am besten noch nicht einmal in der Nähe sein. Der Grund: Aller Erfahrung nach ist es enorm wichtig, dass keine älteren Geschwister in Hörweite sind, gegenüber denen sich deine Eltern zur Gerechtigkeit verpflichtet fühlen. Oder noch viel schlimmer: die sich mit ziemlicher Sicherheit alles, was zu ihrer Zeit jemals verhandelt wurde, ganz genau gemerkt haben und bei jedem Zugeständnis, das deine Eltern dir gegenüber machen wollen, darauf hinweisen, dass sie so etwas noch vor ein paar Jahren niemals erlaubt hätten. Die vor wenigen Jahren von dir entfachte Eifersucht ist nämlich wie ein Bumerang und richtet sich nur zu schnell auch gegen dich und den einfachen Weg, den du dank ihnen nun gehen darfst.

Wer diese wenigen Grundregeln jedoch beachtet, hat definitiv einen Grund (und glücklicherweise sogar die elterliche Erlaubnis) zum Feiern und meiner Erfahrung nach die besten Chancen, den vorgeebneten Weg stressfrei genießen zu können.

Wie bereits erwähnt, gibt es allerdings auch eine Gruppe unter uns Geschwistern, die von solchen Szenarien in der Regel viel weniger profitiert. Ja genau, diese Leidtragenden seid häufig ihr: die Erstgeborenen.

Aber auch, wenn ihr natürlich nicht haargenau den gleichen Vorteil ausnutzen könnt, den wir später Geborenen genießen dürfen, könnt ihr, mit ein bisschen Um-die-Ecke-Denken, einen ganz ähnlichen strategischen Schachzug nutzen.

Hier eine kleine Anregung: Wie wäre es, wenn ihr euch als eine Art Kuppler versucht. Ihr kennt doch bestimmt eine Familie mit anderen älteren Geschwistern, die schon jetzt genau das dürfen, wofür ihr gerne die Erlaubnis hättet. Wie zu Beginn bereits angedeutet, habe ich die starke Vermutung, dass Eltern manche Dinge lediglich aus purer Unsicherheit verbieten. Schließlich seid ihr Erstgeborenen sozusagen ihre Versuchskaninchen. Genau wie ihr führen auch eure Eltern alle Diskussionen darüber, was zu welchem Zeitpunkt erlaubt sein sollte und was nicht, zum allerersten Mal in ihrem Leben und wissen daher auch noch nicht genau, welche Regeln sie problemlos etwas ausdehnen können und welche auf jeden Fall eingehalten werden sollten. Die Idee ist nun folgende: Wie wäre es, wenn ihr ihnen bei der Entscheidung behilflich seid? Ihr bringt sie mit den Eltern von Kindern im gleichen Alter zusammen, sodass sie sehen können, was andere Eltern, die wiederum vielleicht schon viel ältere Kinder haben und gewisse Regeln daher schon etwas lockerer sehen, alles erlauben. Wichtig ist natürlich, dass ihr die besagten Eltern vorher gut »castet« und wirklich die lockersten in eurem gesamten Freundeskreis erwischt, nicht dass sich eure Eltern am Ende noch gegenseitig in ihrem strengen Erziehungsstil bestätigt fühlen. Findet ihr allerdings »die Richtigen«, könnt auch ihr Erstgeborenen tatsächlich davon profitieren, dass die älteren Geschwister einer fremden Familie ausnahmsweise mal für euch den Weg frei gekämpft haben.

KENNST DU EINEN, KENNST DU ALLE: WIE DU MIT VORURTEILEN ÜBER GESCHWISTER UMGEHST

Es gab drei Richtungen, in die unser Ball fliegen konnte, wenn wir im Garten früher Fußball gespielt haben. Zum Beispiel nach hinten zu Werners, der Familie meiner besten Freundin. War das der Fall, kletterten wir einfach über den Zaun und holten ihn uns zurück. Nach rechts, zu den Beckers, wären wir nicht einfach so rüber gelaufen, so viel Anstand hatten wir. Flog der Ball mal zu ihnen, warfen sie ihn in der Regel innerhalb kürzester Zeit kommentarlos wieder zurück über den Zaun in unseren Garten. Auf eine derart kooperative Geste hätten wir dagegen bei den Bayers von links nebenan ewig warten können. Wenn der Ball mal aus Versehen auf ihrem Grund und Boden zum Liegen kam, blieb uns nur eine einzige Möglichkeit übrig, um das Spiel fortführen zu können: in die Garage rennen und einen neuen holen. Denn die Bälle, die das Bayer-Grundstück berührten, blieben immer und ausnahmslos wie von Zauberhand dauerhaft verschwunden. Insgeheim malte ich mir immer aus, wie sich das ältere Ehepaar Bayer ein Nebenbusiness aufgebaut hatte und Kinderspielbälle im Internet weiterverkaufte. Irgendwo in ihrem Haus mussten sie eine Art Lager haben, das bis unter die Decke mit Spielzeugen aus der Nachbarschaft vollgestopft war, die sie angeblich alle nie bei sich im Garten finden konnten.

Der Grund, warum sie die Sachen nicht mehr rausrückten, war unseren Vermutungen nach ihre Abneigung gegenüber Familien mit Kindern. Wahrscheinlich hatten sie noch nicht einmal grundsätzlich etwas gegen alle Familien, nur eben gegen diejenigen mit der Sorte von Kindern, die nicht durch traurige Umstände den ganzen Tag über völlig stumm im Haus sitzen bleiben. Und so eine Familie waren wir gewiss nicht. Seit unserem Einzug hatten wir uns zweifelsfrei nicht so unauffällig verhalten, wie sie sich das anfangs wahrscheinlich erhofften. Anschaffungen wie unser Planschbecken, unser Riesentrampolin, unsere Übernachtungspartys unter freiem Himmel, nachgestellte Pferdeparcours im Hof, die wir begleitet von Jubelgeschrei auf Hüpfbällen durchquerten, oder ähnliche Aktivitäten, mit denen wir Geschwister mit all unseren FreundInnen regelmäßig so viel Spaß im Garten hatten, trugen sicherlich zu ihrer Abneigung uns gegenüber bei. Deshalb bin ich mir auch sicher, dass sie uns mit den »Zaubertricks«, mit denen sie unsere Bälle verschwinden ließen, ein Stück weit »erziehen« wollten. Vielleicht ist es ja eine Unterstellung, denn immerhin haben sie es uns nie direkt ins Gesicht gesagt, aber in der Nachbarschaft und aufgrund ihres Verhaltens munkelte man, dass die Bayers heftige Vorurteile hatten. Sie hielten größere Familien, also alle Familien mit mehr als einem einzigen Kind, für asozial und undiszipliniert. In ihren Augen waren wir mit drei Kindern schon eine richtige Großfamilie, und für sie stand deshalb fest, dass wir natürlich ganz bestimmt auch ein typisches (Familien-)Lotterleben führen und uns dementsprechend ungezogen verhalten würden. Ähnliche Aussagen hat bestimmt jede/r schon einmal in Bezug auf geschwisterreiche Familien gehört oder gelesen. Was Vorurteile angeht, geht es den Einzelkindern da jedoch selbstverständlich nicht besser. Die sind immerhin alle verwöhnte, rechthaberische Bengel und können nicht teilen. Selbst Paare ganz ohne Kinder machen es nicht »richtig«. Die sind zweifelsohne komisch, weil sie sich komplett gegen eine traditionelle Familiengründung entschieden haben. Kurz gesagt, vor Vorurteilen und der damit verbundenen Abneigung mancher Menschen gegenüber einer bestimmten Gruppe ist man nie sicher. Und so geht es eben auch uns Familien mit mehreren Geschwistern. Wir sind eine leichte Zielscheibe für jegliche Vorurteile, und das kann problematisch sein, denn immerhin ist es leichter, einen Atomkern zu spalten, als ein Vorurteil, soll schon der über alle Maßen intelligente Albert Einstein einst erkannt haben. Deshalb schadet es sicherlich nicht, sich ein paar Strategien zurechtzulegen, mit Hilfe derer man

Vorurteile kontert und somit vielleicht besser verarbeitet. Ein erster Schritt könnte es sein, zu verstehen, wie Vorurteile überhaupt aufkommen. Sozialpsychologe Andreas Zick, der sich schon seit Jahrzehnten mit diesem Thema beschäftigt, erklärt, dass sich Vorurteile bei Menschen für gewöhnlich in drei Phasen bilden und festigen.[35]

Es beginnt bereits bei Kindern im Alter von circa drei bis vier Jahren mit dem sogenannten Kategorisierungsprozess. Sie lernen beispielsweise Personen unterschiedlichen Alters und Geschlechts oder auch ein Kind von einem Erwachsenen zu differenzieren. Welche dieser Kategorien dagegen ein Label, wie etwa »verwöhnt« oder »eingebildet«, bekommen, hängt zu Beginn davon ab, wie die Erwachsenen oder die anderen Kinder in ihrem Umfeld auf diese bestimmte Gruppe von Menschen reagieren oder sie kommentieren. Eine Kategorie wird noch nicht automatisch zum Vorurteil. Das passiert erst im Laufe des zweiten Schrittes, den ForscherInnen als Stereotypisierung bezeichnen. Dabei ordnet man Personen entsprechend der gelernten Kategorien ein und schreibt ihnen damit automatisch bestimmte Eigenschaften und Merkmale zu. Das könnte dann zum Beispiel so aussehen: Kinder mit mehreren Geschwistern sind ungepflegt und frech, weil ihre Eltern nicht genügend Zeit für sie alle haben. Mit ungefähr sieben bis acht Jahren wird Kindern dann auch bewusst, wie sie bestimmte Gruppen durch das »Labeln« mit negativen Eigenschaften abwerten können. Sie machen das zum Beispiel, wenn sie merken, dass sie sich selbst dadurch besser oder überlegen fühlen können. Schnell festigt sich der Glaube an diese negativen Eigenschaften immer weiter, und, voilà, fertig ist das lebenslange Vorurteil. Im schlimmsten Fall empfindet man dann das Leben etwa 40 Jahre später in einer kinderreichen Nachbarschaft als einen echten Albtraum – Familie Bayer kann ein Lied davon singen. Es gibt allerdings noch Hoffnung: ExpertInnen sind sich sicher, selbst Kindermiesepetern wie den Bayers ist noch zu helfen. Schließlich gibt es auch Wege zum erfolgreichen Vorurteilsabbau. Es hat sich gezeigt, dass beispielsweise direkter Kontakt zu der vorurteilsbehafteten Gruppe eine sehr effektive Maßnahme sein kann und blinde Stereotypisierungen somit gelockert oder sogar gänzlich aufgelöst werden können. Dabei beobachtet die Forschung zumindest in der Theorie sehr häufig Erfolge. Eigentlich hatten wir und das Ehepaar Bayer also die perfekten Voraussetzungen für das Überwinden ihrer Vorurteile uns Geschwistern gegenüber. Möglichkeiten zur Kontaktaufnahme gibt es innerhalb einer Nachbarschaft schließlich immer mal wieder. Hilfreich hätte es demnach sein können, wenn wir gezielt den Kontakt zu ihnen gesucht, unser nettestes Lächeln aufgesetzt und ihnen bewiesen hätten, wie falsch sie mit ihren Bedenken gegenüber Familien mit mehreren Kindern lagen. Natürlich war es in Wirklichkeit aber vielmehr so, dass auch wir keine große Lust mehr hatten, nett zu ihnen zu sein, nachdem sie ihre Abneigung uns gegenüber so schlecht verbergen konnten. Vielleicht haben andere Kinder in ähnlichen Situationen ja mehr Willenskraft, als es bei uns der Fall war. Die Wissenschaft ist sich zumindest sicher, dass es sich lohnen könnte, in einer Art Konfrontationstherapie den direkten Kontakt mit den skeptischen Gegnern zu suchen.

Wir haben dagegen, wie gesagt, immer die etwas gegenteilige Strategie gewählt und waren trotzdem recht glücklich damit. In den meisten Fällen, in denen man als Kind mit Vorurteilen konfrontiert ist, ist es einem ja ohnehin noch so egal, dass man es noch nicht einmal doof findet. Diese Geisteshaltung sollte man sich meiner Meinung nach, in passenden Situationen, sein Leben lang beibehalten. Das ist zumindest die einfachste Bewältigungsstrategie. Wenn jemand mit einem Vorurteil um die Ecke kommt, empfehle ich deshalb, freundlich zu lächeln und entspannt etwas in die Richtung zu sagen wie: »*Wenn du irgendein Problem mit uns hast, dann darfst du es gerne behalten, es ist ja schließlich auch deins.*«

GESTATTEN: DIE SCHWESTER ODER DER BRUDER VON – VORURTEILE IN DER SCHULE

Was Vorurteile im Alltag oder in der Nachbarschaft angeht, tut man sich meiner Meinung nach in der Regel selbst einen riesigen Gefallen, wenn man sie ganz einfach ignoriert. Das vorherige Kapitel *»Kennst du einen, kennst du alle: Wie du mit Vorurteilen über Geschwister umgehst«* legt daher nahe, dass Vorurteile oft nur dann einen Effekt auf uns haben können, wenn wir ihnen überhaupt Beachtung schenken.

Es ist jedoch leider etwas völlig anderes, wenn es sich um Vorurteile handelt, die sehr wohl eine Auswirkung auf uns haben, egal ob wir sie beachten oder nicht. Die Rede ist von Vorurteilen, mit denen wir zum Beispiel in der Schule konfrontiert werden. Wenn beispielsweise unsere Lehrerin meint, schon genau zu wissen, wie wir uns verhalten und wie gut oder schlecht unsere Leistungen in diesem Schulfach sein werden, weil sie unsere großen oder kleinen Geschwister ja schließlich auch schon mal im Klassenraum vor sich hatte. Nun gut, seien wir mal ehrlich: So richtig problematisch ist dies in der Regel ja eigentlich nur, wenn unsere Geschwister verbrannte Erde hinterlassen haben. Wenn sie uns dagegen einen erheblichen Vertrauensvorschuss in unsere Leistungsfähigkeit bescheren, verhalten wir uns selbstverständlich einfach unauffällig und genießen den Vorteil, das ist natürlich klar. Falls sie nun allerdings ein schlechtes Licht auf unseren Familiennamen geworfen haben, brauchen wir dringend einen Schlachtplan. Die schlechte Nachricht ist leider: In solchen Fällen kommt man in der Regel unter keinen Umständen um einen etwas erschwerten Start herum, denn euren »Familiennamens-Stempel« habt ihr nun einmal. Es sei denn, ihr seid vielleicht schon über 18, gleichzeitig im besten Fall sehr verliebt und könnt so noch vor Schuljahresbeginn schnell heiraten und euren Nachnamen ändern. Da diese Bedingungen bei der Einschulung oder einem Schulwechsel jedoch meiner Erfahrung nach zu eher seltenen Umständen gehören, würde ich eine etwas andere Herangehensweise empfehlen. Weil es in diesem Punkt ja kaum schlimmer werden kann, habt ihr ohnehin nur noch sehr wenig zu verlieren, warum also nicht einen gewagteren Weg einschlagen. Wie wäre es, wenn ihr die Erwartungshaltung zwischen euch und beispielsweise eurer Mathelehrerin einfach herumdreht und die Offensive ergreift. Gleich zu Beginn des Schuljahres könntet ihr beispielsweise zu den betreffenden Lehrenden gehen, sie ganz freundlich ansprechen und sagen, wie viel Gutes euer Bruder oder eure Schwester schon über ihren Unterricht erzählt hat und wie sehr ihr euch deshalb jetzt schon auf diese lehrreichen und spannenden Stunden freut. Ich weiß, im ersten Moment verspürt ihr vielleicht eine starke Abneigung (vielleicht sogar einen Würgereiz) gegen Schleimereien wie diese, aber der Vorteil daran ist: Fast kein Mensch ist immun gegenüber Schmeicheleien, und die Wahrscheinlichkeit, dass sie positive Auswirkungen auf euch haben, ist daher recht groß. Wichtig ist nur, dass die Aussage, egal ob sie im Endeffekt genauso stimmt oder nicht, auch glaubwürdig rüberkommt. Der Lehrer oder die Lehrerin ist dann wahrscheinlich mindestens positiv von euch überrascht, fühlt sich mit ziemlicher Sicherheit ein wenig geschmeichelt und hat im besten Fall sogar das Gefühl, seinem oder ihrem offensichtlich exzellenten Ruf gerecht werden zu müssen und einen tollen Unterricht für euch zu gestalten. Damit ist die Person am Pult vielleicht fürs Erste mit ihrer Aufgabe, einen spannenden Unterricht abzuliefern, beschäftigt und konzentriert sich mit etwas Glück nicht mehr so sehr auf die Vorurteile, die sie dank deiner Geschwister dir gegenüber hat. Einen Versuch könnte es doch zumindest wert sein, oder?

Falls es nicht klappt, seid einfach stark, haltet durch und macht euch zum Ausgleich jeden noch so kleinen Vorteil, den ihr durch eure Geschwister habt, zunutze. Schließlich ist nicht nur der Lehrer oder die Lehrerin bereits vor dir und deinem Familienruf gewarnt. Auch du weißt aus Erzählungen deines Bruders oder deiner Schwester doch schon genau, auf was die entsprechende Lehrkraft besonders viel Wert legt oder was sie absolut auf die Palme bringt. Damit kann man doch auch arbeiten.

Im besten Fall läuft es sogar so ab wie in einem meiner Unterrichtsfächer in der Oberstufe. Drei Jahre vor mir hatte auch meine große Schwester schon die gleiche Lehrerin wie ich im selben Fach. Die besagte Lehrkraft war glücklicherweise entweder sehr stark von ihren Klausurfragen überzeugt oder einfach nur ein bisschen faul. Jedenfalls kam es tatsächlich vor, dass wir drei Jahre später eins zu eins genau die gleichen Fragen beantworten mussten, wie es auch die Klasse meiner Schwester schon vor uns musste. Und da meine große Schwester in der Schule immer brav und sehr aufmerksam war, kannte ich nicht nur die Fragen, sondern auch praktischerweise gleich die Antworten, die eine volle Punktzahl versprachen, schon lange bevor uns die Arbeitsblätter überhaupt ausgeteilt wurden. Ein Blick in die alten Unterlagen der Geschwister lohnt sich also manchmal sehr und entschädigt vielleicht für die eine oder andere negativ behaftete Spur, die sie für uns hinterlassen haben.

4. Kapitel

Darwinismus in den eigenen vier Wänden: Streiten, bis die Wolken wieder lila sind

Ich glaube, alle Menschen, die mit oder in der Nähe von Geschwistern aufgewachsen sind, sind sich der bereits oft zitierten, hoch explosiven Sprengkraft, die Geschwisterbeziehungen innewohnt, nur zu gut bewusst. Manchmal fragt man sich als Schwester oder Bruder, ob man vielleicht versehentlich in einer Art Menschen-Experiment gelandet ist, in dem eine perfide unsichtbare Großmacht herausfinden will, wie viele Provokationen und Ärgernisse eine Person innerhalb einer Familie überhaupt aushalten kann. Nur mal so als Beispiel: Nicht ohne Grund muss ein/e professionelle/r BombenentschärferIn eine mindestens vierjährige Berufsausbildung plus zusätzlicher Berufserfahrung auf sich nehmen, um die benötigten Qualifikationen für ihren sehr gefährlichen Job zu erlangen. In Familien mit Geschwistern begibt man sich dagegen ganz ohne jegliche Ausbildung oder Vorbereitung in ein ähnlich spannungsgeladenes Umfeld. Das kann ja nur schiefgehen … und das geht es aller Erfahrung nach häufig auch.

Jedoch sollte man das praktische »learning by doing« auf keinen Fall unterschätzen – und wir Brüder und Schwestern sind die Meisterinnen und Meister darin. Aus der Not heraus entwickeln wir im Laufe der Jahre, vollkommen ohne professionelle Anleitung, ganz eigene Entschärfungsstrategien. Wer die nächsten Kapitel liest, versteht, wie wir Geschwister trotz fehlender Spezialausbildung Krisenbewältigung auf Profiniveau betreiben können.

WIE DU UNKONTROLLIERTE GEFÜHLSEXPLOSIONEN DEINER GESCHWISTER ÜBERLEBST

Es gibt Alarmsysteme für alle möglichen Dinge: Feueralarme, Einbruch-Alarme, Aufweck-Alarme, Erinnerungs-Alarme und so weiter und so fort.

Ein Alarm soll uns rechtzeitig Bescheid geben, uns auf wichtige Dinge aufmerksam machen und in besonders gefährlichen Situationen vor allem für die Möglichkeit sorgen, dass wir rechtzeitig in Deckung gehen können. Doch für eine ganz besonders kritische Situation, in der ein entsprechender Alarm mehr als hilfreich wäre, gibt es leider keines dieser nützlichen Frühwarnsysteme. Die Rede ist von unkontrollierten Gefühlsexplosionen unserer Geschwister. Das Großartige und gleichzeitig das Schlimmste am Leben mit Geschwistern ist es ja, dass wir uns gegenseitig in jeder Situation, Gemütslage und Lebensphase kennenlernen.

Und dazu gehören neben schönen Momenten wie der Einschulung, dem erste Reitturnier, der ersten festen Freundin oder dem ersten festen Freund, den ersten eigenen Kindern, Hochzeiten etc. eben auch die unkontrollierten, unreflektierten und zu allem Übel meist auch noch nur sehr schwer vorhersehbaren Ausraster. Die Rede ist von mit Schreien, Meckern oder sehr lauten Heulkrämpfen verbundenen Wutausbrüchen und Streitszenen, die von unseren Brüdern und Schwestern und manchmal – aber dann natürlich immer gerechtfertigt – eventuell auch von uns selbst in regelmäßigen Abständen verursacht werden. Viele von ihnen lassen sich bestimmt, zumindest in einer gewissen Lebensphase, auf hormonelle Umbrüche oder Ausnahmezustände zurückführen, in denen sich unsere Geschwister befinden. Erschwerend kommt außerdem noch die Tatsache hinzu, dass wir in der Regel nicht versuchen, uns vor unseren Geschwistern zu jedem Zeitpunkt in das beste Licht zu rücken. Im Gegenteil, wir machen uns die meiste Zeit über viel eher recht wenig Gedanken darüber, was sie von uns denken. Vor Außenstehenden und meist sogar vor Freundinnen und Freunden hält man die unansehnlichen Momente seines Lebens dagegen weitestgehend zurück, rastet erst zu Hause in den eigenen vier Wänden so richtig aus, bricht heulend zusammen oder explodiert lieber ganz heimlich mit brüllendem Getöse. Unter Geschwistern bedeuten die »eigenen vier Wände« allerdings leider für alle Brüder und Schwestern im Haushalt dasselbe. Immerhin wohnen wir zumindest etwa für die ersten beiden Jahrzehnte unseres Lebens mit hoher Wahrscheinlichkeit zusammen unter einem Dach.

Besonders beliebt sind solche Ausbrüche meiner Erfahrung nach übrigens während Autofahrten, wenn einem gerade keine Fluchtmöglichkeiten zur Verfügung stehen. Oder zu dem Zeitpunkt, an dem man sich gerade dafür entschieden hat, einen Film oder die neue Lieblingsserie anzuschauen, dann aber leider feststellen muss, dass man bei all dem Gebrüll und Geschrei im Hintergrund kein einziges Wort versteht. Auch sehr beliebt ist der Moment, wenn man gerade das erste Mal einen gut aussehenden Klassenkameraden am Telefon hat und der wahrscheinlich, dank der Angst einflößenden Hintergrundgeräusche denkt, er habe es mit der Bewohnerin eines Irrenhauses zu tun.

Wenn der Auszug zum entsprechenden Zeitpunkt noch keine Option ist, brauchen wir deshalb eine andere Möglichkeit, um die eben skizzierten unkontrollierten Gefühlsausbrüche unbeschadet zu überstehen.

Immerhin geht es nicht nur darum, peinliche Zwischenfälle mit FreundInnen zu vermeiden oder zu jedem Zeitpunkt seine Ruhe haben zu können, sondern es muss vor allem verhindert werden, dass man selbst ungewollt und meist auch unbegründet in irgendetwas, was im Zusammenhang mit der Gefühlsexplosion unserer Geschwister steht, hineingezogen wird.

Ein falscher Blick zu viel – oder wenn wir ehrlich sind, manchmal überhaupt nur irgendein Blick – kann schon genügen, um einen patzigen Angriff zu kassieren. Beispielsweise etwas in der Richtung: »*Und du brauchst gar nicht so blöd zu gucken, du bist immerhin mit schuld daran, weil …*« Es folgt meist ein sehr fadenscheiniger Grund, der als Beweis dafür dienen soll, warum du am aktuell so miserablen Zustand oder der unerträglichen Lage, in der dein Bruder oder deine Schwester zu stecken glaubt, eine eindeutige Mitschuld trägst. Selbst wenn du rein gar nichts mit dem Grund ihrer Verärgerung zu tun hast, findest du dich auf diese Weise ruck, zuck im Zentrum der überemotionalisierten und aufgeladenen Stressszene deiner Geschwister wieder. Das Motto »Im Zweifelsfall für den/die Angeklagte/n« gilt unter Geschwistern nämlich nur äußerst selten. Deine Geschwister fühlen sich auch nicht verpflichtet, ausreichend objektive Beweise für deine angebliche Mitschuld zu präsentieren, sondern feuern ihre Anschuldigungen auch liebend gerne ohne nachvollziehbare Anhaltspunkte durch die Gegend. Wenn du mit der Sache nichts zu tun haben willst, liegt es daher nun an dir, zu belegen, dass du eigentlich unbeteiligt und frei von jeglicher Schuld bist.

Meine Devise lautet deshalb: Entscheidend ist das möglichst präzise Studium des Feindes. Sprich: Ihr müsst jedes noch so kleine Anzeichen, das auf einen näher rückenden Ausbruch eurer Geschwister hinweist, so früh wie möglich erkennen. Ihr müsst so genau und aufmerksam sein, wie es kein elektronisches Alarmsystem der Welt sein könnte.

Zusätzlich ist erhöhte Vorsicht vor möglichen Auslösern in einem noch frühen Stadium geboten. Sobald eure Geschwister beispielsweise einen schlechten Tag hatten, von Streit mit ihren FreundInnen erzählen oder vielleicht auch nur das Wetter mehrere Tage in Folge schlecht vorhergesagt ist, ist doppelte Alarmbereitschaft angesagt. Findet heraus, was eure Geschwister am häufigsten reizt, und seid von diesem Moment an aufmerksam wie ein Luchs. Das ist also der erste Pfeiler eurer Strategie: die sogenannte Früherkennung. Ihr wisst nun, dass es jeden Moment so weit sein kann und eure Geschwister ziemlich sicher in näherer Zukunft scheinbar grundlos austicken werden. Anschließend zahlt sich dann zusätzlich die präzise Feinanalyse aus. Ausdruckslose Gesichtszüge, angespannt zusammengezogene Augenbrauen, energisches Tippen auf dem Handy. Ihr solltet alle Anzeichen für einen empfindlichen Gemütszustand und einen unmittelbar bevorstehenden Ausbruch eurer Geschwister genaustens kennen. Außerdem solltet ihr auch exakt darauf achten, auf welche Sätze eurer Eltern oder anderer Geschwister sie in solchen Momenten besonders gereizt reagieren. Ist es vielleicht die Frage danach, ob sie ihre Hausaufgaben bereits gemacht oder sich schon um einen Praktikumsplatz im nächsten Sommer gekümmert haben? Wie die Party am Wochenende war oder auch nur, was sie am Abend gerne essen wollen? Vorsicht! Die Fragen müssen thematisch nicht zwangsläufig in direktem Zusammenhang mit dem Grund der Gefühlsexplosion stehen. Im Gegenteil, sie sind für Außenstehende oftmals völlig harmlos, wirken für eure ohnehin schon grundsätzlich gereizten Geschwister in diesen Momenten jedoch wie eine Art Trigger. Als würde jemand damit die Zündschnur einer Bombe entfachen, dauert es dann oftmals keine drei Sekunden, bis die Explosion hochgeht.

Es liegt an euch, diese Triggerpunkte rechtzeitig zu erkennen. Um sicherzustellen, dass ihr in das, was auch immer ab diesem Punkt passiert, nicht mit hineingezogen werdet, müsst ihr zum Zeitpunkt des Ausbruchs den entsprechenden Raum so schnell und unauffällig wie möglich verlassen. In einem ungünstigeren Moment, wie beispielsweise im Auto, Zug oder Flugzeug, in dem eine Flucht leider keine Option ist, müsst ihr alternativ zumindest irgendwie in Deckung gehen. Ihr solltet dann immerhin so unbeteiligt wie möglich wirken. Setzt schnell eure Kopfhörer auf, fangt an zu telefonieren oder flüchtet ins Badezimmer. Hauptsache man kann euch in den nächsten Minuten nicht vorwerfen, irgendetwas mit den aktuellen Geschehnissen zu tun zu haben.

Da unkontrollierte Gefühlsausbrüche selbstverständlich immer ziemlich plötzlich, aber deshalb nicht weniger heftig auftreten, bleibt euch unter keinen Umständen viel Zeit, um euch aus dem Staub zu machen. Und genau deshalb ist es meiner Meinung nach eben das Allerwichtigste, die erwähnten Frühwarnzeichen zu erkennen, um so wertvolle Fluchtsekunden zu gewinnen.

WIE DU UND DEINE GESCHWISTER – TROTZ ALLEM – ALLES GUT ÜBERSTEHT

Geschwister zu haben ist Fluch und Segen zugleich. Das weiß jede/r, die/der Geschwister hat. Keiner nervt uns so unermüdlich und ist so gnadenlos in Auseinandersetzungen wie unsere nächsten Blutsverwandten. Und das Allerschlimmste ist oftmals: In der Regel werden wir sie einfach nicht los. Sie sind immer da. Und das ist nicht nur lästig, sondern gleichzeitig auch das Tollste an ihnen. Sie sind nämlich nicht nur immer da, sondern auch IMMER FÜR UNS da. Wir bekommen ungefragt Weggefährten geschenkt, die bedingungslos mit uns an unserer Seite durchs Leben tanzen. Wer Geschwister hat und gefragt wird, ob sie ihr oder ihm schon mal in einem wichtigen Moment beigestanden haben, hat mit ziemlich hoher Wahrscheinlichkeit immer etwas zu erzählen. Und gerade weil Geschwister so selbstverständlich und jederzeit für uns da sind, geraten die vielen wichtigen Momente, in denen uns kein/e andere/r außer unseren Geschwistern so hätte helfen können, wie sie es ohne Wenn und Aber getan haben, nur zu oft und zu schnell in Vergessenheit. Deshalb sollte man sich immer mal wieder bewusst vor Augen führen, wie einzigartig schön das Leben mit unseren Geschwistern doch ist. In regelmäßigen Abständen ist es daher, denke ich, Zeit für ein Hoch auf uns Brüder und Schwestern und darauf, dass wir immer für uns da sind, und zwar in einer Art und Weise, wie es fast kein/e andere/r ist. Wenn sich Geschwister ganz bewusst an solche Momente erinnern, werden wunderschöne Geschichten erzählt:

NINA, 37

Der bedeutendste Moment in meinem Leben: ein grauer Donnerstagvormittag, an dem ich an die Bürotür meiner Chefin klopfte, die

Tür vorsichtig öffnete und, an ihrem Schreibtisch angekommen, in kurzen und knackigen Sätzen meine sofortige Kündigung aussprach. Meine angesammelten Überstunden befanden sich zum damaligen Zeitpunkt im dreistelligen Bereich, und inklusive meiner restlichen Urlaubstage hätte ich, streng genommen, bereits vor circa acht Wochen nicht mehr ins Büro kommen müssen. Nur vier Tage später stand ich im Check-in-Bereich des Frankfurter Flughafens mit einem Ticket nach Australien und der festen Überzeugung im Kopf, den Rückflugtermin in zehn Monaten, der auf dem DIN-A4-Ausdruck in meiner Hand stand, nicht einzulösen. Eine verrückte Woche. Die wohl verrückteste, die ich je hatte und je haben werde.

… Der vermutlich schockierendste Tag im Leben meiner Eltern: der Mittwochabend, zwei Wochen später, an dem ich sie aus der Küstenstadt Byron Bay aus anrief. Ich saß gerade beim Frühstück, als ich ihnen schilderte, was sich in den letzten zwei Wochen in meinem Leben so geändert hat. Es muss sich in etwa so angehört haben:

Mama und Papa: »*Hallo Kleines, na wie geht's?*«

Ich: »*Ach ja, ganz gut eigentlich, und euch?*«

Mama und Papa: »*Danke, auch gut, was gibt's Neues bei dir?*«

Ich: »*Mmmh, mal sehen. Also letzten Montag war ich beim Impfen, mein Pass ist jetzt wieder auf dem aktuellsten Stand. Am Dienstag habe ich meine Wohnung, man könnte sagen, mal so richtig frei geräumt, sie ist jetzt komplett leer. Am Freitag hatte ich eine kleine Feier mit all meinen Freunden und Freundinnen. Wir verabschiedeten uns, als würden wir uns für sehr lange Zeit nicht wiedersehen. Und ach ja, seit Sonntag bin ich vorerst nach Australien ausgewandert.*«

Mama und Papa: …*(Stille)* ….

Den weiteren Verlauf des Gesprächs zu zitieren, würde vermutlich keinen Sinn ergeben, da die meisten Worte und Satzfetzen, die gesagt wurden, keine zusammenhängenden Sätze ergaben.

Der Hauptgrund für diese spannende Wendung in meinem Leben und den Mut, diese zugegebenermaßen auch beängstigende

Entscheidung wirklich durchzuziehen, ist meine kleine Schwester. Sie war neben meinen engsten FreundInnen die Einzige, die von meinem Vorhaben wusste, und eine unfassbare Stütze. Hätte ich es meinen Eltern erzählt, hätten sie mir die Idee vermutlich ausgeredet. Nicht so aber meine Schwester. So kitschig es auch klingen mag, sie ist mein Fallschirm und gab mir damit den Mut für den wichtigsten Schritt meines Lebens. Ich mache meinen Eltern keinen Vorwurf, immerhin sind Eltern sozusagen per Definition darauf gepolt, uns Kinder beschützen zu wollen, egal wie alt wir sind, und das gestaltet sich in Australien schon etwas schwieriger. Aber zum Glück gibt es eben auch Geschwister, die genauso sehr unser Bestes im Sinn haben, aber gleichzeitig genügend Leichtsinn akzeptieren, um uns in wirklich jeder Lebenssituation unterstützen zu können.

BASTIAN, 32

Ich war nicht einer dieser Menschen, die sich ihrer Sexualität von Anfang an ganz sicher waren. Viele Outing-Geschichten in meinem näheren Umfeld beginnen damit, dass die oder der ErzählerIn ihre Homosexualität bemerkte und dann eine Weile mit sich haderte, um den richtigen Moment abzupassen, an dem er oder sie ihre Entdeckung endlich öffentlich macht. Das ging mir nicht so, sonst hätte ich es meiner Schwester bestimmt schon viel früher gesagt. Als ich es dann aber mit 25 Jahren einfach nicht mehr länger ignorieren konnte, weihte ich sie als Erste ein. Ich tat es ganz bewusst, bevor ich es meinen Eltern sagte. Ich hatte zwar nicht wirklich Bedenken, dass meine Eltern negativ auf die Nachricht reagieren würden, aber ganz sicher kann man sich ja nie sein. Ich hatte immer das Gefühl, dass meine Eltern uns Kinder zwar zweifelsfrei jederzeit liebevoll, aber doch mit einer gewissen Erwartungshaltung betrachten. Sie meinen es natürlich nicht böse. Im Gegenteil, sie wünschen sich nun mal vermutlich alle, dass wir eine gute Ausbildung machen, einen rentablen Job finden, und wenn alles gut läuft, im besten Fall auch irgendwann Enkelkinder auf ihren Schoß setzen. Bei uns Geschwistern ist das anders, ich glaube, es gibt keine Menschen auf der Welt, die uns so bedingungslos beistehen können wie unsere Brüder und, wie in meinem Fall, meine Schwester. Sie und ich müssen uns nichts beweisen und erst recht keine unausgesprochenen Versprechen einlösen. Deshalb war sie auch der einzige Mensch auf der Welt, der infrage kam, mein, bis zum damaligen Zeitpunkt, Geheimnis als Erste zu erfahren. Als ich es ihr erzählte, lächelte sie, nahm mich in den Arm und flüsterte mir schmunzelnd ins Ohr: *»Ich muss dir auch etwas gestehen, ich bin hetero.«* Sie fand es schon immer blöd, dass homosexuelle Menschen extra erklären und ihre sexuelle Orientierung mindestens einmal konkret ausgesprochen haben müssen, um als »geoutet« zu gelten. Eine Art Zeremonie, die heterosexuelle Menschen nicht durchführen müssen. Gemeinsam haben wir es dann auch meinen Eltern gesagt, und dank dieser ersten sehr positiven Erfahrung mit meiner Schwester war ich noch nicht einmal nervös … oder zumindest nur ein bisschen.

BETTY, 15

Mein Papa kann kein Blut sehen. Das ist unter normalen Umständen für einen Softwareentwickler natürlich nicht unbedingt problematisch. Wenn mir aber das scharfe Küchenmesser aus Versehen aus der Hand rutscht und in meinem Fuß stecken bleibt, stellt eine ohnmächtige Aufsichtsperson schon eher – nennen wir es mal – eine Herausforderung dar.

Ein Messer im Fuß, einen Vater in der Horizontalen auf dem Küchenboden und einen Bruder ein Stockwerk entfernt unter der Dusche. In dieser Situation fand ich mich vergangenen Sommer wieder. Das Messer in meinem Fuß gehörte natürlich zu meinen größten Sorgen, aber mindestens genauso schlimm war die Tatsache, dass ich momentan niemanden der in der Küche Anwesenden dazu in der Lage sah, einen Rettungswagen zu rufen oder mit mir ins Krankenhaus zu fahren. Aus Ratlosigkeit entschied ich mich im ersten Schritt einfach erst einmal dafür, mich so wenig wie möglich zu bewegen. Zum Glück kam mein Bruder dann nach wenigen Minuten auch schon aus dem Badezimmer und fand unser erschreckendes und rückwirkend betrachtet sicherlich auch sehr komisch anmutendes Stillleben in der Küche vor. Ich war ihm in diesem Moment so unfassbar dankbar dafür, dass er nicht das Ohnmachtsgen meines Vaters geerbt hatte. Er reagierte erstaunlich ruhig und beherzt, rief den Krankenwagen, brachte mir einen Stuhl, legte die Beine meines Vaters hoch und einen nassen Waschlappen in seinen Nacken. Er dachte sogar daran, noch schnell ein Foto mit seinem Handy fürs Familienalbum zu machen, bevor die

RettungssanitäterInnen unser Haus stürmten. So viel Sorgfalt hätte ich in diesem Moment definitiv von keinem anderen anwesenden Familienmitglied erwarten können, mein Vater war schließlich ohnmächtig.

MARIELLE, 21

Vor drei Jahren hat eine Routineuntersuchung bei der Frauenärztin mein Leben komplett verändert. Mit 18 Jahren fällt normalerweise unter das Thema »Krankheiten« im schlimmsten Fall eine ausgedehnte Grippe oder, wenn es richtig blöd läuft, vielleicht mal ein Knochenbruch.

Eine Krebserkrankung befindet sich dagegen in der Vorstellung eines Teenagers in der Regel außerhalb des Bereichs des Möglichen. Zumindest ging mir das so. Das Leben hat mich in diesem Moment allerdings eines Besseren oder eigentlich vielmehr eines Schlimmeren belehrt. Gleich nach meinem schicksalhaften Arztbesuch fuhr ich zu meiner großen Schwester. Ich wusste genau, sie war die einzige Person, die jetzt richtig reagieren würde. Natürlich erzählte ich es auch noch am selben Tag meinen Eltern, aber das konnte ich nur ohne einen größeren Zusammenbruch überstehen, nachdem meine Schwester genau die richtigen Worte für mich und meine Situation gefunden hatte. Sie war die ganze Zeit ruhig, aber aufmerksam und blieb stark, als meine Eltern sehr emotional und aufgebracht reagierten. Ich kann es ihnen nicht verübeln, immerhin haben sie 18 Jahre damit verbracht, jede Gefahr von mir fernzuhalten. Alle gemeinsam bewältigten wir diese schwere Zeit, ich bin mir aber sicher, ohne meine Schwester als Ruhepol wäre alles bestimmt viel schwerer für mich gewesen.

MARVIN, 35

Ich war so stolz, als das erste Mal ein Gehalt auf meinem Konto einging. Und zwar so viel, dass ich meine Miete, mein Essen und Freizeitaktivitäten selbst bezahlen konnte. Zwei Monate später verkündete ich meinen Eltern dann ganz selbstbewusst, dass ich von nun an sogar meine Versicherungsbeiträge alleine übernehmen würde. Es war ein unfassbar belebendes Gefühl der Unabhängigkeit. Meine Eltern hatten mich in der Zeit meiner Ausbildung immer unterstützt, und ich habe ohnehin schon länger gebraucht, als ursprünglich veranschlagt war. Sie haben sich mir gegenüber zwar nie beschwert. Da sie aber selbst ein Haus abbezahlen müssen und hinsichtlich ihres Budgets auf die Frührente meines Vaters angewiesen und daher auch chronisch knapp bei Kasse sind, wusste ich, dass meine finanzielle Selbstständigkeit für sie eine enorme Erleichterung darstellen würde.

Nur ein Jahr später ging das Unternehmen, das mir dieses Glücksgefühl zum Monatsende regelmäßig schenkte, überraschend pleite. Eins stand für mich gleich fest: Ich will meine Eltern nicht wieder mit meinen Problemen belasten. In dieser Phase meines Lebens war mein kleiner Bruder meine Rettung. Ich hatte keine Scheu, ihm von meinen gescheiterten Bewerbungsgesprächen zu erzählen, und auch finanziell unterstütze er mich, so gut er konnte, ohne dass ich ein schlechtes Gewissen haben musste. Natürlich hätte ich auch Freunde nach Unterstützung fragen können, aber keine Person in einer zwischenmenschlichen Beziehung geht meiner Erfahrung nach so problemlos in Vorleistung, ohne dass es zu einem merkwürdigen Machtgefälle führt, wie die eigenen Geschwister. Selbstverständlich habe ich meinem Bruder alles zurückerstattet, und auf seinem Bruderkonto liegen zusätzlich noch unendlich viele Gefallen, die er jederzeit bei mir einlösen darf.

Diese Art von Gutscheinen wurde jedoch für uns beide bereits zum Zeitpunkt seiner Geburt erstellt. Seitdem sind mein kleiner

Bruder und ich schließlich Geschwister, und die Bereitschaft, uns gegenseitig zu helfen, wird deshalb auch niemals verfallen.

Das sind nur einige wenige Beispiele für Momente im Leben, in denen unsere Geschwister zu den wertvollsten Menschen der Welt gehören. Sie zeigen, dass uns Brüder und Schwestern in der Regel nicht ständig bewerten, uns ungefragt und völlig selbstverständlich zur Seite stehen, nicht verlangen, dass jeder Gefallen eins zu eins gegeneinander aufgewogen wird, und im Grunde ihres Herzens nur das Beste für uns wollen. Mit einer klitzekleinen Einschränkung natürlich: Sie wollen nur das Beste für uns, solange es nicht um die letzte Portion Essen, das Budget für neue Klamotten/Spielsachen oder das größere Zimmer geht. Das versteht sich von selbst. Natürlich können vielleicht auch richtig gute FreundInnen oder die eigenen Eltern ähnliche Eigenschaften haben, aber die Art von Beziehung, die wir mit unseren Geschwistern führen, bleibt dennoch stets ein Unikat. Sie haben uns schließlich unser ganzes Leben lang begleitet. Jede Höhe und Tiefe, jede Niederlage und jeden Erfolg miterlebt. Deshalb tragen sie so viel Anteilnahme für uns in sich wie wenige andere Menschen auf der Welt, und das ist sogar wissenschaftlich erwiesen. Eine Umfrage der GFK-Marktforschung Nürnberg ergab, dass sich 74 Prozent der Befragten in Notlagen und persönlichen Krisen »voll und ganz« auf ihre Geschwister verlassen.[36]

Unsere Geschwister eignen sich demnach nachweislich wunderbar als äußerst günstige Seelenklempner. Dem stimmt auch die Kinder- und Jugend-Psychotherapeutin und Pädagogin Inés Bruck vom Nathusius-Institut für Psychologie, Bildung und Beratung in Halle zu. Sie untersucht, wie sich Geschwister auf die seelische Entwicklung eines Kindes auswirken, und kommt zu dem Ergebnis, dass Heranwachsende durch Geschwister eine *»vielseitige Beziehungsbereicherung«* erleben. Gemeint ist damit der vielfältige Kontakt zu etwa Gleichaltrigen auf der »horizontalen« Beziehungsebene, sprich auf Augenhöhe. Auf diese Weise entwickeln wir ihrer Meinung nach enge zwischenmenschliche Verbindungen über Jahrzehnte hinweg, trainieren einerseits unsere Empathie, lernen aber auch Strategien, um mit Konflikten und Auseinandersetzungen umgehen zu können. Eine der wohl wertvollsten Bereicherungen durch Geschwisterbeziehungen ist daher unsere Eigenschaft, uns gegenseitig eine Stütze zu sein, wenn beispielsweise existenzielle Krisen wie Krankheiten oder eine Trennung der Eltern die Familie erschüttern.

Unsere Geschwister sind also ein echter Hauptgewinn, und neben den psychischen Benefits sind sie sogar nachweislich gut für unsere physische Gesundheit, Persönlichkeitsentwicklung und Widerstandskraft. Die medizinische Forschung stellt nämlich ähnlich positive Auswirkungen fest. Kinder mit älteren Geschwistern leiden weniger häufig an Allergien und sind mit einem besseren Immunsystem ausgestattet. Der Grund: Von klein auf sind sie mit vielen verschiedenen Keimen konfrontiert. Wer hätte das gedacht? Unsere manchmal echt ekligen Geschwister sind also tatsächlich gesundheitsfördernd für uns. Ähnlich positive Einflüsse weisen auch ErnährungswissenschaftlerInnen und MedizinerInnen der Universität Michigan in einer Langzeitstudie nach. Kinder, die zwei bis fünf Jahre nach ihrer Geburt ein jüngeres Geschwisterkind bekommen, haben laut ihren Ergebnissen eine geringere Wahrscheinlichkeit für Fettleibigkeit. Das liegt vermutlich daran, dass Familien mit mehreren Kindern für eine aktivere Freizeitgestaltung sorgen und in Haushalten mit Geschwistern generell mehr gespielt wird.[37]

Zusammenfassend kann man also sagen, unsere Geschwister sind die besten Krisenberater, Personal Trainer und seelischen Begleiter, die wir uns wünschen können. Vorausgesetzt, wir lassen sie ihre »Arbeit« machen und geben uns ein bisschen Mühe mit der Pflege unserer Geschwisterbeziehungen. Gelingt uns das, können wir uns mit unseren Geschwistern zusammen durch jeden Schmerz arbeiten, lernen die schwierigen Lektionen im Leben nicht allein und wachsen dabei, sozusagen zur Belohnung, auch noch enger zusammen.

Also lasst uns regelmäßig ganz bewusst wertschätzen, dass wir mit unseren Geschwistern lachen, weinen, triumphieren, uns lustig machen, verdrängen, auch unwichtige Dinge hundert Mal durchsprechen, manchmal auch lästern und hin und wieder sogar grundlos Dampf ablassen können. Wir können mit ihnen über die Stränge schlagen, und nur wenig andere Menschen werden uns so ehrliches Feedback geben wie unsere gnadenlosen Brüder und Schwestern. Sie schonen uns üblicherweise nicht, nur weil es die angenehmere Variante wäre, und stehen zu uns, wenn sich alle anderen schon längst aus dem Staub gemacht haben. Sie können zeitweise Freundes- oder Elternersatz sein und unmittelbar danach dann auch einfach wieder »nur« unsere Geschwister. Kurz gesagt: Solange Geschwister in unserem Leben sind, können wir mit ihnen gemeinsam wirklich alles überstehen!

LEHRMEISTER/IN VON NEBENAN: SO ERKENNST DU DIE IDOLE DIREKT VOR DEINER NASE

Rote Haare, Sommersprossen, ein keckes Grinsen im Gesicht. Ein freches Mädchen, das sich immer durchsetzt, Regeln nur flüchtig wahrnimmt und dann mit einer präzisen Treffsicherheit bricht. Ein Mädchen, das Abenteuer erlebt und bei der ich immer das Gefühl hatte, sie sei meine engste Komplizin. Sie hat ein Pferd UND einen Affen, sie ist die meiste Zeit allein zu Hause und macht alles anders als »normale Leute«. Sie schläft sogar verkehrt herum im Bett. Wie cool ist das denn bitte? Das ist Pippi Langstrumpf! Dieses Mädchen hatte in meinen Kinderaugen reinstes »Heldinnen-Potenzial«. Mein absolutes Kindheitsidol!

Ganz im Gegensatz zu meiner großen Schwester, mit der ich mir ein Zimmer teilen musste, die ständig in meiner Nähe war, um meine Lieblingsspielzeuge zu besetzen, das Fernsehprogramm zu bestimmen oder mir die letzten Krümel vom Teller zu essen. Das Gleiche galt für meinen kleinen Bruder, der mir mit seinen zwei Jahren, nun ja, in erster Linie ziemlich nutzlos erschien und häufig ziemlich egal war. Das ist doch auch kein Wunder, oder? Immerhin steckt uns das Schicksal mehr oder weniger unfreiwillig in die Beziehung zu unseren Geschwistern. Wir alle wurden nicht gefragt, bevor wir in die gleiche Familie hineingeboren wurden. Keinen interessiert, ob wir Lust auf diese Art von Gruppenarbeit haben. Es ist daher nicht verwunderlich, dass die Persönlichkeiten von unseren Geschwistern oft nicht unbedingt zu unseren Lieblingscharakteren gehören. Ganz im Gegensatz zu unseren FreundInnen von der Arbeit, aus dem Sportverein, der Schule oder aus dem Ferienlager, die wir uns, mit Absicht und spezifisch auf unsere Wünsche und Vorlieben passend abgestimmt, ausgesucht haben, weil sie beispielsweise genauso gerne Rapmusik hören, Thriller lesen oder

Hundeliebhaber sind wie wir. In Geschwisterbeziehungen treffen dagegen scheinbar wahllos zusammengewürfelte Persönlichkeiten aufeinander, und das nervt manchmal ziemlich.

Es war daher vielmehr häufig mein Ziel, ganz nach dem Pippi-Langstrumpf-Spirit, alles ganz anders zu machen als meine Geschwister, statt mir ihr Leben als Schablone vorzunehmen. Für ExpertInnen dürfte das keine Überraschung sein, aus wissenschaftlicher Sicht ist ein solcher Wunsch typisch für später geborene Geschwister. Man nennt das De-Identifikation[38] und es bedeutet im Prinzip so viel wie, dass sich jedes Geschwisterkind innerhalb der Familie seine eigene Nische sucht, um sich gegenseitig nicht so sehr in die Quere zu kommen. Die Familienpsychologie kommt mithilfe dieses Konzepts zu der Annahme, dass Erstgeborene beispielsweise eher die Wertevorstellungen der Eltern übernehmen, sich konservativ verhalten und ihre Geschwister tendenziell dominieren. Das Mittelgeborene beginnt dann, sich eine andere Rolle zu suchen, um sich vom Erstgeborenen abzugrenzen, sie könnten dann beispielsweise umgänglicher sein und lieber verhandeln als zu kämpfen. Letztgeborene suchen sich dann wiederum eine eigene Nische, sie entwickeln sich häufig zu experimentierfreudigen, kreativen Rebellen. Der Grund dafür: Abgrenzung verringert Konkurrenz. Wer erst gar nicht in derselben Disziplin wie die Geschwister antritt, dem fällt es unterm Strich auch leichter, die Bewunderung und Aufmerksamkeit von Außenstehenden und Eltern zu ergattern. Überlegt doch mal, wie das bei euch in der Familie ist! Hat der oder die Erstgeborene nicht wirklich immer die Rolle der oder des Vernünftigen gespielt oder sogar gelegentlich die eines Ersatzelternteils eingenommen? Und die Jüngeren sind doch tatsächlich meistens im Vergleich dazu etwas quirliger und unangepasster unterwegs. So weit zumindest die Theorie. Wir wollen unseren eigenen Geschwistern also möglichst nicht ähneln und müssen sie daher als Vorbilder folgerichtig eigentlich ausschließen. Die Wahrscheinlichkeit, dass sie viel eher zu Rivalen werden statt zu Idolen, scheint doch, wenn man sich die meisten Geschwisterverhältnisse anschaut, viel naheliegender. So war das immerhin bei uns, das mit der De-Identifikation hat in meiner Familie nämlich suuuper funktioniert … nicht.

Seit ich drei Jahre alt war, wollte ich unbedingt anfangen zu reiten. Meine Mama hat mir (in der Hoffnung, dass ich es bis dahin vergessen würde) versprochen, sobald ich sechs Jahre alt sei, dürfe ich selbstverständlich Reitstunden nehmen. Zwei Tage nach meinem sechsten Geburtstag forderte ich, entgegen allen Hoffnungen meiner Mutter, das Versprechen sofort ein. Bedacht auf ihre Vorbildfunktion und definitiv nicht etwa aus tatsächlicher Begeisterung, hielt meine Mama ihr Wort. Für mich ging ein jahrelanger Traum in Erfüllung. Immerhin wünschte ich mir zum damaligen Zeitpunkt schon mein halbes Leben lang, endlich reiten gehen zu dürfen. Meine große Schwester hingegen, bis dahin an allen möglichen Sportarten und Hobbys wie Schwimmen, Flöte spielen, Tauchen oder Ähnlichem interessiert, sprang einfach nur aus einem spontanen Impuls heraus auf den Zug, oder besser gesagt, auf das Pferd mit auf. Sie blieb allerdings überraschenderweise trotzdem dabei. Obwohl sie zuvor so viele Hobbys ausprobiert hatte, entschied sie sich am Ende ausgerechnet für das, was ich schon immer von ganzem Herzen und alternativlos machen wollte. Wie diese Geschichte weitergeht? Man ahnt es schon, es war der Beginn einer jahrelangen Serie an gemeinsam verbrachten Nachmittagen, Wochenenden, Ferien, Turnieren und unzähligen Stunden, die meine Schwester und ich dank unseres gemeinsamen Hobbys von nun an zusammen erlebten. Wohlgemerkt, zusätzlich zu den restlichen Stunden des Tages, in denen wir schon im gleichen Haus wohnten und in dieselbe Schule gingen. Diesem gemeinsamen Hobby verdankten wir außerdem die Tatsache, dass wir, selbst nach Beenden der Schule, nicht nur in derselben Stadt, sondern auch noch in derselben Wohnung landeten, in der wir beide möglichst nah an unserem gemeinsamen Pferd sein konnten. Auch mein Bruder verbrachte dank unseres gemeinsamen Hobbys viele Stunden auf dem Reitplatz oder als Zuschauer neben einem Turnier-Parcours. Das mit dem »jede/r sucht sich eine eigene Nische« hat dementsprechend bei uns, zumindest in Hinblick auf Freizeitbeschäftigungen, wirklich überhaupt gar nicht funktioniert. Und obwohl es angeblich zwischen mir und meiner Schwester spektakuläre Streitszenen, die Mistgabeln und Besenstiele beinhalteten, gegeben haben soll, hat diese Konfrontationstherapie unter uns Geschwistern über Jahrzehnte hinweg dennoch erstaunlich gut funktioniert. Das kann aber auch nur Glück gewesen sein. Meine Mutter hat zwischen all den Streitigkeiten vermutlich oft nicht daran geglaubt, aber wir haben tatsächlich auch heute noch Kontakt und wohnen nicht weit voneinander entfernt. Selbst wenn wir nicht so viel Zeit miteinander verbracht hätten, hätten wir es wahrscheinlich geschafft, uns ausgiebig zu streiten.

Offizielle Zahlen gehen immerhin davon aus, dass wir Geschwister im Alter zwischen zwei und vier Jahren alle zehn Minuten miteinander streiten. Das sind sechs Konflikte pro Stunde und ganze 22.000 Streitigkeiten jedes Jahr. Was soll man unter solchen Umständen bitte schön voneinander lernen, fragt man sich da doch zu Recht. Geschweige denn Bewunderung füreinander aufbringen.

Dass wir aber, häufig entgegen unserer persönlichen Wahrnehmung, tatsächlich von unseren Geschwistern einiges lernen können, ist sogar wissenschaftlich belegt. Experimentelle Studien[39] mit Geschwistern haben gezeigt, dass ältere Geschwister in der Interaktion mit ihren jüngeren Geschwistern tatsächlich dafür sorgen können, die nächste Entwicklungsstufe ihrer jüngeren Geschwister zu aktivieren. Sie helfen uns also, schneller neue Dinge zu lernen. Ältere Geschwister können demnach sehr effektiv für die Entwicklung der jüngeren Geschwister sein. Umgekehrt profitieren die älteren Geschwister davon, vor uns jüngeren Geschwistern den/die LehrerIn spielen zu können. Sie lernen dadurch vor anderen zu sprechen und eine Führungsrolle zu übernehmen. Auch der Wissenschaftler Cicirelli belegt[40], dass ältere Geschwister in jedem Fall hilfreich sind. So sind ältere Schwestern in der Regel sehr effektive Tutorinnen, während ältere Brüder durch ihr kompetitives Verhalten positiv und motivierend auf die Entwicklung der jüngeren Geschwister einwirken. Stichwort: Gesunder Wettkampf. Wenn ich mich ganz stark anstrenge, muss auch ich tatsächlich zugeben, dass ich erstaunlicherweise hin und wieder einiges von meinen Geschwistern gelernt habe. Glaubt mir, keiner ist überraschter von dieser Tatsache, als ich es bis heute bin. Aber wir profitieren in der Tat häufiger, als wir denken, von den Zwangsgemeinschaften, in denen wir mit unseren Geschwistern stecken. Zumindest ging mir das beispielsweise im Kindergarten so. Alles begann mit einer ordentlichen Portion Eifersucht. Meine große Schwester wurde eingeschult. Sie »durfte« Hausaufgaben machen, ihren Schulranzen packen und konnte auf einmal Zahlen zusammenrechnen. Sie wusste plötzlich Antworten auf sehr kompliziert klingende Fragen meiner Eltern und bekam dafür, für meinen Geschmack, viel zu viele anerkennende Worte. Trotzdem war auch ich voller Bewunderung, die sich gepaart mit schwesterlicher Rivalität vor allem in Eifersucht äußerte. Die Konsequenz daraus war allerdings in diesem Fall ausnahmsweise kein Gezanke und Gebrüll, sondern etwas überraschend Lehrreiches. Meine Schwester und ich spielten gemeinsam ihre Schulstunden nach, und ich durfte ihr immer bei den Schularbeiten zuschauen und helfen. So habe ich ganz nebenbei schon mit vier Jahren lesen und schreiben gelernt und hatte zum Zeitpunkt meiner offiziellen Einschulung einen enormen Vorsprung meinen KlassenkameradInnen gegenüber. Positiv betrachtet hatte ich also statt einer nervigen Schwester, die immer viel mehr schon viel früher als ich durfte und wusste, eigentlich eine Privatlehrerin genau vor meiner Nase, die mir ein wirklich sehr entspanntes und erfolgreiches erstes Schuljahr bescherte.

Wenn man zum ersten Mal mit seinem eigenen Geld ein/e TutorIn bezahlt – in meinem Fall war das für Statistik im dritten Semester an der Uni – weiß man es erst so richtig zu schätzen, wie viel die kostenlose Hilfe zu Hause im wahrsten Sinne des Wortes tatsächlich wert ist.

In die andere Richtung funktioniert das übrigens genauso. Nicht nur die Kleinen profitieren von den Großen – auch umgekehrt könnten unsere jüngeren Geschwister mehr Idol-Potenzial in sich tragen, als wir ihnen jemals zumuten würden. Ich habe zu Beginn meinen kleinen Bruder erwähnt, der mir ehrlicherweise früher aus der Perspektive eines Kleinkindes häufig ziemlich nutzlos vorkam. Mein jüngerer Bruder durfte immerhin in der Regel noch viel weniger als ich und war daher in meinen Augen nicht wirklich beneidenswert. Er war eben einfach nur mein kleiner Bruder. Wie sehr ich mich mit dieser Ansicht getäuscht habe, zeigen die Ergebnisse eines der bekanntesten Geschwisterforscher seines Gebietes, der eine erstaunliche Entdeckung gemacht hat. Der Amerikaner Frank Sulloway hat sich verschiedene bahnbrechende und revolutionäre Menschen der vergangenen Jahrhunderte angesehen. Menschen, die Großes bewirkt haben und völlig neue Denkweisen und Theorien in der Gesellschaft etablieren konnten. Beispielsweise die Theorie des Darwinismus oder die Psychoanalysen von Freud, entscheidende Akteure in der Französischen Revolution oder die Formeln von Albert Einstein. Er hat sich gefragt, wie diese klugen Köpfe darauf gekommen sind, bestehende Denkmuster aufzubrechen und völlig neu zu definieren. An ihrer puren Intelligenz kann es nicht hauptsächlich gelegen haben, denn immerhin gab es schon immer viele schlaue Köpfe, und zu den Daten und Fakten, auf denen die berühmten Theorien beruhen, hatten sehr viele Menschen vor und zur gleichen Zeit wie die revolutionären DenkerInnen bereits Zugang. Ein ganz typisches Beispiel, wie man es auch oft in Bezug auf geniale Erfindungen erlebt. Nehmen wir das aktuelle Beispiel des Selfie-Sticks. Wie oft habe ich Menschen, mich nicht ausgeschlossen, sagen hören: *»Da hätte doch jede/r drauf kommen können.«* Meistens meint man damit, um genau zu sein: *»Warum bin eigentlich ich nicht darauf gekommen und stinkreich geworden.«*

Der Wissenschaftler Salloway hat sich eine ganz ähnliche Frage gestellt: Warum sind nun ausgerechnet diese Menschen auf die bahnbrechendsten Ideen der letzten Jahrhunderte gekommen? Um die Antwort zu finden, schaute er sich über 200 mögliche Einflüsse an. Zum Beispiel die soziale Schicht, in der die RevolutionärInnen aufgewachsen sind, ihr Alter, ihr Geschlecht, den Beruf der Eltern, ihre Religion und vieles, vieles mehr. Heraus kam einerseits, dass soziale Klasse und die Frage, wie alt oder jung die WissenschaftlerInnen oder ErfinderInnen zum Zeitpunkt ihres Durchbruchs waren, eine große Rolle spielen. Einen noch viel größeren Einfluss hatte allerdings die Geburtenreihenfolge, in der die DenkerInnen geboren wurden. Erstaunlicherweise ließ sich mit einer entscheidenden Eindeutigkeit nachweisen, dass später Geborene eine außerordentlich ausgeprägte Fähigkeit dafür besitzen, sich gegen etablierte Konzepte aufzulehnen, um die Ecke zu denken und neue Wege einzuschlagen. Kurz gesagt: ein Faible für radikale Neuerungen pflegen und auch keine Angst haben, diese auszusprechen. So war Charles Darwin beispielsweise das fünfte von sechs Kindern, wogegen einer seiner größten Kritiker, Ami Louis Agassiz, der lieber an alten Denkmustern festgehalten hätte, der älteste Sohn seiner Familie war und damit, typisch für Erstgeborene, eher traditionell konservative Gedankengänge bevorzugte.

Laut Salloway hat dieser Effekt im Alltag zwar eher moderate Auswirkungen, aber was große, einschneidende Lebensereignisse angeht, scheint der Effekt immerhin sehr stark durchzuschlagen. Beispielsweise bei der Berufswahl, den Hobbys oder der Partnerwahl. Salloway hat mit diesen Erkenntnissen die historische Forschung revolutioniert, eine völlig neue Betrachtungsweise eingeführt und damit einen weiteren Beleg für seine eigene Theorie geliefert. Denn auch er ist ein später geborenes Geschwisterkind.

Egal wie uninteressant und nervig uns unsere Geschwister also auch manchmal erscheinen mögen, sollten wir doch wissenschaftlich belegte Ergebnisse, wie die von Salloway, nicht vergessen.

Wer weiß, vielleicht schlummert in eurer kleinen Schwester, die bisher nur den ganzen Tag von ihrer langweiligen Handballgruppe redet, oder in eurem Bruder, der Minimum neun Stunden am Tag am Computer zockt, ja der nächste Einstein. Und die großen, selbstgerechten Geschwister, die euch immer drei Schritte voraus zu sein scheinen, könnten euch, wenn ihr es zulasst, vielleicht dazu verhelfen, genau diese drei Schritte zu überspringen, und euch näher an eure Ziele bringen.

Wer jetzt jedoch immer noch vehement den Kopf schüttelt und sich nichts weniger vorstellen kann, als dass die eigenen Geschwister zu Idolen und Vorbildern werden, sollte nicht vergessen, es gibt immerhin auch so etwas wie Anti-Idole. Menschen, die uns haargenau zeigen, wie wir nicht sein wollen, und uns über Jahre hinweg – unsere komplette Kindheit über – vor Augen führen, was wir alles nicht tun wollen oder sollten, um zu verhindern, genau wie sie zu werden. Auch diese Anti-Vorbildfunktion könnte uns helfen. Ein einfaches Beispiel: Wenn sich meine Schwester mit dem Experiment »pinke Haare« schon die Frisur versaut hat, gibt es für mich keinen Grund, den gleichen Fehler zu machen. Da bleibt uns doch nur noch zu sagen: Danke für diese Lektion, liebe Geschwister!

WIE DU DICH AM BESTEN EINMISCHST, WENN DEINE GESCHWISTER MIST BAUEN ODER SCHEINBAR OFFENSICHTLICHE FEHLENTSCHEIDUNGEN TREFFEN

Die Antwort auf die Frage, wann, wie oder ob man sich überhaupt einmischen sollte, wenn die eigenen Geschwister Mist bauen, ist eindeutig uneindeutig. Die »richtige« Antwort liegt vermutlich irgendwo zwischen »*Wenn sich die eigene Familie nicht einmischen und die Geschwister wieder zur Vernunft bringen kann, wer dann?*« und »*Steck deine Nase nicht ständig in Angelegenheiten, die dich nichts angehen, du bist schließlich nicht ihre/seine Mutter/Vater*«. Ganz recht: Die eine korrekte Antwort gibt es nicht, oder zumindest hat sie mir noch niemand verraten. Ich habe gelernt: Verschiedene Arten von »Mist bauen« und die jeweilige Höhe des potenziellen Schadens, den einer unserer Geschwister dadurch erleiden könnte, erfordern auch entsprechend variierende Einmischungsintensitäten.

Ein Beispiel: Ich kenne jemanden, der jemanden kennt, der eine Geschichte in der U-Bahn aufgeschnappt hat und sie daraufhin einem flüchtigen Bekannten und ehemaligen WG-Mitbewohner einer meiner Arbeitskolleginnen weitergesagt hat. Auf diesem Wege kam sie wiederum mir zu Ohren. So, jetzt ist die Identität der Hauptperson meiner folgenden Geschichte zur Genüge verschlüsselt, denke ich. Der Grund für die penible Anonymitätsgründlichkeit an dieser Stelle sind die Cannabispflanzen, die die Hauptrolle in dieser Erzählung spielen. Die Pflanzen gehörten einem Jungen namens Tom. (Das war natürlich nicht sein Name.) Tom war etwa 15 Jahre alt und hat seinen grünen Daumen dank der erwähnten Cannabispflanzen gerade frisch entdeckt. Er pflegte seine acht Pflanzen besser als Eltern ihre Neugeborenen. Und die Rede ist nicht nur von Wasser geben und beim Wachsen zuschauen. Ohne zu sehr ins botanische Detail zu gehen: Der Anbau von Cannabis ist offenbar ziemlich komplex. Die interessanteste Zeit für alle AnbauerInnen, die das Cannabis auch rauchen wollen, ist jedoch auf jeden Fall der Blütenbildungsprozess. In der Natur fängt dieser Prozess an, wenn das Gewächs durch Veränderung der Jahreszeit immer weniger Licht bekommt. Um die natürliche Blütereaktion der Pflanze auszulösen, wechseln Anbauer wie Tom die Beleuchtungszeit von einem 18/6-Stunden-hell/dunkel-Lichtzyklus zu einem 12/12-Stunden-Lichtzyklus. Ausgelöst durch diese Umstellung beginnt die Blütephase der Cannabispflanzen somit. Bedeutete im Klartext für Tom: Alle paar Stunden trug er seine acht Töpfe von draußen (hell) nach drinnen (dunkel). Hinzu kamen Spezialdünger, regelmäßige Bewässerungsrituale und, das ist jetzt eine Vermutung, aber ich könnte darauf wetten, auch noch pädagogisch wirksame Musikbeschallung mit bekannten Klassikern für Pflanzen.

Kurzum, Toms Babys wären in näherer Zukunft auf keinen Fall eines natürlichen Todes gestorben. Darauf hatten seine Eltern nämlich zuerst gehofft. Da in Toms Zimmer vor der Entdeckung dieser Leidenschaft noch nicht einmal Unkraut wie Efeu unter seiner Aufsicht überlebt hatte, waren sie eigentlich guter Hoffnung gewesen, das »Problem« würde sich ohnehin zeitnah von selbst lösen. Da dies aber nun mal nicht der Fall war, schalteten sich seine Geschwister ein. Zu ihrer Verteidigung sollte vorab gesagt sein, dass sie natürlich nicht grundsätzliche Spielverderberinnen sind und ihren Bruder niemals wegen des einen oder anderen Joints verpetzt hätten. Aber was den Anbau von Cannabis anging, stand natürlich für den Fall, dass ihr Bruder erwischt worden wäre, einiges auf dem Spiel. Auch wenn es um nur wenige Pflanzentöpfe und nicht um ein ganzes Gewächshaus ging. So heißt es im § 29 Abs. 1 Nr. 1, Alt. 1 BtMG *»(…) Auf den Umfang des Anbaus kommt es nicht an. Eine einzelne, kleine Pflanze im Blumentopf auf dem Küchenfenster ist erlaubnispflichtiger Anbau (…)«.*

Ein fast nicht wegzudiskutierender Handlungsbedarf für die, die Tom am nächsten stehen. Toms Geschwister fühlten sich von den Umständen demnach quasi dazu gezwungen, seinen Pflanzen heimlich Salzwasser unter den teuren Dünger und über die liebevoll gepflegten THC-Knospen zu schütten. Das Ende dieser Geschichte ist definitiv nichts für Leute, die auf Happy Ends stehen: Alle acht Pflanzen von Tom starben den Märtyrertod für die Überzeugung seiner Familie, dass der 15-Jährige in so jungen Jahren lieber nicht für illegalen Drogenanbau ins Gefängnis wandern sollte. Bis heute weiß Tom übrigens nichts von der Fremdeinwirkung und dem Vergehen an seinen Pflanzen. Er geht einfach davon aus, dass Pflanzen undankbare Wesen sind, die ihm selbst eine wochenlange Sonderbehandlung nicht danken. In seiner Wohnung wächst bis heute nichts mehr, außer vielleicht einer mehrlagigen Staubschicht.

Für jedes Fallbeispiel gibt es allerdings auch ein Gegenbeispiel. Und das gilt natürlich auch für diese Gretchenfrage: Einmischen – ja oder nein? Das folgende Beispiel macht deutlich, nicht jede Situation ist so eindeutig wie der Fall von Tom, in dem seine Schwestern ihn lediglich vor dem Umzug ins Gefängnis bewahren wollten.

Die Umstände der nächsten Geschwistersituation ähneln in vielerlei Hinsicht dem Spiel »Heißer Draht«. Ein Geschicklichkeitsspiel, bei dem man mit viel Feingefühl, Voraussicht und Fingerspitzenfertigkeit mit einer engen Zange einen scheinbar mit Spannung geladenen Draht durch eine Art Labyrinth fahren muss. Wer den Draht aus Versehen berührt, wird mit einem grellen Alarmton verraten und hat damit verloren. Wer Geschwister hat, erkennt vielleicht schon hier einige Parallelen zu jener Situation, in der eines unserer Geschwister einen neuen Freund oder Freundin hat, den/die wir gelinde gesagt absolut bescheiden finden, während unser Bruder oder unsere Schwester auf Wolke sieben schwebt und gar nicht mehr aus dem Schwärmen herauskommt. Jetzt heißt es für alle Außenstehenden, genau wie im Drahtspiel, bloß keine empfindlichen Stellen berühren. Kritik an ihrem Schatz hat in dieser frisch verliebten Phase den gleichen Effekt wie das Berühren des mit Spannung geladenen Drahts im Geschicklichkeitsspiel: Ein ohrenbetäubender Alarm wird ausgelöst. In diesem Zustand sind unsere Geschwister meilenweit davon entfernt, sein ekliges Schmatzen oder ihr nervtötendes Lachen zu hören. Und sie besitzen die faszinierende Gabe, sogar noch weitaus schlimmere Eigenschaften ihrer neuen PartnerInnen einfach auszublenden, während sie für alle anderen so offensichtlich sind, als wenn sie die betreffende Person auf einer Neonleuchttafel vor sich hertragen würden.

Die Frage ist, wie gehen wir anderen Geschwister nun damit um? Sagen wir ihnen unsere Meinung über ihre/n PartnerIn, können wir uns ziemlich sicher sein, dass es für uns, die Kritiker, »game over« heißt. Dein Bruder oder deine Schwester verlässt das »Spiel« mit dir so schnell wie möglich und kommt wahrscheinlich auch so bald nicht wieder zurück. Kurz gesagt: Du bist ganz sicher erst mal abgeschrieben, gönnst ihr oder ihm schließlich offensichtlich kein Glück und befindest dich daher ziemlich wahrscheinlich umgehend in einer kommunikativen Funkstille.

Auch ich war schon einmal in einer solchen Situation. Es ging um den neuen Freund meiner großen Schwester. Seit dem ersten Treffen war er mir bereits unsympathisch. Ich konnte allerdings nicht genau erklären, warum ich ihn nicht leiden konnte. Das war natürlich keine gute Grundlage, um meiner Schwester, die durch ihre fette rosa Brille halb blind zu sein schien, irgendwie klarzumachen, dass dieser Typ der absolut Falsche für sie war. Fest stand nur, ich mochte den Kerl überhaupt nicht. Ich hatte absolut keine Lust, mit ihm zu sprechen, wollte ihn nicht sehen und schon gar nicht gemütlich plaudernd mit ihm und meiner Schwester am Küchentisch sitzen. Wahrscheinlich hätte er ohnehin nichts zum Plaudern beigetragen. Außenstehende hätten ihn vielleicht einfach nur als ruhig und in sich gekehrt beschrieben, aber ich fand seine schweigsame Art eindeutig unsympathisch und langweilig. Da auf das Zusammensein mit einem Langweiler aber nun mal keine Gefängnisstrafe steht, wie im Beispiel von Tom und seinen Pflanzen, habe ich mich dafür entschieden, meinen Mund zu halten. Solange er meiner Schwester keinen Schaden zufügte, wollte und konnte ich nicht diejenige sein, die ihre Seifenblase zerplatzen ließ und ihr mitteilte, wie wenig er zu ihrer aufgeschlossenen und lebensfrohen Art passte. Um genau zu sein, bin ich mir über eine Sache ganz sicher, selbst wenn ich mich dafür entschieden hätte, es ihr zu sagen, hätte sie ohnehin vermutlich niemals auf mich gehört. Geschwister tun so etwas nicht, schon gar nicht, wenn sie verliebt sind.

Bei der Entscheidung »Einmischen, ja oder nein?« kann daher meiner Erfahrung nach ein Worstcase-Szenario-Gedankenspiel ganz gut helfen. Angenommen, ich hätte versucht, meiner Schwester klarzumachen, dass er die absolut falsche Wahl für sie ist, nicht zu ihr und unserer Familie passt und noch dazu langweilig und unfreundlich rüberkommt und damit dann im schlimmsten Fall falsch gelegen? Was, wenn sich herausgestellt hätte, dass er aus irgendeinem von mir nicht bedachten und bis heute unerfindlichen Grund doch für immer ihr Traumprinz geblieben wäre? Ich wäre dann für den Rest meines Lebens dazu gezwungen gewesen, auf jeder Familienfeier genervt und/oder peinlich berührt mit den beiden am Tisch zu sitzen, während wahrscheinlich jede/r um uns herum wüsste, dass ich versucht hatte, ihn loszuwerden. Auch wenn ich es natürlich ausschließlich meiner Schwester im Vertrauen und so schonend wie möglich gesagt hätte. Meine Schwester hätte die Information dann offensichtlich besessen, weil ich es ihr gesagt hätte. Mein Schwager wüsste es, weil meine Schwester ihm hätte erklären müssen, warum wir beide, kurz nachdem sie zusammengekommen sind, mindestens ein halbes Jahr nicht miteinander gesprochen hätten. Und meine Mama, nun ja, ihr hätte meine Schwester es wahrscheinlich einfach aus Prinzip und alter Gewohnheit gepetzt. Kurzum, es wäre eine richtig ätzende Situation für mich und alle Beteiligten gewesen, und an der Tatsache, dass die beiden weiterhin zusammengeblieben wären, hätte sich obendrein nichts geändert. Unterm Strich hätte ich also rein gar nichts gewonnen, und auf dieses skizzierte Worstcase-Szenario hatte ich letztendlich noch weniger Lust als, sagen wir, auf einen Dreiwochenurlaub mit Mister Langweiler. Die Entscheidung, meine Klappe zu halten, fiel in Anbetracht solcher Aussichten leichter als gedacht. Solange unseren Geschwistern also keine rechtlichen Strafen oder psychischen und körperlichen Schäden drohen, erscheint das Einmischen in ihre Angelegenheiten in Anbetracht des Worstcase-Gedankenspiels meistens als nicht lohnend.

Rückblickend bin ich sehr glücklich darüber, dass ich mich an dieser Stelle herausgehalten und einfach auf das gewartet habe, was bei Toms Pflanzen nie der Fall gewesen wäre: Das Problem hat sich ganz von selbst gelöst. Der neue Freund hat etwas sehr, sehr Doofes gemacht und mir damit die Aufgabe abgenommen, meiner Schwester zu beweisen, dass er kein guter Fang war. Sein schlechtes Verhalten hatte so viel Nachdruck, wie es meine Argumente niemals hätten haben können. Die Trennung folgte sofort, und der Weg war frei für den tollen Freund, den meine Schwester heute hat.

Und täglich grüsst das …: Wie du die unglaublich nervigen Macken deiner Geschwister aushältst

Kauen, Atmen, Blicke, Handbewegungen, Nase putzen, Redewendungen, eine bestimmte Art zu laufen, Aussprachen, Schmatzen, Schluckgeräusche, Stimmlagen, Satzendungen, Betonungen, mit dem Geschirr klappern, hundert Mal wiederholte Geschichten, Flucht in die Opferrolle, immer wieder dieselben Fehler machen, ständig den Vernünftigen heraushängen lassen, zu laut reden, zu leise reden, zu schnell reden, zu langsam reden, und so weiter und so weiter und so weiter …

Egal wie lange man diese Sammlung noch fortführen würde, sie wäre vermutlich niemals vollständig. Die Rede ist von der Liste an Dingen, die uns an anderen Menschen und selbstverständlich besonders häufig an unseren Geschwistern nerven können.

Vor Kurzem wurde ich daran erinnert, welche extremen Ausmaße diese Provokationen unter Geschwistern annehmen können. Wenn man mit seinen Geschwistern nicht mehr im gleichen Haushalt lebt, tendiert man dazu, die blank liegenden Nerven, die man in ihrer Anwesenheit häufig so deutlich verspürt, glücklicherweise ziemlich schnell wieder zu verdrängen.

Ich vermute, es handelt sich dabei um eine geschickte Methode der Natur, selbstverständlich mit dem höheren Ziel der Erhaltung unserer Spezies. Ähnlich wie eine Mutter, die die unglaublichen Schmerzen einer Geburt so schnell wie möglich vergisst, vergessen auch wir mit ein bisschen Abstand häufig die nervtötenden Angewohnheiten unserer engsten Familienmitglieder. Wirklich clever von der Natur, andernfalls würde vermutlich keine Frau ein zweites Kind bekommen und keine Familie länger als drei Wochen vereint bleiben.

Genauso schnell, wie man sie verdrängt, können diese Triggerpunkte, die niemand so exakt treffen kann wie unsere Geschwister, allerdings auch jederzeit wieder aktiviert werden. Den Beweis dafür liefert ein Erlebnis, das ich erst kürzlich hatte.

Vor ein paar Wochen habe ich mich mit meiner Freundin Theresa verabredet. Schon am Telefon klang sie sehr aufgebracht. Sie hatte am Wochenende Besuch von ihrer Familie. Und die vergangenen zwei Tage waren ihrer flüchtigen Zusammenfassung zufolge *»erst schön und dann aber auch ganz schön schlimm«*. Auf dem Weg zum Café, in dem wir uns trafen, malte ich mir schon Szenarien von einem heftigen Streit, vom frühzeitigen Abreisen eines verärgerten Familienmitgliedes und ähnlich schlimme Ereignisse aus. Im Café angekommen, eröffnete Theresa dann das Gespräch mit den Worten: *»Ich bin verrückt. Ich werde von dem Wort ›oder‹ verfolgt.«*

»Okay?«, antwortete ich, um Neutralität bemüht, vorsichtig, und *ja definitiv, ich glaube, du bist wirklich verrückt*, dachte ich gleichzeitig insgeheim. Ich blieb zunächst trotzdem geduldig, denn immerhin ergeben viele Informationen erst dann Sinn, wenn man die ganze Geschichte dahinter kennt. Zum damaligen Zeitpunkt zwar noch schwer vorstellbar, aber warum sollte das nicht auch für Geschichten gelten, die mit *»Ich werde von dem Wort ›oder‹ verfolgt«* beginnen? Es gab schließlich ein starkes Indiz dafür, dass meine Freundin, egal wie verwirrt und merkwürdig sie in diesem Moment klang, nicht wirklich den Verstand verloren hat. Immerhin hatte sie gerade Besuch von ihrer Familie gehabt. Und nicht selten haben Vorfälle, in denen man völlig irrational denkt, übertrieben reagiert oder an die man absolut verzerrte Erinnerungen behält, irgendetwas mit unseren Geschwistern zu tun. Unsere Blutsverwandten haben die fragwürdige Gabe, uns so schnell und stark auf die Palme zu bringen, wie es in der Regel keinem anderen Menschen auf der Welt möglich ist. Daher überraschte es mich nicht wirklich, als ich erfuhr, dass auch Theresas Aufgewühltsein etwas mit dem Familienbesuch vom Wochenende zu tun hatte und glücklicherweise doch kein Anzeichen für echten Wahnsinn und eine notwendige Soforteinweisung in die Psychiatrie war. Laut ihren Erzählungen

ist ihr etwas aufgefallen, was sie bereits als Kind und Jugendliche in den Wahnsinn getrieben hatte. So fügt ihre Schwester ihrer Aussage nach hinter jeden ihrer Sätze ein »oder« an. Sie würde zum Beispiel Dinge sagen wie: *»Schön, wie die Sonne heute scheint, oder?«, »Ich hab bei dem Franzosen um die Ecke einen Tisch für uns reserviert, das ist okay, oder?«, »Wenn man die Kuchenstücke so abschneidet, sieht es doch viel schöner aus, oder?«, »Die Blumen auf meinem Balkon sind schon ganz schön gewachsen, oder?«*

Was Theresa an dieser Angewohnheit am meisten stört, ist natürlich nicht das Wort »oder« an sich. Es ist vielmehr die Tatsache, dass sie ihrer Schwester unterstellt, dieses »oder« hinzuzufügen, weil sie zu allem, was sie sagt, eine zustimmende Reaktion ihrer Mitmenschen erwartet. Theresas Meinung nach eine typische Strategie ihrer Schwester, um sich in den Mittelpunkt zu drängen. *»Schon immer ist das so gewesen«*, erzählt sie mir aufgebracht. *»Meine Schwester will immer für alles, was sie organisiert, trägt, getan, gesagt oder gekauft hat, 15-mal von allen Anwesenden gelobt werden. Und genau das fordert sie mit ihrem ständigen ›oder‹ ein. Ich habe den Fehler gemacht und schon am Freitag angefangen, darauf zu achten, ob sie das immer noch so macht. Seitdem konnte ich es bis zu ihrer Abreise am Sonntagabend nicht mehr ignorieren. Ständig höre ich nur noch oder, oder, oder, oder.«* Für Außenstehende mag das jetzt kleinlich und übertrieben klingen, aber ich habe trotzdem größtes Verständnis für solche Geschichten. Und das sage ich nicht nur, weil Theresa meine Freundin ist, sondern weil ich als Leidensgenossin und Mensch mit Geschwistern genau weiß, wovon sie redet. Jede/r, die/der in der gleichen Situation ist und im Schnitt zehn bis 20 Jahre seines Lebens in einer Zwangsgemeinschaft mit den eigenen Geschwistern gelebt hat, kann sich bestimmt ebenfalls in Theresa hineinversetzen. Wir alle haben uns doch schon mal in Macken unserer Geschwister hineingesteigert, die für Außenstehende unsichtbar zu sein scheinen. Auf uns haben sie allerdings die gleiche provozierende Wirkung wie die Wasserfoltermethode, von der schon der Abenteurer Karl

May berichtete: Wenn Prügel und Schläge nutzlos waren, half den Bösewichten demnach angeblich eine andere Foltertaktik. Ein stetiger, harmlos wirkender Wassertropfen, der stundenlang aus einem Eimer heraus in gleichbleibenden Abständen auf dieselbe Stelle am Kopf des Opfers tropft. Ganz ohne tatsächliche Gewalteinwirkung sollen damit selbst die tapfersten Gemüter schnell plaudern wie die Singvögel. Das »oder« ihrer Schwester war für Theresa der Wassertropfen auf der Kopfhaut, und dieser hat seine Wirkung ganz offensichtlich nicht verfehlt und brachte sie ganz mühelos zum Explodieren.

Ihr konkretes Problem mit dem Wort »oder« müssen und werden wir Außenstehenden wahrscheinlich nie nachvollziehen können, aber das Prinzip dahinter ist logisch, und jede/r von uns Geschwistern hat bestimmt eine ähnliche Geschichte auf Lager.

Der vermutete Grund dafür: Nach einem langen Besuch von FreundInnen oder Bekannten, nach Schulausflügen oder Arbeitsveranstaltungen können wir ohne Probleme sagen: *»So jetzt reicht's erst mal. Jetzt brauche ich ein bisschen meine Ruhe!«* und uns etwas von der vielen Gesellschaft, die wir hatten, erholen. Nicht aber, wenn es um die Konfrontation mit unseren Geschwistern geht. Die ersten zwei Jahrzehnte unseres Lebens gibt es vor ihnen einfach kein Entkommen. Sie leben in unserem Haus, essen von unserem Tisch und liegen auf unserem Sofa – und das so ziemlich jeden einzelnen Tag im Jahr. Und deshalb sind wir wahrscheinlich, was ihre Macken angeht, auch so empfindlich wie bei keinem anderen.

Da wir unsere Geschwister und damit diese nervigen Angewohnheiten aber offensichtlich niemals loswerden können, selbst wenn wir uns nach unserem Auszug von zu Hause eine Weile der Illusion hingegeben haben, müssen wir uns eben überlegen, wie wir dieses Schicksal irgendwie aushalten können.

Mir sind dafür zwei mögliche Herangehensweisen bekannt. Die erste ist für sehr willensstarke Menschen geeignet. Dazu zähle ich leider nicht immer, hin und wieder gelingt es mir aber doch. Wenn mich eine Macke meiner Geschwister mal wieder so richtig nervt, versuche ich mir vor Augen zu führen, dass die Tatsache, dass es mich überhaupt nervt, beispielsweise dass meine Schwester wirklich sehr laut zu essen scheint und angeblich einfach nichts dagegen tun kann, in erster Linie etwas mit mir zu tun hat. Denn wie das Beispiel mit dem »oder« bereits ganz eindeutig zeigt, erleben andere Menschen oft dieselbe Situation und empfinden sie nicht annähernd als so störend, während wir dagegen schon am Rande eines Nervenzusammenbruchs stehen. Ich versuche mir in solchen Momenten dann folgende Frage zu stellen: Aus rein egoistischen Gründen, wäre es jetzt nicht viel entspannter für mich, wenn mich diese bestimmte Eigenschaft nicht nerven würde? Die Antwort ist mit Sicherheit Ja, Ja und noch mal Ja. Denn immerhin ist es wirklich wahnsinnig anstrengend, die ganze Zeit genervt zu sein, und deshalb schaffe ich es manchmal, mir aus reinem Egoismus heraus schlichtweg einzureden, dass es mich ab jetzt nicht mehr nervt. Unterstützen kann man diese wohltuende Ignoranz der jeweiligen Nerv-Quelle mit ein paar Tricks.

Das Zauberwort heißt Ablenkung. Geht es beispielsweise um lautes Schmatzen, sollte man auf jeden Fall versuchen, ein Gespräch am Laufen zu halten. Nichts ist schlimmer als Cornflakes, die in einem völlig stillen Raum im Mund unserer Geschwister langsam zermalmt werden. Überdeckt von etwas Stimmengewirr hört man dagegen vielleicht zumindest nicht mehr jeden einzelnen Flake zerspringen. Ebenfalls hilfreich können hierbei die Ohropax sein, die ich bereits im Kapitel zum Thema »*Chaos am Familienesstisch ertragen*« erwähnt habe. Sie können natürlich auch wunderbar beim Spieleabend getragen werden, wenn ihr beispielsweise eine nervige Geschichte eures Bruders, die er schon hundert Mal erzählt hat, ausblenden möchtet. Wichtig ist nur, ab und zu ein interessiertes Gesicht zu machen oder zu nicken, sodass es nicht gleich auffällt, dass ihr überhaupt nicht mehr zuhört. Eine andere Möglichkeit könnte es sein, sich heimlich Distanz zum Ort des Geschehens zu verschaffen, indem man so etwas sagt wie: *»Ich räum schon mal eben schnell den Teller weg«* und in die Küche verschwindet. Lass dir dabei genügend Zeit, sodass dein Bruder die Karotte schon laut krachend zu Ende gegessen hat, bis du wieder zurück bist.

Wer sich allerdings sicher ist, es wirklich mit den aller-, allernervigsten Macken der Welt zu tun zu haben und diese niemals ausblenden können wird, der braucht eindeutig eine andere, noch viel stärkere Geheimwaffe. Und die nennt sich »Bullshit-Bingo«. Damit wären wir bei der Variante für Menschen mit weniger Willenskraft, dafür aber mit viel Humor, angelangt. Wer die Macken der Geschwister weder ignorieren noch übersehen kann, könnte ganz einfach ein Spiel daraus machen. Du kannst es allein oder auch mit einem verbündeten Leidensgenossen oder einer Leidensgenossin spielen, der/dem schon ähnliche nervige Dinge aufgefallen sind. Jede/r von euch schreibt heimlich ätzende Sachen auf, die ganz sicher passieren könnten oder die einer deiner Geschwister höchstwahrscheinlich sagen wird. Wer zuerst mindestens drei Vorhersagen von ihrer/seiner Liste bestätigen und damit abhaken kann, hat gewonnen. Unglaublich, aber auf diese Weise wird vielleicht sogar etwas Unfassbares passieren: Ihr werdet die Macken nicht nur besser ertragen können, sondern ziemlich sicher sogar darauf warten, dass sie endlich passieren. Wer hätte das für möglich gehalten?

»OMMMMMM ...«: WIE DU IM URLAUB DEINE RUHE HAST

Wenn Leute von Urlaub sprechen, meinen sie in der Regel lange Strandspaziergänge, gutes Essen, entspannte Konversationen, in Ruhe ein Buch lesen, abenteuerliche Exkursionen durch unbekannte Städte, grüne Naturspektakel und langes Ausschlafen.

Selbst der Duden schreibt gewissermaßen vor, in welchem Zustand wir uns im Urlaub befinden sollten und erklärt ganz deutlich, es handele sich um eine *»dienstfreie Zeit, die der* ***Erholung*** *dient«*.

Für Kinder (und Erwachsene), die Geschwister haben, sieht die Realität dagegen oft ganz anders aus:

Urlaub ist in diesen Fällen im schlimmsten Szenario ein Minenfeld, gespickt mit unausgeschlafenen, gereizten, chronisch gelangweilten, überdrehten oder mit der Allgemeinsituation unzufriedenen TeilnehmerInnen unterschiedlicher Altersgruppen.

Wer jetzt lapidar einwirft, mit den richtigen Rahmenbedingungen löst man solche Probleme doch ganz einfach, der irrt sich meiner Meinung nach. Es fängt doch immerhin häufig schon bei der Anreise an. Ist man beispielsweise mit dem Auto unterwegs, gibt es Streit darüber, wer vorne sitzen darf oder wie oft Pausen gemacht werden. Wenn man in den Urlaub fliegt, gibt's Zankereien darüber, wer am Fenster sitzt oder wer den übrig gebliebenen Nachtisch für sich beanspruchen darf.

Die Streitthemen sind fast deckungsgleich bei Familien, die mit dem Zug verreisen. Und die einzig verbleibende Möglichkeit wäre es, gleich ganz zu Hause zu bleiben. Aber welche Konflikte das nach sich ziehen würde, sollte man sich gar nicht erst ausmalen. Nur so viel, der Begriff eines Lagerkollers bekommt nach mehreren Wochen und 24-stündigem alternativlosen Aufeinandersitzen in der gewohnten Umgebung eine völlig neue Dimension an Intensität.

Kurz gesagt: Egal auf welchem Weg man in den Urlaub reist oder wo bzw. wie man ihn anschließend verbringt: Wenn Geschwister dabei sind, wird es immer ein enorm hohes Risiko für Eskalationen jeglicher Art geben.

Mein guter Freund Matthies bekommt schon bei der bloßen Erwähnung von Urlaub mit seinen Geschwistern Symptome einer Posttraumatischen Belastungsstörung.

Matthies erzählt vom Urlaub im Jahr 2001 wie von einer Art Wendepunkt, nachdem er Ferien mit seiner Familie nach eigenen Angaben nie wieder so genießen konnte wie zuvor. Viel zu groß ist seither seine Angst, dass im nächsten Moment erneut eine apokalyptische Katastrophe über ihn hereinbrechen könnte.

Und das, obwohl der Holland-Camping-Urlaub im Jahr 2001 für ihn und seine Familie zunächst recht harmlos, wenn nicht sogar sehr schön begann. Der zwölfjährige Matthies, seine fünfjährige Schwester Mareike, sein zwei Jahre älterer Bruder Moritz und ihre gemeinsamen Eltern verbrachten einen Großteil der Sommerferien auf einem Campingplatz in Holland, direkt am Meer. Auf dem Gelände machten sich zur gleichen Zeit viele junge Familien einen schönen Sommer, darunter auch viele andere deutsche Kinder und

Jugendliche. Es versprach ein spannender Urlaub in guter Gesellschaft und obendrein sogar auch noch mit Topwetter zu werden. Und als Sahnehäubchen auf dieser tortenähnlichen Urlaubsidylle verliebte sich Matthies auch noch in die drei Jahre ältere Resa von nebenan. Ein schönes Mädchen mit rotblonden, schulterlangen Haaren, die Matthies um eine ganze Handbreit überragte. Natürlich würde er sie mit seinen zwölf Jahren nicht auf ein Date einladen oder so, aber er konnte zumindest mit ihr und den anderen Kindern spielen, sie ab und zu ein bisschen ärgern und vor allem ganz viel Zeit mit ihr verbringen. Alles war super. Zumindest bis zum Tag X.

An diesem Tag knutschte sein großer Bruder Moritz tatsächlich mit (seiner) Resa. Und als wenn die bloße Information über diesen Kuss für Matthies nicht schon schlimm genug gewesen wäre, musste er, aus Gründen der Tarnung vor ihren Eltern, auch noch jeden Tag mit seinem frühpubertären Bruder und dessen neuer Freundin mitkommen. Mädchen waren in Matthies' Alter offiziell noch total doof, und er wollte sich vor seinem großen Bruder deshalb selbstverständlich nichts von seinen Gefühlen für Resa anmerken lassen. Er spielte das Spiel also mit. Und zu allem Übel hatte er auch noch seine kleine Schwester Mareike ständig im Schlepptau, weil seine Eltern darauf bestanden, dass die Jungs sie auch in ihre Nachbarskinder- Spielgruppe mit integrierten. Weil Matthies' großer Bruder aus offensichtlichen Gründen von nun an jedoch immer seltener aufzufinden war, blieb diese für einen Zwölfjährigen sehr unattraktive Aufgabe fast immer an ihm, Matthies, hängen. Und als wäre das alles immer noch nicht schlimm genug, wurde Mareike auch noch krank und schrie die ganze Nacht durch. Was ihm normalerweise egal wäre, wäre nicht ausgerechnet jetzt auch noch sein Discman (das war eine flache Version eines MP3-Players, in den man elektronische Datenträger namens »CDs« einlegen und abspielen konnte) aufgrund von Sandkrümeln im Laufwerkgetriebe kaputtgegangen. Die einzige

Möglichkeit, um sich von seiner Außenwelt abzuschotten, blieb Matthies daher nun leider auch noch verwehrt.

Obwohl seine Geschwister natürlich nicht für alle Vorfälle verantwortlich gemacht werden konnten, war er sich sicher, dass mindestens 80 Prozent dieser Tragödien so nicht passiert wären, wenn Matthies ein Einzelkind gewesen wäre. Immerhin hatte die schöne Resa offensichtlich eine Schwäche für Jungs mit blonden Locken, wie es für die Männer seiner Familie üblich ist, und wenn Moritz nicht da gewesen wäre, wäre er, Matthies, der einzige blonde Lockenjunge auf dem ganzen Campingplatz gewesen. Seine Schwester hätte er auch nicht an der Backe gehabt, und auf seinen Discman hätte er in diesem Fall vielleicht sogar verzichten können, er wäre ja ziemlich wahrscheinlich mit Resa beschäftigt gewesen. Abgesehen davon ist er sich außerdem fast sicher, dass seine Eltern ihrem Einzelkind bestimmt gleich einen neuen Discman gekauft hätten, weil sie es immerhin nicht vor den anderen Geschwistern hätten rechtfertigen müssen, weshalb Matthies außerhalb seines Geburtstags oder Weihnachten einfach etwas Neues gekauft bekäme. Unterm Strich wäre also als Einzelkind einfach alles besser für Matthies verlaufen.

Um Erlebnisse wie diese möglichst zuverlässig zu verhindern, bin ich ein großer Fan penibler Vorbereitungen auf alle Eventualitäten. Besonders wichtig sind meiner Erfahrung nach möglichst viele Ablenkungs- und Fluchtmöglichkeiten. Denn man darf nicht vergessen, dass sich einfach so ins eigene Zimmer verziehen oder sich zu FreundInnen flüchten in den meisten Urlauben leider keine mögliche Option ist.

Was in solchen Situationen wirklich hilfreich sein könnte, wäre vielmehr eine Art Superpower, die es uns erlaubt, zwar weiterhin körperlich sichtbar zu sein, allerdings keine nennenswerten Inhalte oder Abläufe mehr innerhalb des Familienlebens wahrnehmen zu müssen. Im Prinzip ein Zustand, der es uns ermöglicht, die Hülle unseres Körpers alibihalber vor Ort zu behalten, sie jedoch mit unserem Bewusstsein zu verlassen. Die schlechte Nachricht ist: Superkräfte gibt es nach wie vor leider nur in Büchern, Filmen, Comics und unserer verzweifelten Fantasie. Die gute Nachricht ist: Es gibt Bücher, Filme, Comics, Musik und unsere unfassbar starke Willenskraft, alle nervtötenden Geschwister einfach auf »stumm« zu stellen. Und mit all diesen Möglichkeiten sollten wir uns vor jedem Urlaub mit Geschwistern massenhaft ausrüsten. Ich würde für meinen inneren Seelenfrieden, ohne zu zögern, sofort auf ein drittes Paar Schuhe oder vier Pullover verzichten, um bloß keinen Platz in meinem Koffer zu verschwenden. Bücher, MP3-Player, Hörbücher, E-Book-Reader, Tablets und alles, was mich sonst noch so ablenken kann und mir dabei hilft, in eine andere Welt abzudriften, sollte auf den Urlaubspacklisten von Menschen mit Geschwistern definitiv ganz oben stehen und sorgfältig abgehakt werden.

So kann man sich schon auf der Hinfahrt, wenn es einem zu viel wird, mit Kopfhörern und Dauerbeschallung im Ohr wunderbar aus allem ausklinken. Im Urlaub angekommen, behält man sich somit die Möglichkeit vor, einfach die Decke über den Kopf zu ziehen und beispielsweise mit einem Hörbuch im Ohr die Welt mit all ihren Schwestern und Brüdern und genervten Eltern in ihr zumindest für eine Weile auszusperren. Und das, selbst wenn man kein eigenes Zimmer hat, bei dem man die Tür hinter sich zuschließen kann.

Mit das Schwerste an der Situation, mit Brüdern und Schwestern im Urlaub zu sein, ist allerdings vermutlich trotz sinnvoller Vorbereitungen wie diesen der unglückliche Umstand, dass man sich nicht uneingeschränkt wie sonst bei den besten Freunden und Freundinnen über die nervtötenden Angewohnheiten seiner Familie Luft machen kann. Und wie unfassbar wichtig diese Ventilfunktion eigentlich ist, kann ich nicht nur aus persönlicher Erfahrung heraus sagen, sondern das bestätigen auch ExpertInnen dieses Gebietes. Erziehungsberater Ulric Ritzer-Sachs stimmt dem beispielsweise zu, indem er erklärt: *»Freunde hören zu, ergreifen Partei* *und trösten.«*[41] Denn häufig ist das Letzte, was man nach einem handfesten Geschwisterstreit hören will, ein guter Tipp darüber, wie man sich so schnell wie möglich wieder vertragen kann oder wie man zügig zu einem friedlichen Kompromiss mit dem aktuell so verhassten Bruder oder der Schwester kommt. Man will all seinem Frust und Ärger einfach nur mal freien Lauf lassen und im Idealfall auch noch Bestätigung dafür bekommen. Und zwar ganz egal, wie einseitig und wutgetränkt unsere subjektive Ansicht der Dinge in diesem Moment auch erscheinen mag.

Auch wenn dies im Urlaub nun einmal leider nicht oder zumindest nicht auf persönlichem Wege möglich ist, gibt es dafür ja wenigstens Handys und Zugang zu einem WLAN in fast jedem Hotel auf der Welt und glücklicherweise auch auf den meisten Campingplätzen. Ich vermute sogar, dass die flächendeckende Einführung von Internetzugängen weltweit, für genau solche Fälle, die allergrößte und wichtigste Errungenschaft darstellt. Ganz richtig, ich möchte behaupten, dass man in nahezu keiner anderen Situation so sehr von der Möglichkeit, online gehen zu können, profitiert, wie wenn man nach einem langen, nervigen Tag mit seinen Geschwistern abends die beste Freundin oder den besten Freund schnell und einfach erreichen kann. Klar, Internet ist auch sehr hilfreich, wenn man mitten in der Pampa nach dem Weg sucht, von unterwegs aus in Sekunden ein Hotel für die Nacht organisiert oder Freundschaften weltweit pflegt und mit den neusten Fotos immer up to date hält. Aber ich bleibe dabei, der allergrößte Vorteil des weit verbreiteten Zugangs zum Internet ist die dadurch gewonnene Möglichkeit für Geschwister (und vielleicht auch manchmal gleichermaßen für Eltern), von jedem Ort der Welt jederzeit einen Hilferuf nach außen absetzen zu können. Wenn also alle Ablenkmethoden wie Bücher, Musik oder das Talent, sich überzeugend schlafend zu stellen, nichts mehr bringen, nehmt eure Smartphones und kontaktiert die besten PsychologInnen des gesamten Gesundheitssystems: eure besten Freundinnen und Freunde.

Um ganz auf Nummer sicher zu gehen, würde ich zusätzlich noch eine Art Back-up beziehungsweise Exit-Option vorbereiten. Die Rede ist von einer Ausrede, die ihr bereits vorbereitet, bevor ihr überhaupt sicher wisst, ob sie zum Einsatz kommen wird. Ihr könnt sie dann, bei Bedarf, jederzeit dazu benutzen, um beispielsweise ungeliebten Gruppenaktivitäten zu entgehen.

Eine Freundin von mir macht das genauso bei Dates und Höflichkeitsverabredungen. Schon ganz am Anfang, wenn man noch nicht weiß, ob das Gegenüber total bescheuert ist oder nicht, sagt sie etwas wie: *»Ich muss später auf jeden Fall noch ein paar Bücher zurück in die Bibliothek bringen. Meine Ausleihfrist ist abgelaufen, und ich habe es leider heute erst gemerkt.«* Läuft es gut, fällt ihr »plötzlich« ein, dass es auch ein automatisches Fach gibt, in dem man seine Bücher auch nach den offiziellen Öffnungszeiten noch abgeben kann. Ist ihr Date dagegen ein Reinfall, muss sie auf jeden Fall vor 22 Uhr los, weil die Bib ja sonst schließt.

Ganz ähnlich könnte man das ja auch im Urlaub handhaben. Sag einfach so etwas wie: *»Ich muss noch eine wichtige Seminararbeit fertig machen«* und schließ dich bei Bedarf dann eine Stunde mit deinem Laptop im Hotelzimmer ein. Du hast dann ein bisschen Zeit für dich und musst deinen Wunsch danach noch nicht einmal ausführlich erklären. Und das Sahnehäubchen obendrauf: Alle denken auch noch, du seist besonders fleißig und zielstrebig. Diese Art von »Ausrede« funktioniert in jedem Alter. Man muss nur die angebliche Aufgabe, die man unbedingt und unaufschiebbar noch erledigen muss, entsprechend anpassen. Schularbeiten, Uniseminararbeit oder Präsentation für die Arbeit.

Ganz egal, in welcher Phase seines Lebens man in den Urlaub geht, die Vorliebe unter Geschwistern, sich gegenseitig im Kreis zu beleidigen, scheint selten gänzlich zu verschwinden. Denn auch wenn wir alle irgendwann erwachsen werden, bleiben wir doch irgendwie ewige Kinder, wenn wir zusammen sind. Und Kinder zanken nun einmal miteinander.

Wir müssen uns daher damit abfinden, dass wir uns vermutlich bis ans Ende unserer Tage mal mehr, mal weniger auf die Nerven gehen werden und uns bei Gelegenheit immer mal wieder vollkommen haltlose Argumente an den Kopf werfen. Aber wenn wir in unserem tiefsten Inneren mal ehrlich zu uns selbst sind, macht doch manchmal genau das auch den Spaß am Leben unter Geschwistern aus. Deshalb lohnen sich die Familienferien trotz möglicher Strapazen häufig eben doch. Und mit ein paar guten Vorbereitungen hat die Urlaubszeit, die ja bekanntlich zur schönsten Zeit des Jahres zählt, auch nicht nur in unserer Fantasie Bestand.

5. KAPITEL

ERWACHSENE GESCHWISTER: »THE STORM IS OVER« – TATSÄCHLICH?

Die Kindheit und Jugend mit all ihren Streitereien, Rivalitäten und von Eifersucht geprägten Auseinandersetzungen begleitet das Aufwachsen zwischen Brüdern und Schwestern meist wie ein beständiger Sturm, der zwar mal lauter, mal leiser, aber stets unermüdlich im Hintergrund tobt. Und obwohl unsere Geschwisterwurzeln fest und tief verankert sind und der Boden für eine gute Beziehung trotz allem extrem fruchtbar zu sein scheint, müssen wir unsere Geschwisterverhältnisse dennoch ein Leben lang besonders sorgfältig pflegen, um ihre Früchte auf Dauer ernten zu können. Im Klartext: Wenn Geschwister nicht nur gemeinsam erwachsen werden, sondern es irgendwann tatsächlich sind, werden Herausforderungen nicht unbedingt kleiner, sondern lediglich etwas anders. Wo lange Zeit gefühlt zu viel Nähe war, muss jetzt für genau diese aktiv gekämpft werden, und Familiendynamiken, die lange Zeit unverrückbar erschienen, befinden sich möglicherweise im freien Fall. Mit unseren Brüdern und Schwestern durchlaufen wir im Laufe der Zeit sozusagen alle vier Jahreszeiten. Mit zahlreichen hitzigen Diskussionen, sicherlich vielen stürmischen Streitereien, eventuell zwischenzeitlich kommunikativen Eiszeiten, im besten Fall aber auch vielen blühenden Neuentdeckungen. Wie man für all diese emotionalen Temperaturschwankungen bestenfalls gerüstet ist, zeigt der letzte Teil dieses Geschwister-Survive-Guides.

THRONFOLGE: WIE DU DICH NEU ERFINDEST, WENN GROSSE GESCHWISTER AUSZIEHEN

Ein 13-jähriges Mädchen hockt, geduckt in einem Kleiderschrank, mit dem Rücken gegen die Wand gelehnt. Sie presst ihre Augen zusammen und formt in einem verzweifelten Gesichtsausdruck mit ihren Lippen immer und immer wieder dieselben Worte: »*Dreißig und erfolgreich und sexy. Dreißig und erfolgreich und sexy. Dreißig und erfolgreich und sexy.*«

Das junge Mädchen wünscht sich in diesem Moment nichts mehr auf der Welt, als endlich ihre Kindheit und Pubertät mit all den verwirrenden, peinlichen, überfordernden, aber nun einmal leider unausweichlichen Aspekten des Erwachsenwerdens zu überspringen, weil sie der festen Überzeugung ist, mit 30 sei dann endlich alles gut und das Leben der reinste Klacks.

Diese Szene stammt so oder so ähnlich aus dem im Jahr 2004 erschienenen Film *30 über Nacht*. Ich kann den Film ehrlicherweise zwar nicht besonders leiden, aber die, sagen wir einmal, »Lehre«, die er versucht zu vermitteln, kam mir sofort in den Sinn, als ich darüber nachdachte, was ich zum Thema Auszug der älteren Geschwister gelernt habe.

Jennifer Garner, die in dem Film das Teenagermädchen Jenna spielt und sich so sehr wünscht, ihr Leben nach vorne spulen zu können, bis zu dem Punkt, an dem dann vermeintlich alles gut ist, schafft genau das, ganz Hollywood-like, selbstverständlich auch irgendwie.

Am Ende muss sie dann aber leider dennoch feststellen, dass das Leben ihres 30-jährigen Ichs gar nicht so perfekt ist, wie sie sich das vorgestellt hatte. Obwohl doch von außen betrachtet tatsächlich alle nötigen Umstände erfüllt zu sein scheinen: Sie hat endlich einen tollen weiblichen Körper, einen hübschen Freund und einen glamourösen Job, in dem sie sehr erfolgreich ist.

Aber, Achtung Spoiler-Alarm: Am Ende bemerkt sie, wie ihr das Allerwichtigste zu ihrem wahren Glück dennoch fehlt: Die Rede ist von ihrem besten Freund. Zu ihm hat sie im Laufe der Jahre auf dem Weg in ihr »Traumleben« nämlich dummerweise den Kontakt abgebrochen, nur um all die anderen mutmaßlich großartigen Dinge zu erreichen. Im Endeffekt wird ihr dann jedoch bewusst, dass all das gar nicht nötig gewesen wäre und sie entgegen all ihrer Erwartungen, verrückterweise eigentlich, schon alles, was sie zu ihrem »wahren« Glück braucht, mit ihren 13 Jahren im Wandschrank hätte haben können: ihren allerbesten Freund! Ganz ohne glamourösen Job, erwachsenes Aussehen und so weiter. Ergo: Die ZuschauerInnen lernen: Die inneren Werte zählen am meisten, die große Liebe ist oftmals direkt vor unserer Nase, und Erfolg macht nur dann wirklich glücklich, wenn man ihn mit den richtigen Menschen teilen kann. Tadaaa: Happy End und fertig.

Mit dem Auszug der großen Geschwister verhält es sich meiner Erfahrung nach recht ähnlich. In der Zeit, in der die Geschwister noch zu Hause leben, immerzu in Reichweite sind und es so gut wie unmöglich ist, sie loszuwerden, haben wir jüngeren Geschwisterkinder ständig Fantasien von Einzelkind-Familien, einem einsamen Leben im Wald oder von einer Version der Wirklichkeit, in der die Geschwister weit weg in einem Internat irgendwo in der Schweiz aufwachsen und nur für die Feiertage, in denen es ohnehin manchmal etwas langweilig wird, kurz zu uns nach Hause kommen.

Und eines Tages ist es dann tatsächlich so weit. Was jahrelang nur eine abwegige Fantasie in den Köpfen jüngerer Geschwister war, passiert tatsächlich. Wunschgedanke und Wirklichkeit werden eins, und die älteren Geschwister packen endlich ihre Sachen und gehen. Zum Studieren, zum Reisen, zum ersten festen Job oder zum Freund oder zur Freundin. Ganz egal wohin, es zählt nur eines: Sie ziehen aus! Eigentlich sollte das doch nach so vielen Jahren, in denen wir jüngeren Geschwister teilweise an nichts anderes denken konnten als an diesen Moment, in dem wir endlich unsere Ruhe haben, einem wahr gewordenen Traum gleichen.

Entgegen allen Erwartungen ist es in Wirklichkeit jedoch meiner Erfahrung nach ein Moment, der geprägt ist von sehr ambivalenten Gefühlen. Im ersten Augenblick überwiegt natürlich die Freude, denn es ist immerhin viel ruhiger als vorher. Dann wird einem allerdings auch bewusst: Es ist auch leider viel ruhiger als vorher. Du wirst nicht mehr so sehr bevormundet und kannst mehr Dinge selbst entscheiden. Du musst aber auch viel mehr Dinge selbst entscheiden. Du bekommst den größeren Redeanteil am Esstisch. Du musst aber auch viel mehr reden am Esstisch. Und so könnte man die Liste noch seitenweise vorführen.

Ob wir es also zugeben wollen oder nicht, es ist nicht (immer) so toll, wie wir uns das in unserer Fantasie vielleicht ausgemalt haben.

Das erste Mal wurde mir die anstehende Veränderung deutlich bewusst, als ich beim Tischdecken wie automatisch die »alte Anzahl« an Tellern aus dem Schrank holen wollte. Von nun an würden wir allerdings eine Teller-Besteck-Kombi weniger brauchen als sonst. Und dieser Moment läutete nicht nur eine Entlastung der Spülmaschine ein, sondern auch eine Neuausrichtung der bisher gewohnten Familiendynamik. Von nun an verteilt sich die Aufmerksamkeit der Eltern und anderen Geschwister neu, weil sozusagen ein Platz »frei geworden« ist. Das ist natürlich nicht immer ein Vorteil. Plötzlich sind mehr Augenpaare als sonst beim Essen mit einer hoffnungsvollen Intensität auf dich gerichtet, die dich dazu bringen soll, endlich etwas von deinem Tag zu erzählen. Man beginnt, es (wie so oft vielleicht ein bisschen zu spät) zu schätzen zu lernen, wie angenehm es doch war, manchmal zwischen den anderen Geschwistern, sozusagen in der Masse, unterzugehen. Meine Schwester redet beispielsweise ziemlich viel, mein Bruder und ich nicht so sehr. Manchmal war es vielleicht gar nicht so unangenehm, wenn meine Schwester sich ums Gespräch kümmerte und ich in dieser Zeit einfach nur in Ruhe essen konnte.

Je mehr ich über den Auszug meiner Schwester nachdachte, desto mehr wollte ich es ihr außerdem gleichtun. Immerhin durfte sie schon jetzt in die weite Welt hinaus, während ich noch mindestens drei Jahre zur Schule gehen musste. Was für ein mieser Lauf des Lebens, dass meine Schwester ohne mich erwachsen werden durfte.

Nach den ersten Wochen wurde mir dann allerdings bewusst, dass dieser neue Lebensumstand auch gleichzeitig eine riesige Chance und ein wichtiger Schritt für jedes »zurückgebliebene« Geschwisterkind darstellt. Immerhin wird nicht nur ein Platz frei, der eine einsame, ruhige Lücke am Esstisch hinterlässt, sondern auch viel Raum für Neues. Und mit etwas Glück sogar im wahrsten Sinne des Wortes einen neuen Raum. Nicht selten sind die ältesten Geschwister immerhin im Besitz des größten Kinderzimmers im Haus. Was das angeht, vertrete ich die Ansicht: weggegangen, Platz vergangen. Mit etwas argumentativem Geschick hast du vielleicht schon bald ein neues, großes Zimmer inklusive neuer (zurückgebliebener) Klamotten deiner großen Geschwister. Im Prinzip gehört dir jetzt alles, für das die Älteren in ihrem »neuen« Leben keine Verwendung mehr zu haben scheinen – zumindest solange sie nicht zurückkommen und es dir wieder wegnehmen. Und obendrauf gibt es auch noch mehr Platz am Tisch, auf dem Sofa, mehr ungestörte Zeit im Bad und vieles mehr. Meiner Erfahrung nach ist es so, dass, sobald Bewegung in ein eingefahrenes System kommt, sich auch ganz ungeahnte neue Möglichkeiten zum Verhandeln und Profitieren öffnen. Inspirationen, wie ihr diese Chancen optimal für euch nutzt, findet ihr vielleicht im Kapitel zum Thema »Ein Joker in der Tasche: Wie du Spielchen wie ›Good cop, bad cop‹ perfektionierst«.

Wenn man sich also erst einmal auf die neue Situation eingelassen hat, drängen sich immer mehr positive Aspekte in den Vordergrund. Wenn ihr genau darauf achtet, fällt euch eventuell auf, wie ihr, wenn euch jemand nach eurer Meinung fragt, plötzlich reden könnt, so viel ihr wollt.

Auf einmal mehr im Mittelpunkt zu stehen ist anfangs vielleicht ungewohnt und manchmal auch ein bisschen unangenehm – aber irgendwann fängt man an, es auch zu genießen.

Ich realisierte nach und nach: Mit meiner Mama und meinem Bruder allein zu sein, hat viele gute Seiten. Wir lernten einander noch einmal anders kennen. Wie immer sprachen wir darüber, wie unser Tag war, redeten über die Schule und FreundInnen, erzählten von unseren Ideen und Plänen. Aber die Zeit, die wir vorher auf vier GesprächsteilnehmerInnen aufteilen mussten, hatten wir jetzt nur für uns drei. Es gab auch plötzlich neue Rituale. Wir trafen uns beispielsweise viel öfter vor dem Fernseher zum Abendessen. Meine große Schwester mochte das immer nicht so sehr; seit sie weg war, erlaubte es meine Mama jedoch viel bereitwilliger.

Ich habe mich außerdem viel stärker als sonst als einzelne Person wahrgenommen und angefangen, noch intensiver als vorher eigene Pläne zu machen, ohne mich von jemand anderem beeinflussen zu lassen. Ich war gezwungen, Entscheidungen allein zu treffen, auch wenn es sich dabei beispielsweise nur um den Tagesablauf handelte. Dennoch fühlte es sich wie ein neu gewonnenes Stück Unabhängigkeit an.

Und das Beste an all diesen Vorzügen: Ich habe mich von diesem Moment an wieder so richtig darauf gefreut, wenn meine Schwester mal zu Besuch kam. Und das ist etwas, was ich nach vielen Jahren gefüllt mit pubertären Streitereien, explosiven Wutanfällen und genervten Augenrollmomenten schon eine Weile nicht mehr so stark empfunden hatte.

FRIEDENSPFEIFE: WIE DU ALTE MUSTER UMGEHST

Fünf erfolgreiche, erwachsene Menschen treffen sich zu einem gemeinsamen Abendessen. Mark, Franziska, Torben, Frieda und Paul. Sie alle stehen mit beiden Beinen fest im Leben. Sie tragen Verantwortung am Arbeitsplatz. Frieda hat beispielsweise ein Team von 30 Angestellten unter sich. Torben kämpft jeden Tag gegen den Tod und damit für das Leben seiner PatientInnen, und Paul koordiniert Produktionsabläufe, von denen Millionenumsätze abhängen. Sie alle besitzen auch sonst äußerst ausgeprägte soziale Fähigkeiten. Sie haben Freunde, Hobbys, eigene Familien und teilweise Haustiere.

Am heutigen Abend sitzen alle gemeinsam an einem festlich gedeckten Tisch und genießen ein gemütliches Essen. Der Wein fließt in die bauchigen Gläser, die ersten leckeren Häppchen zergehen in den amüsiert geformten Mündern der Tafelgäste. Die Tischgespräche werden von angenehm entspannender Hintergrundmusik begleitet. Wenn man sich nun die Konversationen der Gäste in dieser Situation vorstellt, hört man Geplauder über den bevorstehenden Urlaub auf einem französischen Weingut in der Bretagne, die aktuelle Kursentwicklung des DAX oder Tipps für gute Einkaufsmöglichkeiten unter Bioliebhabern, die Wert auf Produkte aus der Region legen.

Die tatsächliche Unterhaltung verläuft jedoch überraschenderweise völlig anders: Franziska schluckt gerade einen Bissen herunter, holt tief Luft und sagt in gar nicht vornehmem Ton nachdrücklich:

»Jetzt ist es aber genug.«

Was meint sie bloß? Gehört sie vielleicht nicht zu den Bioliebhabern? Oder ist mit der Börsenentwicklung äußerst unzufrieden?

Sofort mischt sich Paul ein und sagt etwas lauter, als die bisherigen Gespräche geführt wurden, und mit einem leicht nörgeligen

Unterton: »*Das macht Frieda aber jedes Mal. Genau wie vor fünf Jahren an Weihnachten, da hat sie auch einfach das komplette Menü festgelegt, ohne es mit irgendjemandem abzusprechen. Als ob mal wieder nur ihre Meinung zählt.*«

»*Na ja, aber es hat dann doch trotzdem allen gut geschmeckt, oder?*«, mischt sich Torben mit beschwichtigendem Ton ein.

»*Meine Güte, kann man nicht einmal in Ruhe essen, ohne dass jedes Mal irgendein lächerlicher Streit ausbricht?*«, richtet sich Mark mit müdem Blick an die Runde.

Das klingt ziemlich kindisch, überemotionalisiert und äußerst nachtragend. Um diesen Eindruck kommt man als ZeugIn dieses Gespräches nur schwer herum. Es hört sich eindeutig so an, als hätte diese Gruppe ein paar ungelöste Konflikte zu klären. Kein Wunder, immerhin sitzen in diesem Szenario Mutter, Vater und ihre drei Kinder gemeinsam am Esstisch. Und egal wie erwachsen, abgeklärt, professionell oder vor allem wie lange wir eigentlich schon aus dem Alter raus sein sollten, in dem wir uns mit unseren Geschwistern so herzhaft zanken, in eingefahrene Verhaltensmuster und alte Rollenverteilungen zurückzurutschen ist leider dennoch typisch für uns Brüder und Schwestern.

Geschwisterexpertinnen wie Susann Sitzler beschreiben dieses Phänomen sehr treffsicher: »*Es ist wie in einem Theaterstück: Jeder schlüpft (...) in die Rolle, die er schon als Kind hatte. Der eine fühlt sich wohl mit seinen Geschwistern, der andere fühlt sich unter Druck. Manche brechen aus und sagen: Ich bin nicht mehr der kleine Versager, ich bin jetzt erfolgreich und will gefälligst so behandelt werden. Darin steckt Brennstoff.*«[42]

Unser Gehirn scheint im Kreise unserer Familie also häufig in einer Art Autopilot zu handeln. Und dummerweise ist das Aufeinandertreffen mit unseren Geschwistern manchmal gewissermaßen der »Anschaltknopf« für genau diese Autopilotfunktion. Unsere Schwestern und Brüder wissen exakt, wo sie diesen Knopf aufspüren können. Wenn Paul logisch darüber nachgedacht hätte, ob es während eines gemütlichen Dinners wirklich angebracht ist, sich über Unzufriedenheit auszulassen, die bereits vor fünf Jahren durch seine große Schwester Frieda bei ihm ausgelöst wurde, wäre er als normalerweise sehr ausgeglichener und vernünftiger erwachsener Mensch in jedem anderen Kontext seines Lebens sicherlich zu dem Entschluss gekommen, dass das für den weiteren friedlichen Verlauf des Abends nicht sehr ratsam wäre. Innerhalb unserer Familie können wir aber oft einfach nicht anders. Wie ein Pferd mit Scheuklappen, dafür aber mit einem Elefantengedächtnis für frühere Fehltritte und Traumata unter Geschwistern, sehen wir in diesen Momenten nur die Ungerechtigkeit, die uns seit unserer Kindheit immer und immer wieder von unseren Geschwistern »angetan« wurde, und lassen unsere Gefühle darüber viel zu oft ungefiltert herausplatzen. Wie das Beispiel der schicken Familie am Dinnertisch zeigt, können die kleinsten Kommentare oft eine Kette an typischen Aussagen und Reaktionen auslösen, die Geschwister direkt in ihre »alte Rolle« des egoistischen ältesten, des vermittelnden mittleren oder des vernachlässigten jüngsten Kindes zurückkatapultieren. Ruck, zuck haben wir dann wieder unsere doch eigentlich schon längst veralteten Labels des »Opfers«, des »Nörgelbruders« oder der »empfindlichen Schwester« groß und breit auf der Stirn stehen. Unsere Eltern, auf ewig verdammt in der Rolle der Streitschlichter, haben in solchen Momenten, genau wie Franziska und Mark aus dem obigen Beispiel, sicherlich ein Déjà-vu nach dem anderen.

Der Grund dafür: Ich vermute, unsere lange gemeinsame Vergangenheit trägt Schuld daran. Es ist ähnlich wie mit richtig guten Freunden oder Freundinnen. Die erkennt man doch häufig daran, dass es sich, auch wenn man sie jahrelang nicht gesehen hat, trotzdem sofort wieder so anfühlt wie immer, wenn man endlich mal wieder mit ihnen zusammenkommt. Nun ja, für Geschwister gilt das im Prinzip auch, nur eben oft auch mit umgekehrten Emotionen, nämlich mit Streitigkeiten oder unbeliebten Macken, die uns auf ewig in den Wahnsinn treiben werden. Egal wie viel Zeit vergangen ist, alles bleibt doch genau beim Alten, und ruck, zuck nervt uns alles wieder genauso sehr wie schon vor Jahren. Ich habe aber dennoch die Hoffnung, dass es einen Weg raus aus dieser scheinbar endlosen »Nervspirale« gibt.

Der bekannte Schriftsteller Deepak Chopra stellt in Situationen wie diesen die entscheidende Frage: *»Jedes Mal, wenn du versucht bist, in alten Mustern zu reagieren, frage dich, ob du ein Gefangener der Vergangenheit sein willst, oder ein Pionier der Zukunft.«*[43]

Auf den ersten Blick fällt diese Entscheidung zwar leicht, natürlich wollen wir alle keine Gefangenen sein. Allerdings ist die Umsetzung, wie wir Geschwister aus Erfahrung wissen, oft ganz und gar nicht so einfach. Schließlich haben wir ja bereits festgestellt, dass wir uns in solchen Momenten oft im Autopiloten befinden, und sind daher mitten in der Situation leider häufig nicht mehr in der Lage, so viel nachzudenken, wie es der Satz von Deepak Chopra erfordern würde. Der Autopilotvergleich kann in diesem Fall aber trotzdem sehr hilfreich sein. Denkt man genauer darüber nach, fällt auf, dass es aus Sicherheitsgründen schließlich bei jedem Fahrzeug mit Autopilotfunktion auch immer einen ganz einfach zu bedienenden Hebel oder Knopf gibt, um dem automatischen Führer jederzeit manuell wieder das Zepter zu entziehen und somit die selbstständige Kontrolle des Fahrzeugs zurückgewinnen zu können. Und genau das können wir auch mit unserem alten Rollenverhalten unter Geschwistern schaffen. Wir müssen uns nur ganz bewusst dafür beziehungsweise gegen das verhasste alte Verhalten entscheiden.

Wenn wir uns in einer Situation wiederfinden, in der wir merken, wie wir gerade wieder in eine längst veraltete Rolle aus der Kindheit hineinschlittern, ist das bereits der erste Schritt zur Linderung. Immerhin ist die Einsicht immer Phase eins der Besserung. Ihr habt das Problem erkannt und könnt nun etwas daran ändern. Dafür braucht man zwar eine gehörige Portion Selbstbeherrschung, aber wenn der Leidensdruck hoch genug ist, findet man ja bekanntlich ungeahnte Kräfte.

Im besten Fall verhindert man sein ganz bestimmtes Rollenhandeln somit bereits im Voraus. Überrascht alle Beteiligten doch zur Abwechslung mal mit eurem Verhalten. Wenn man beispielsweise das Gefühl hat, die anderen Geschwister bestimmen mal wieder alles zu sehr und allein nach ihren Regeln, sollte man gezielt und rechtzeitig für Auswahlalternativen sorgen, um ihnen erst gar nicht die Möglichkeit zu geben, alle Entscheidungen ganz alleine zu treffen. Paul könnte dieses Jahr an Weihnachten beispielsweise schon im Oktober drei mögliche Menüpläne auswählen und seiner Familie zur Auswahl stellen. Auf diese Weise kann Frieda dann nicht wieder einen Alleingang machen. Ähnliches gilt für Momente, in denen ihr beispielsweise das Gefühl habt, immer der oder die Große sein zu müssen und allen mal wieder ständig aus der Patsche helfen zu müssen. Ist das so der Fall, dann lasst ihr es in Zukunft, entgegen allen Erwartungen und zur Überraschung aller eben mal ganz konsequent bleiben. Eure Geschwister sind selbst schon groß und brauchen euch nicht mehr zum Überleben, und falls doch, sollen sie sich an eure Eltern wenden, die haben sich euch Brüder und Schwestern ja schließlich auch angeschafft. Vielleicht wissen sie jetzt noch nicht, dass sie dich nicht so dringend brauchen, um ihre Probleme zu lösen, weil es bisher nun mal so bequem war, dich Dinge erledigen zu lassen. Aber Not macht erfahrungsgemäß erfinderisch, und wenn keine Hilfe mehr von außen kommt, lassen sie sich bestimmt bald selbst was einfallen. Das Motto ist hier eindeutig: Weniger ist mehr. Ein »weniger Handeln« zieht mit etwas Glück also ein »mehr an Wirkung« nach sich.

Das gilt auch für potenzielle Streitgespräche, die nur zu leicht aus alter Gewohnheit heraus in kindische Zankereien ausarten. Wenn du dich, auch wenn es noch so verlockend ist, jedoch nicht auf ein Wortgefecht mit deinen Geschwistern einlässt, schaukelt sich die Situation in den meisten Fällen auch gar nicht erst so weit nach oben. Klinke dich daher einfach aus Gesprächen aus, die in einem handfesten Kinderstreit zu enden drohen. Um Provokationen dieser Art besser ertragen zu können, lenke dich einfach kurz ab, checke heimlich deine Mails unter dem Tisch, mache nebenher online einen Friseurtermin aus, knete einen Stressball oder streichele den Hund. Alles, was dabei hilft, die Kampfansagen deiner Geschwister zu ignorieren, bis sie vorüber sind, ist in meinen Augen eine zulässige Strategie.

Oft hilft es dabei auch, die Geschwister eher wie FreundInnen zu betrachten. Bei ihnen fällt es uns immerhin viel leichter, Macken oder ein bestimmtes Rollenverhalten zu akzeptieren. Vielleicht weil wir nicht so oft »schon wieder« und »genau wie früher« im Kopf haben, während wir mit FreundInnen zusammen sind. Denn um ehrlich zu sein, ist es ja meistens nicht die eine konkrete Situation, die uns so sehr an unseren Geschwistern und der Rolle, in die sie uns häufig drängen, nervt, sondern die Summe aller Situationen, die in der Vergangenheit jemals passiert und ähnlich abgelaufen sind und uns deshalb besonders empfindlich gemacht haben. Manchmal hilft es deshalb vielleicht, wenn man sich selbst fragt: Kann ich diese konkrete Situation, die hier gerade passiert, vielleicht etwas besser ertragen, wenn ich ganz bewusst versuche, nicht an die Vergangenheit und die vielen, vielen anderen Situationen, die schon mal genauso abgelaufen sind, zu denken?

Gar nicht so einfach, ich weiß. Aber um sich mental schon im Voraus auf diese wohltuende Ignoranz einzustellen, hilft es vielleicht, sich eine Sache bewusst zu machen: Alle Ereignisse, die bisher in der Vergangenheit mit unseren Geschwistern passiert sind, sind heute eigentlich nur noch Geschichten, die wir uns selbst (und anderen) erzählen. Wenn die große Schwester beispielsweise erzählt: *»Paul ist schon immer so schnell beleidigt gewesen«*, dann ist das unter Umständen eine ziemlich veraltete Information, die vermutlich so auch gar nicht mehr stimmt. Seit Paul vor vielen Jahren zu Hause ausgezogen ist, hat er nämlich schon Hunderte Male auf der Arbeit, im Sportverein oder im Kreise seiner FreundInnen bewiesen, dass er alles andere als schnell beleidigt und nachtragend ist. Das haben nur seine Geschwister nicht mitbekommen und ihn deshalb noch immer als den zehnjährigen kleinen Jungen mit der Schmollunterlippe im Gesicht vor Augen. Paul weiß natürlich genau, dass diese Geschichte über ihn jetzt längst veraltet ist. Das auch seinen Geschwistern beizubringen, ist jedoch keine leichte Aufgabe, weil die, genau wie wahrscheinlich alle Brüder und Schwestern dieser Erde, nun mal die unangenehme Angewohnheit haben, ihm alles, was ihn jemals in ein schlechtes Licht gerückt hat, noch Jahrzehnte später vorzuhalten.

Aber dennoch ist es möglich, eine neue Geschichte für Pauls Person zu etablieren, wenn er nur oft genug beweist, dass er heute anders ist als sein zehnjähriges Ich.

Eine Sache sollten Paul und alle, die ebenfalls planen, eine neue Geschichte über sich selbst oder was typisch für sie ist, zu etablieren, auf diesem Weg jedoch auf alle Fälle beachten: Im Beisein der eigenen Geschwister sollte es unter keinen Umständen aus alter Gewohnheit heraus zu einem Rückfall kommen. Sobald Paul nämlich wieder wegen vermeintlicher Kleinigkeiten beleidigt ist, wirkt das selbstverständlich wie Öl im Feuer für die Sticheleien seiner Geschwister. Liefert ihnen also bloß keine Argumentationsgrundlage mehr für ihre veraltete Version von euch.

Es ist gewiss nicht einfach, seinen persönlichen Steckbrief umzuschreiben, und wird aller Erfahrung nach sicherlich auch eine Weile dauern, aber da wir in der Regel so viele Jahre und Jahrzehnte gemeinsam mit unseren Geschwistern verbringen, haben wir immerhin auch genügend Zeit dafür. Bis wir es geschafft haben, müssen wir Geschwister alle, genau wie Paul, eben einfach fleißig unsere Hausaufgaben machen. Und die lauten: Konsequente Imagepflege der erwachsenen (!) Version von uns.

WIE DU FAMILIENBESUCHE TAKTISCH KLUG ANSETZT

Wenn um drei Uhr morgens die Blase drückt, ist das eigentlich schon ärgerlich genug. Gerade fühlt sich die Decke besonders kuschelig an. Die Tiefschlafphase hat dich in eine angenehme Bewusstlosigkeit getragen, und der Stress des Tages zieht sich zumindest für den Moment zurück und verlässt die Bühne deiner Gedanken. Doch dann kriecht langsam dieses Problem hervor und stellt sich frech ins Scheinwerferlicht des Bewusstseins. So kommt es, dass du dir mitten in der Nacht die Frage stellst, wie du jetzt mit möglichst wenig Aufwand schnell zur Toilette kommst, ohne dabei komplett aufzuwachen, um danach so schnell wie möglich wieder zurück in einen köstlichen Tiefschlaf zu sinken. Besonders schwierig gestaltet sich dieses Unterfangen jedoch, wenn man sich gerade mitten in einem Matratzenlager im Wohnzimmer des Elternhauses befindet. In solchen Fällen muss man häufig erst über den eigenen Freund, dann über den Freund der Schwester und anschließend noch über die Schwester selbst und ihren Hund balancieren, um überhaupt erst mal den Flur zu erreichen. Wer das dann geschafft hat, lässt entgegen jeglicher Intuition besser das Licht aus, zumindest, wenn man vermeiden will, dass sich gleich drei verschlafene Quengler über die plötzliche Helligkeit beschweren und eine Grundsatzdiskussion über Respekt und Egoismus anzetteln. Auch wenn es natürlich um einiges leichter wäre, die letzten Meter bis zur Toilette sehen zu können. Die nötige Energie für eine solche Debatte sollte nachts um drei wirklich niemand aufbringen müssen. Dann sich doch lieber im Dunkeln bis zur Badezimmertüre vorkämpfen und notfalls auch in Kauf nehmen, erst über herumliegende Hausschuhe zu stolpern, dann an einem Rollkoffer den großen Zeh anzustoßen und anschließend mit dem Arm am Türrahmen entlangzuschrammen, weil man sich im Abstand verschätzt hat. Die gute Nachricht ist immerhin: Auf dem Rückweg sollte eigentlich alles einfacher sein, schließlich haben sich die möglichen Stolperfallen bereits auf dem Hinweg über die effektive Eselsbrücke namens »Vorsicht, Schmerz!!!« sehr eindringlich und damit nachhaltig in dein Gedächtnis eingebrannt. Also aufatmen und schnell wieder zurück ins Bett. Aber Moment mal. War das Kopfkissen schon die ganze Zeit so weich? Nein, das hat sich tatsächlich erst vor circa einer Minute geändert, kurz nachdem du aufgestanden bist. Diese Chance hat nämlich der Hund deiner Schwester genutzt und sich auf der freien Matratze mitten auf deinem Kopfkissen breitgemacht. Viel Spaß beim Platz zurückerkämpfen!

Ach ja, so ein Heimatbesuch kann doch wirklich etwas Wunderbares sein. Es kommt nicht selten vor, dass alle Geschwister gleichzeitig nach Hause kommen, ihre PartnerInnen, Haustiere und halben Kleiderschränke mitbringen. Die Zimmer, Betten, Sofas und sanitären Anlagen werden im Haus daher ziemlich knapp und gleichen, was ihre Durchlauffrequenz angeht, vielmehr einer Bahnhofshalle statt einem gemütlichen Hotel.

Ich verüble es keinem, für den diese Aussicht nicht gerade sehr anziehend klingt.

Das Gute daran ist jedoch, dass so ein Besuch in der Regel ja schon etwas im Voraus geplant wird und er sich daher auch in gewisser Weise recht gut steuern und beeinflussen lässt. Bleibt nur noch die Frage: Wie schafft man es, dass Besuche dieser Art genau so ablaufen, wie man es sich wünscht? Das kommt selbstverständlich stark darauf an, welcher Besuchstyp man ist. Wenn du sehr kommunikativ und am liebsten ständig unter Leuten bist, verstehst du vermutlich überhaupt nicht, was das Problem an der oben beschriebenen Szene sein könnte. In diesem Fall bist du genau der oder die Richtige für Dinge wie Matratzenlager, gemeinschaftliche Baderfahrungen und Essen an einem Beistelltisch, weil nicht alle Teller auf den normalen Tisch passen. Ist das der Fall, würdest du dich vermutlich sehr gut mit meiner Schwester verstehen. Für sie ist gefühlt keine Kommunikation zu viel. Meine Mutter erzählt noch heute, wie meine Schwester schon, als sie im Kindergarten war, am Fuße des kleinen Berges, den wir hinauflaufen mussten, um unsere Wohnung zu erreichen, anfing zu erzählen, was ihre Kindergartenfreundin heute in ihrer Brotbox hatte. Meine Mutter stand meistens auf dem Balkon und hielt Ausschau nach ihr, und von diesem Moment an bekam sie jedes noch so unwichtige Detail der vergangenen vier Stunden erzählt, die meine große Schwester durchlebt hatte. Und auch später hat sich das nie geändert. Ein paar Jahre während des Studiums lebten wir gemeinsam in einer Wohnung in München. Kurz bevor meine Schwester nach Hause kam, rief sie mich normalerweise auf dem Handy an, um zu fragen, ob ich denn gerade auch da sei. *»Ja, ich bin da, wann kommst du?«*, fragte ich dann meistens zurück. *»In circa 15 Minuten bin ich da«*, gab sie beispielsweise zur Antwort. Mein Daumen wanderte schon Richtung roten Knopf zum Auflegen, und ich setzte zu einem *»gut, dann bis gleich«* an, da ertönte meistens schon die Frage aus dem Hörer: *»Und wie war dein Tag so?«* Und ja, man ahnt es schon. Sie hielt die Konversation tatsächlich so lange in Gang, bis sie 15 Minuten später die Haustüre aufschloss und das Gespräch und alle Details des Tages von Angesicht zu Angesicht noch weitere zwei Stunden mit mir besprechen konnte. Wie ich solche Abende liebte.

Für Persönlichkeiten dieser Art ist die Vorstellung, möglichst viele Menschen zur gleichen Zeit auf einem Haufen im Elternhaus zu versammeln, sicherlich ein inneres Blumenpflücken. In diesem Fall sollte man, um auf Nummer sicher zu gehen, rechtzeitig anfangen, in einer Art Doodleliste mögliche Tage zu ermitteln, an denen alle Familienmitglieder, Angehörige und Anhängsel Zeit haben, um einen gemeinsamen Termin zu finden. Klingt total unspontan, und das ist es auch, aber Vorlauf ist bei so vielen Terminkalendern, die aufeinander abgestimmt werden müssen, nun mal mit Abstand das Allerwichtigste.

Aber auch wenn du dir zumindest nachts eher ein bisschen mehr Abstand zu deinen Familienmitgliedern wünschst, könnte es eine gute Idee sein, einen gleichzeitigen Besuch für alle zu koordinieren. Versuche auch dann am besten einen Termin zu finden, an dem wirklich möglichst viele Familienangehörige können. Je mehr sich gleichzeitig ankündigen, desto besser. Denn wenn wirklich alle Geschwister (plus eins) anreisen und vielleicht sogar noch die Großeltern vorbeischauen wollen, gehen die Betten, Matratzen und Isomatten im Elternhaus ja vielleicht doch mal endgültig aus, und du hast einen wunderbaren Vorwand, um dir ein ganz eigenes Hotelzimmer zu nehmen, in dem die Toilette nur wenige Meter vom Bett entfernt und ohne Hindernisse zu erreichen ist. So kannst du dann ganz entspannt erst zum Frühstück zum restlichen Familienhaufen dazustoßen. In diesem Fall können deine Eltern noch nicht einmal beleidigt sein, weil du nicht bei ihnen zu Hause schlafen möchtest. Es ist ja immerhin nicht deine Schuld, dass sie nicht in einer fetten Villa mit zehn Schlafzimmern leben, in der es genügend Platz für alle gibt.

Wenn du nun aber wirklich absolut keine Lust hast, deiner kompletten Verwandtschaft und allen Geschwistern zu Hause auf einmal zu begegnen, ist das natürlich auch okay. Man sieht sich ja schließlich schon an Weihnachten jedes Jahr im vollen Plenum. Das Schönste am Erwachsensein ist es ja, dass man sich die Intensität der Beziehung zu den Geschwistern ganz nach den eigenen Bedürfnissen aussuchen und gestalten kann. Es ist deshalb auch völlig in Ordnung, wenn du deine Eltern auch endlich mal für dich allein genießen magst und nicht immer gleichzeitig mit allen Geschwistern zu Hause sein willst. In so einem Fall sollten Besuche entweder möglichst spontan ablaufen, sodass sich kein anderer so schnell noch frei nehmen kann, oder, falls eure Geschwister beispielsweise Kinder haben, schadet es auch nicht, den Schulferienplan grob im Kopf zu haben. Immerhin sollte es um einiges unwahrscheinlicher sein, dass der Bruder mitsamt deinen zwei Neffen und der kleinen

Nichte während der Schulzeit auch Zeit für einen Heimaturlaub haben wird. Vielleicht haben deine Geschwister ja auch schon von ihrem anstehenden Sommerurlaub am Gardasee erzählt. Notiere dir auf jeden Fall die Daten, in denen sie weg sein werden. Wie wäre es dann, wenn du dir »zufällig« in genau diesem Zeitraum ein paar Tage Zeit für den Besuch bei den Eltern nimmst? Viel Spaß bei dem Satz: *»Schade, dass du ausgerechnet da im Urlaub bist, vielleicht klappt es ja das nächste Mal wieder zusammen.«* Aufmerksam sein und auf Details der Planung eurer Geschwister achten zahlt sich für diese gezielte Ausweichtaktik aus.

Und wenn dieser Plan leider aus irgendwelchen Gründen doch nicht ganz aufgehen sollte und ihr euch mal wieder alle dicht an dicht auf der Couch gequetscht wiederfindet, bleibt euch immerhin noch ein kleiner Lichtblick. Überlegt nur mal: Das Beste daran, als Erwachsene/r nach Hause zu kommen, ist doch, dass die Eltern auf einmal Spaß daran zu haben scheinen, uns zu bedienen. Egal wie streng sie früher darauf bestanden haben, dass wir die Spülmaschine ausräumen, den Tisch rechtzeitig decken oder die Couch nicht mit unseren Sachen zumüllen. Auf einmal scheinen sie das viel lockerer zu sehen und sogar am liebsten alles selbst zu machen. *»Wenn ihr Kinder schon einmal da seid …«*, heißt es dann oft. Konzentriert euch einfach auf diesen Luxus, dann hält man die ganzen anderen alten »Nervquellen« um sich herum auf eine begrenzte Zeit doch schon irgendwie aus?!

WIE DU DEINE GESCHWISTER ZURÜCK IN DEIN LEBEN HOLST

»Blut ist dicker als Wasser«, heißt es genauso platt wie oft. Es gibt allerdings auch Phasen im Leben, da scheint dieses Sprichwort nicht mehr zu gelten. Wenn jede/r damit beschäftigt ist, in unterschiedliche Städte zu ziehen, sich ein eigenes Leben aufzubauen, an zeitintensiven Karrieren zu arbeiten oder fordernde Kinder großzuziehen. Und trotzdem ist ein Geschwisterverhältnis damit nicht zu Ende. Es ist und bleibt eine Beziehung der ganz großen Gefühle. Sie ist, genaugenommen, nie zu Ende. Der Familienforscher Hartmut Kasten ist sich sicher: *»Die Beziehung zu unseren Geschwistern ist die längste Beziehung unseres Lebens. Auch wenn sie nicht gepflegt wird, bleibt doch die gemeinsame Kindheit als lebenslanges Band erhalten.«*[44] Gemeinsame Erinnerungen und Herkunftsfamilien bilden ein gewaltiges emotionales Kapital. Es gibt in der Regel kein anderes System im Leben, auf das wir uns so bedingungslos und unerschütterlich verlassen können, wie auf das unserer Familie. Aus persönlicher Erfahrung heraus und aufgrund oft gehörter Erzählungen gibt es auch unendlich viele Beweise, die eindeutig dafürsprechen, dass die Floskel *»Es ist nie zu spät«* in Bezug auf Geschwisterbeziehungen wirklich gilt. Ganz egal wie viel oder wenig Kontakt wir bisher mit unseren Brüdern und Schwestern hatten, wir können immer und zu jedem Zeitpunkt damit beginnen, wieder aktiv an einem stabilen Geschwisterband zu stricken, und dafür brauchen wir noch nicht einmal einen konkreten Grund. Der überzeugendste Antrieb dafür ist schließlich für jede/n offensichtlich: Wir sind immerhin Geschwister. Niemand fragt sich: Was will er oder sie denn jetzt bitte plötzlich von mir? Geschwister zu haben ist meistens gleichzeitig auch der Grund dafür, eine gute Beziehung zu ihnen haben zu wollen, ein Wunsch, der sozusagen kein weiteres

Motiv außer dem schlichten Vorhandensein benötigt. Also, kein Grund zur Scheu vor dem ersten Schritt.

Bei genauerem Nachdenken ist auch mir bewusst geworden, dass ich verhältnismäßig wenig Kontakt zu meinem Bruder habe. Viel weniger als zu meiner Schwester beispielsweise. Unsere räumliche Distanz spielt dabei sicherlich eine Rolle. Meine Schwester und ich wohnen nur wenige Kilometer voneinander entfernt im Süden Deutschlands, während mein Bruder in der Nähe meiner Mutter geblieben ist und in Mainz studiert und wohnt. Allerdings, glaube ich, ist eine andere unglückliche Kombination noch viel mehr für unsere grundlose zwischenzeitliche Funkstille verantwortlich: die Tatsache, dass wir es beide hassen, zu telefonieren. Ich weiß, das ist ein starkes Wort, aber ich kann es nicht anders beschreiben, ohne meine ausgeprägte Aversion weich zu spülen. Wir nehmen

so gut wie niemals das Telefon in die Hand, um irgendjemanden anzurufen, es sei denn, es handelt sich um ein kurzes Telefonat unter FreundInnen, um beispielsweise schnell und kurz (!) ein Treffen zu vereinbaren. Und selbst das mache ich eigentlich ausschließlich über WhatsApp oder persönlich. Zusätzlich kommen natürlich noch die üblichen Gründe, Ausreden und Erklärungen dazu, wie beispielsweise, dass wir immer so viel zu tun haben, die Zeit so schnell und unbemerkt vergeht oder ein Besuch zwischen Mainz und München wirklich kein Katzensprung ist ... blablabla ... und ruck, zuck sind so schon wieder mehrere Monate vergangen, in denen wir nichts voneinander gehört haben. Daher haben wir also eigentlich völlig grundlos sehr wenig Kontakt. Ich frage meine Mutter zwar bei Gelegenheit immer, wie es ihm so geht, aber viel mehr sehen oder hören wir außerhalb der üblichen Familientreffen normalerweise nicht voneinander.

Aus diesem Grund habe ich mir selbst eine »Challenge« gestellt. Von nun an (Juni 2018) setze ich mir einmal im Monat mit dem Handy einen wiederkehrenden Alarm, der mich daran erinnert, meinen Bruder zu kontaktieren. Einmal im Monat erscheint auf den ersten Blick überhaupt nicht oft, aber es ist immerhin ein Anfang, und ich will lieber erst mal klein und realistisch anfangen. Trotzdem möchte ich die Sache natürlich ambitioniert angehen und nehme mir vor, ihn, wenn der Alarm ertönt, entgegen meinen natürlichen Bedürfnissen tatsächlich anzurufen. Für ein zusammenfassendes Fazit setze ich zunächst einmal Ende Dezember an.

JUNI: Der Alarm erwischt mich an einem Mittwochabend. Ich schaue beim Fahrradfahren auf dem Heimweg von der Arbeit kurz auf mein Handy und nehme mir vor, anzurufen, sobald ich zu Hause bin. Auf dem Weg hüpfe ich noch schnell in den Supermarkt, lasse mich spontan von einer Freundin zum Sport überreden und komme erst drei Stunden später durch die Haustüre in meine Wohnung. Es folgen Duschen, Essen, Schlafen. Alles in dieser Reihenfolge und insgesamt in weniger als 45 Minuten. Bedeutet: nichts da mit telefonieren. Einmal ist mir die Erinnerung dann zwei Wochen später noch mal aufgefallen, als ich die App öffnete, um eine andere Notiz einzutragen. Ich wollte den mir selbst auferlegten Auftrag eigentlich sofort nachholen, dann habe ich es aber leider ruck, zuck schon wieder vergessen. Und einen gefühlten Wimpernschlag später war dann irgendwie schon Juli.

JULI: Der Tag des 22.07.2018 macht es mir in diesem Monat leicht. Ein Jack-Johnson-Konzert bringt uns Geschwister allesamt nach München. Diesen Abend haben mein Bruder, meine Schwester und ich schon seit Monaten vereinbart, die Konzertkarten waren bestellt und bezahlt und alle Terminkalender dafür frei geräumt. Dieses Erlebnis zeigt mal wieder: Möglichst früh und möglichst verbindlich planen, das ist meiner Erfahrung nach die sicherste Methode, um gemeinsam Zeit zu verbringen. Und das zählt natürlich nicht nur für Geschwisterbeziehungen. Am besten geht das, wenn man sich gegenseitig gemeinsame Erlebnisse schenkt. Klingt zwar wie ein Slogan für eine bekannte Fallschirmsprungfirma, aber es ist tatsächlich was Wahres dran, und seien wir mal ehrlich: Sobald Geld in eine Karte investiert wurde, sagt auch keiner mehr so leicht ab, und dann freuen wir uns am Ende alle darüber, dass wir uns die Zeit genommen haben.

AUGUST: Ein paar Tage bevor der Alarm in meinem Handy losgegangen wäre und mich auch in diesem Monat daran erinnert hätte, Kontakt zu meinem Bruder aufzunehmen, skype ich mit meiner Mama. Zufällig ist auch mein Bruder gerade bei ihr zu Hause. Normalerweise würde ich in solchen Momenten nur in einem Halbsatz etwas sagen wie: »*Grüße an Tobi*«. Aber nicht heute. Mein Vorhaben im Hinterkopf, frage ich, ob ich kurz selbst mit ihm sprechen könnte. Ich glaube, wir haben mindestens zehn Minuten miteinander gesprochen. Das sind immerhin ganze zehn Minuten länger als unser üblicher monatlicher Durchschnitt.

SEPTEMBER: Auch in diesem Monat hilft mir ein schon lange vereinbarter gemeinsamer Plan dabei, den Kontaktfaden zu meinem Bruder nicht abreißen zu lassen. Eine Familien-Weinwanderung bringt mich in meine Heimat und somit »schon wieder« zu einem persönlichen Aufeinandertreffen mit meinem Bruder. Okay, das war jetzt vielleicht wieder leicht. Aber es war von nun an das letzte Mal vor Weihnachten, dass ein bereits vereinbartes Treffen es mir abnimmt, den Telefonhörer in die Hand zu nehmen. Vor Dezember sind keine Treffen mehr geplant. Streng genommen fängt der schwierige Teil also jetzt so richtig an.

OKTOBER: Zugegeben, ich habe es zwar ein bisschen vor mir hergeschoben, aber es am Ende dann doch geschafft. Als kleine Motivationshilfe habe ich diesen Monat sogar den perfekten Anlass, um mit meinem Bruder zu sprechen. Seit wenigen Tagen weiß ich, dass mein Bruder und ich im nächsten Jahr das erste Mal Tante und Onkel werden. Unsere große Schwester ist schwanger. Darüber muss sich selbstverständlich persönlich oder mindestens am Telefon miteinander gefreut werden. Beim ersten Versuch erreiche ich meinen Bruder nicht. Vergangenen Erfahrungen zu Folge, hätte ich es vermutlich in den folgenden Tagen vergessen, es noch einmal bei ihm zu probieren.

Doch dann passierten gleich zwei unerwartete Dinge. Zum einen ruft mein Bruder mich tatsächlich einen Tag später proaktiv selbst zurück. Ich hatte immer das Gefühl, dass er genauso ungern wie ich telefoniert, und hätte daher normalerweise niemals mit einem Rückruf gerechnet. Ich weiß, dass er das nicht böse meint. Ich mache das häufig ja ganz genauso. Trotzdem habe ich mich wirklich sehr gefreut, als sein Name auf dem Handy-Display erschien. Die zweite Überraschung war, wie flüssig und angeregt das Gespräch verlief. Es ging um Liebe, Leben, das Studium und Freunde, sozusagen ein thematischer Rundumschlag und zu mindestens 50 Prozent von ihm initiiert. Aber selbst wenn das Gespräch mit weniger Worten ausgefüllt gewesen wäre, hätte ich mich trotzdem gefreut, dass er sich kurz Zeit zum Telefonieren genommen hat.

NOVEMBER: Da ich schon von den Oktober-Ereignissen überrascht wurde, hätte ich niemals auch nur entfernt mit dem gerechnet, was anschließend im November geschah. Tatsächlich rief mich mein Bruder, ich glaube das erste Mal überhaupt, von sich aus an. Der Grund für seinen Anruf: Er wollte meinen Rat beim Verfassen eines Motivationsschreibens. Er erzählte mir enthusiastisch von der Ausschreibung eines Studentenjobs, den er gerne bekommen würde, und wir redeten ausgiebig über seine Ideen und Chancen.

DEZEMBER: Kurz vor Weihnachten wird man bei den meisten Leuten eingeladen, um ganz gemütlich die besinnlichste Zeit des Jahres einzuleiten. Dann gibt es beispielsweise Plätzchen, Glühwein und Kitschmusik. Ich habe meine Familie dieses Jahr kurz vor Weihnachten auch zu mir nach Hause bestellt. Statt Vanillekipferl und Christbaumkugeln stand bei mir jedoch Sofa schleppen und Schränke aufbauen auf der Programmplanung. Ich bin umgezogen und konnte selbstverständlich auf die Hilfe meiner Familie, allen voran natürlich meines unglaublich starken kleinen Bruders bauen (dieser Satz ist Teil meines Weihnachtsgeschenkes an ihn). Nach dem Umzug verbrachten wir dann alle gemeinsam, wie immer, ein wunderschönes Weihnachten in einer Hütte am Spitzingsee. Diese Tage haben mir mal wieder bewiesen, wie sehr es sich lohnt, den Kontakt zu seinen Geschwistern zu pflegen – und das natürlich auch, aber nicht nur für den Fall eines Umzuges.

Nach allem, was ich am Beispiel von mir und meinem Bruder in den letzten Monaten beobachtet habe, bin ich der Meinung, dass feste Rituale das effektivste Mittel zur Kontaktpflege sind. In meinem Fall hat der Alarm zwar nicht dafür gesorgt, dass ich plötzlich im ständigen Austausch mit meinem Bruder stehe. Aber immerhin habe ich mich öfter dazu »gezwungen« (ich meine eine liebevolle Art des Zwangs, sozusagen ein Zwang auf selbstbestimmter Basis), den Kontakt zu meinem Bruder bewusst zu pflegen, und zwar nicht nur aus Pflichtgefühl, sondern auch aus egoistischen Gründen, denn ich freue mich natürlich immer, wenn ich Zeit mit meinem Bruder verbringen kann.

Die Tatsache, dass wir uns so sicher wie bei keiner anderen Verbindung sein können, dass unsere Geschwisterbeziehung immer anhalten wird, ist Vor- und Nachteil zugleich. Zum einen beschert sie uns die angenehme Sicherheit, immer wieder auf sie zurückgreifen zu können. Und das auch nach längeren Episoden der Funkstille und in jeder Lebensphase. Zum anderen wandert die Pflege solcher »selbstverständlichen« Beziehungen aber natürlich auch nur zu leicht von einer aktuellen To-do-Liste auf die nächste, weiß man doch schließlich ganz genau, dass man diese freiwillige Aufgabe ohne großen Schaden für die Beziehung relativ bedenkenlos verschieben kann. Daher sind Rituale, feste Termine und Abläufe meiner Erfahrung nach enorm effektiv, um immer und immer wieder an diese in den meisten Fällen zwar nicht unbedingt dringende, aber dennoch sehr, sehr wichtige Aufgabe erinnert zu werden. Einführen kann man solche wiederkehrenden freiwilligen »Termine« ja praktischerweise jederzeit. Auch für neue Traditionen, wie feste Familien-Wochenenden oder Urlaube im Jahr ist es meiner Meinung nach nie zu spät. Immerhin wurden alle Rituale und Traditionen, auch wenn sie sich immer so alt und schon lange etabliert anhören, auch irgendwann mal zum allerersten Mal ein- und durchgeführt.

Wenn ich beispielsweise zurück an meine Kindheit denke, habe ich oft das Gefühl, alle Familientraditionen waren schon immer genau so da. Donauwelle zum Geburtstag, gemeinsam Plätzchen backen Anfang Dezember, Weihnachten bei Oma im Schwarzwald. Das war schon immer so. Zumindest in meinem »immer«. Wenn ich dagegen Geschichten meiner Eltern aus ihrer Kindheit höre, ist es für mich natürlich so, als wären sie vor Ewigkeiten passiert, in einer Zeit lange vor der Aufzeichnung meiner Zeitrechnung und damit irgendwie gar nicht wirklich geschehen. Allerdings müssen genau diese Traditionen auch für meine Eltern irgendwann einmal genauso unerschütterlich gewirkt haben wie unsere Familientraditionen heute für mich. Obwohl jede Tradition, egal wie unausweichlich und unsterblich sie sich aktuell auch anfühlen mag, ganz einfach mal von irgendjemandem irgendwann so erfunden wurde. Jemand hat einfach mal beschlossen, ein neues Ritual in der Familie zu etablieren, und so ist es dann zu einem festen Brauch geworden. Und das ist natürlich auch jetzt und zu jedem beliebigen Zeitpunkt noch möglich.

Das Rezept ist also eigentlich ein recht einfaches: Man muss sich nur selbst zu etwas aufraffen, dann zusätzlich alle anderen mit ins Boot holen und es dann schließlich immer wieder tun. Und fertig ist die neue Tradition.

Und um ein wenig den Druck aus der Sache zu nehmen, schadet es vielleicht auch nicht, sich Folgendes immer wieder bewusst zu machen: Auch wenn man es phasenweise doch nur schafft, ein bisschen Kontakt zu halten, heißt das nicht, dass es deshalb eine schlechte Geschwisterbeziehung ist und man unbedingt mit Gewalt mehrere Treffen und stundenlange Telefonate erzwingen muss. Das ist ja immerhin das Besondere an Geschwistern. Wir haben ein dermaßen starkes Fundament, dass oft schon sehr kleine Gesten und Kontaktpunkte genügen, um diese engsten Verbindungen unseres Lebens aufrechtzuerhalten. Expertinnen wie Sitzler drücken es sehr treffend aus, indem sie annimmt: »*Geschwister haben eine Art Sicherheitspuffer und finden später häufig wieder zueinander. Wer als Erwachsener die alten Rollen aufgibt und bereit ist, sich neu kennenzulernen, der wird überrascht sein, was für interessante Menschen die eigenen Geschwister sein können.«*[45] Wenn man es so betrachtet, klingt es ganz schön spannend, mit seinen Geschwistern im Kontakt zu bleiben, und tatsächlich rein gar nicht nach lästiger Pflicht.

WIE DU MIT DEINEN GESCHWISTERN DIE LÄNGSTE BEZIEHUNG DEINES LEBENS FÜHRST

Das Essen steht schon auf dem Holztisch im Garten. Alles sieht nach einem tollen Abend mit wohligen 25 Grad Außentemperatur, einem roten Sonnenuntergang am Horizont und süßem Sommerduft mit würzigen Grillaromen in der Luft aus. Es könnte (!) einer dieser harmonischen Sommerabende werden.

Die Betonung liegt leider auf »könnte«, denn die Stimmung ist in Wirklichkeit gerade am Tiefpunkt. Genervt feuere ich meine Reittasche in die Ecke. Mein Bruder mault im Hintergrund herum, weil er morgen lieber mit einem Freund ins Freibad gehen will, statt mit zu meiner Oma zu fahren, und meine Schwester und ich führen auf dem Weg zum Esstisch unseren bereits stundenlang andauernden Streit darüber fort, wer einen Kratzer ins linke Sattelblatt gemacht und ihn damit – eiskalt – ruiniert hat. Diese Diskussion halten wir mit einer Ausdauer am Laufen, auf die jede/r MarathonläuferIn neidisch wäre. Meine Mama wiederholt in scharfem Ton zum zehnten Mal innerhalb der letzten 30 Minuten wie ein Mantra, dass es doch egal sei, wer es war, jetzt sei eben ein Kratzer drin, und es handele sich ja schließlich auch um einen Gebrauchsgegenstand, und da ist es doch ganz nor… Sie unterbricht sich abrupt selbst, weil sie gerade im Augenwinkel wahrgenommen hat, wie unser Hund Samson das Baguette vom Tisch stibitzt, für das wir auf dem Heimweg extra 20 Minuten in der Supermarktschlange angestanden haben. Kurz gesagt: Die Stimmung rast unaufhaltsam Richtung Nullpunkt. Wir befinden uns am Ende von sechs Sommerferienwochen, in denen wir sehr, sehr, sehr viel Zeit miteinander verbracht haben und es bisher – wobei ich ab diesem Punkt keine Garantie für anhaltenden Frieden unterschreiben würde – erfolgreich geschafft haben, uns nicht die Köpfe einzuschlagen. Ich schließe entnervt die Augen und lege den Kopf einen Moment auf die Tischplatte.

… gefühlt nur einen kleinen Augenblick später … vielleicht in einem Traum? …

Ich öffne die Augen, und mein Blick fällt auf das Gesicht meines kleinen Bruders. Was wächst ihm denn da plötzlich aus dem Kinn – ist das etwa ein Bart?

Langsam wandert mein Fokus hinüber zu meiner Schwester, und ich bemerke, auch sie sieht irgendwie verändert aus, ihre Gesichtszüge sind ganz fein, nicht mehr so rundlich wie sonst, und ihr Pony fällt ihr auch nicht wie immer ins Gesicht. Meine Mama steht direkt neben ihr und sieht plötzlich total entspannt und gelassen aus. Keine Spur mehr von dem Ärger über unsere Zankereien. Sie erklärt uns jetzt auch nicht mehr, dass es sich nicht lohnt, über einen Minikratzer auf dem Sattelblatt zu streiten, sondern schaut einfach nur zufrieden in die Ferne. Ich folge ihrem Blick und sehe wunderschöne, von Gras bewachsene Klippen um uns herum. Sie werden von einem dunkelblauen Meer umrahmt, als wollte das Wasser sie so an ihrem Platz halten.

Der Grund für diese Beobachtungen: Wir alle sind mittlerweile erwachsen und befinden uns, zehn Jahre später, nicht mehr in unserem Garten am Ende der Sommerferien, sondern gemeinsam im Urlaub. Eine Familienreise unter Erwachsenen. Wir hätten alle die Möglichkeit, die finanziellen Mittel und genügend Alternativen, um die Ferien auch getrennt voneinander zu verbringen. Machen wir aber nicht. Kaum zu glauben, aber wir haben uns komplett freiwillig dafür entschieden und uns schon seit Wochen auf diese Möglichkeit gefreut, mal wieder so richtig intensiv Zeit miteinander zu verbringen.

Und das Allerbeste: Das hier ist gar kein Traum. Es ist tatsächlich die Wirklichkeit. Ich befinde mich mitten in unserem Familien-Irland-Urlaub im Jahr 2018. Wir haben uns alle gegenseitig überlebt. Streitereien spielen keine Rolle mehr. Wir genießen unsere Gesellschaft einfach nur. Ganz kurz lasse ich dieses einträchtige Gefühl noch auf mich wirken, bis ich es zulasse, dass sich eine klitzekleine Einschränkung in mein Bewusstsein bohrt: Mir ist nämlich trotz all der herrlich kitschigen Familienromantik durchaus klar, dass diese Harmonie selbstverständlich nur für genau diesen wunderschönen Moment gilt. Denn um ehrlich zu sein, keiner weiß, wie es in einer halben Stunde aussehen wird. Wir sind schließlich immer noch Geschwister, und erholsamer Frieden ist daher per Definition immer nur vorläufig.

Ich will ehrlich sein und offen sprechen, alles andere hätte wahrscheinlich ohnehin keinen Sinn, denn immerhin wissen wir alle, was hinter den Kulissen von Geschwisterbeziehungen abläuft. Was das angeht, kann uns niemand etwas vormachen, noch nicht einmal wir uns selbst. Daran habe ich mich beim Schreiben dieser Zeilen erinnert, denn ich habe mir vor Kurzem selbst eine Lektion zum Thema »Realitycheck« erteilt. Ich habe dieses Kapitel bereits geplant, bevor ich mit meiner Familie in den besagten Irland-Urlaub gefahren bin. Die Idee war, ein paar Seiten zu schreiben, in denen ich darüber schwärme, wie sehr es sich lohnt, die Streitereien und Konflikte während der Kindheit und Jugend auszuhalten, weil es doch letztendlich das Allertollste ist, eine gute Beziehung zu den Geschwistern zu haben, und es als Erwachsene dann irgendwann auch viel leichter wird. So eine richtige Friede-Freude-Eierkuchen-Happy-End-Story eben. Während ich diese Gedanken und Sätze in meinem Kopf bereits vorformulierte, habe ich mich ganz offensichtlich blenden lassen. Von den friedlichen Zeiten, die wir, seit wir alle ausgezogen sind, in der jüngeren Vergangenheit getrennt voneinander verbracht haben, und von den kurzen Treffen übers Jahr verteilt, bei denen es natürlich verhältnismäßig auch sehr leichtfällt, den Frieden zwischen uns Geschwistern zu bewahren. Das alles führte dazu, dass ich mir allen Ernstes selbst glaubte, als ich beschloss, zu behaupten, im Erwachsenenalter sei das Leben mit den Geschwistern plötzlich ganz einfach. Bei einer Sache bin ich mir selbstverständlich nach wie vor sehr sicher: Es lohnt sich definitiv, eine gute Geschwisterbeziehung zu führen und schlechte Zeiten mit dem Wissen im Hinterkopf durchzustehen, dass man sich in der Regel ganz sicher später schnell wieder vertragen wird. Auch dass es einfacher wird, wenn man erwachsen ist und auch mal etwas Abstand zueinander genießen kann – im Vergleich zur Zwangs-WG, in der man zu Kindertagen miteinander leben muss – stimmt meiner Erfahrung nach zu 100 Prozent. Womit ich mich allerdings in meiner naiven Vorabplanung dieses Kapitels gewaltig geirrt habe, ist der Teil, in dem ich behaupten wollte, es gäbe unter Geschwistern so etwas wie einen Friede-Freude-Eierkuchen Happy-End-Punkt, an dem man ankommen kann. Das stimmt so natürlich definitiv nicht. Wir erleben zwar bestimmt immer wieder Phasen, in denen uns die Bezeichnung »Happy-End-Moment« zu Recht kurz auf der Zunge liegt, meistens werden diese besagten Momente aber relativ schnell wieder von der Geschwisterrealität eingeholt und verscheucht.

Denn wenn wir mal ehrlich sind, sieht es doch viel eher so aus: Lässt man das wunderschön romantisch anmutende Standbild meiner Familie im Irland-Urlaub ein paar Stunden weiterlaufen, kann man beobachten, wie ich mich mal wieder maßlos darüber ärgere, dass meine Schwester alles bestimmen will. Mein Bruder sich wie immer, mit dem Blick aufs Handy, aus allem herausnimmt und meine Mama versucht, die Wogen zu glätten. Und schwuppdiwupp ist wieder alles genau wie früher – zumindest in diesem Moment. Der nächste kann selbstverständlich schon wieder ganz anders aussehen. Und so wird es aller Erfahrung nach vermutlich immer weitergehen.

Um trotz dieser ständigen Ups und Downs eine lebenslange Geschwisterbeziehung führen zu können, sollten wir uns deshalb einen guten Plan zurechtlegen.

Auf der Suche nach ein paar konkreten Tipps dafür, wie man seine Geschwisterbeziehung am besten pflegt, ist mir aufgefallen, dass es im Internet und in Buchhandlungen Tausende Ratgeber, Tippsammlungen und Listen darüber gibt, wie man seine Liebesbeziehungen pflegen kann. Ich spreche von Auflistungen à la »*11 Dinge, die eine Für-immer-Beziehung ausmachen*«[46]. Was Tipps für eine gute Geschwisterbeziehung angeht, sieht die Sache dagegen ganz anders aus. Da findet man nicht ganz einfach fünf, acht oder zehn klare Hinweise, die es auf den Punkt bringen und uns sagen, wie wir uns verhalten sollten. Ist es mit Geschwistern etwa so viel schwerer, für »gut Wetter« zu sorgen, als es in einer Liebesbeziehung der Fall ist? Oder warum schreibt niemand diese Art von Listen für uns Schwestern und Brüder? Immerhin geht es doch in beiden Fällen darum, ein möglichst friedliches Zusammenleben auf Augenhöhe zu ermöglichen.

Vielleicht liegt es ja daran, dass die zwischenmenschlichen Herausforderungen unter Geschwistern denen von Liebespaaren ziemlich ähnlich sind. Bei genauerem Hinsehen fällt auf, bei fast jedem Tipp könnte man das Wort »fester Freund oder Freundin« doch im Grunde genommen auch durch das Wort »Geschwister« ersetzen. Die beiden Beziehungsmodelle sind sich ziemlich ähnlich, wenn überhaupt, ist die Geschwisterbeziehung sogar irgendwie noch ein bisschen intensiver. Zu dem Zeitpunkt, zu dem wir unsere/n PartnerIn kennenlernen, haben wir immerhin mit unseren Geschwistern meist schon einen jahrzehntelangen Vorsprung, was Langzeitbeziehungen angeht. Und, ohne den Teufel an die Wand malen zu wollen, bei den aktuellen Scheidungsraten, ist es nicht unwahrscheinlich, dass die Beziehung mit unseren Geschwistern auch gegen Ende um einiges länger anhalten könnte als die zu unserem Partner oder zu unserer Partnerin. Vielleicht könnten die Tipps, um Liebe in einer Beziehung lang und beständig zu erhalten, also auch geschwistertauglich sein. Daher habe ich diese typische Aufzählung »*11 Dinge, die eine Für-immer-Beziehung ausmachen*«[47] geschwistergerecht kommentiert:

1. MAN SELBST SEIN

»*Sie müssen sich ihr wahres ›Ich‹ zeigen.*« Das ist tatsächlich eines der wenigen Probleme, die wir im Umgang mit unseren Geschwistern so gut wie nie haben. Immerhin kennen sie alle unsere guten und schlechten Seiten, und das schon unser Leben lang. Kein Grund also, irgendetwas schön zu modellieren oder zu verstecken. Genau das ist doch auch einer der Gründe dafür, warum wir uns meist so unglaublich wohl im Kreis unserer Familie fühlen. Und das sollten wir mit unseren Geschwistern auskosten.

2. KOMMUNIZIEREN

»*Für eine gesunde und glückliche Beziehung ist es essenziell, dass beide Partner miteinander sprechen.*« Auch das ist unter Geschwistern natürlich wichtig. Allerdings haben wir gegenüber Liebespaaren einen riesigen Vorteil. Während Paare, selbst wenn sie eine Fernbeziehung führen, darauf achten, sich zumindest am Wochenende regelmäßig zu sehen, überlebt eine Geschwisterbeziehung viel längere Zeiträume ohne intensiven Kontakt. Es reicht manchmal auch schon aus, in großen Abständen zu telefonieren. Selbst nach einer langen Phase der Funkstille ist es, wenn man sich endlich mal wieder trifft und zum Reden kommt, sofort wieder genau wie früher. Trotzdem sollte man die Kommunikation natürlich regelmäßig am Laufen halten, der Aufwand muss gar nicht groß sein, kurze Nachrichten können schon ausreichen. Das ist auch mit wenig Arbeit gut machbar.

3. BEDINGUNGSLOSES GEBEN

»*Bedeutet: Man geht gerne für den anderen auch mal ins Minus – ohne dafür etwas zu erwarten.*« Auch diese Einstellung pflegt jede enge Beziehung gleichermaßen. Egal ob LiebespartnerIn, Eltern oder Geschwister. Und wieder fällt mir ein großer Vorteil auf, der uns Geschwistern dabei in die Karten spielt: Wir haben quasi ewig Zeit. Da unsere Geschwisterbeziehungen sehr oft die längsten unseres Lebens sind, können wir beruhigt und mit gutem Gewissen auch mal in Vorleistung gehen oder andersherum einen Gefallen annehmen, den wir nicht gleich »zurückzahlen« können oder müssen. Wir haben immerhin unser ganzes Leben lang Zeit, für einen angemessenen Ausgleich zu sorgen.

4. ANWESEND SEIN

»Gemeint ist, dass ihr die Zeit, die ihr miteinander habt, aktiv nutzt.« Ähnlich wie beim Kommunizieren profitieren wir auch hier von der Tatsache, dass Geschwisterbeziehungen sehr gut funktionieren können, auch wenn wir uns nicht ständig sehen. Dafür macht es aber natürlich schon Sinn, in der wenigen Zeit, die man miteinander verbringt, etwas Schönes zu planen und sich dafür auch bewusst Zeit zu nehmen. Stichwort: »Qualitytime«.

5. GEGENSEITIGE UNTERSTÜTZUNG

»Wenn man etwas will und sich dabei gegenseitig unterstützt, kann man alles schaffen.« Geteilte Ziele haben und erreichen. Das schweißt definitiv zusammen. Und wenn es nur die Organisation von gemeinsamen Geburtstags- oder Weihnachtsgeschenken ist oder man sich gegenseitig beim Umzug hilft. Dinge zusammen schaffen und bei allen wichtigen Entwicklungsschritten dabei zu sein oder zumindest Interesse aus der Ferne zeigen ist für Geschwister genauso wichtig wie für Liebespaare. WhatsApp-Gruppen und beispielsweise die Möglichkeit, einen aktuellen Schnappschuss der Nichte innerhalb weniger Sekunden zu verschicken macht uns das doch auch recht einfach.

6. GEMEINSAME VISION

»Haben Paare eine kompatible Vorstellung, wie sie (jetzt und später) leben möchten, verbindet es sie tief.« Auf Geschwistern liegt, was das angeht, natürlich weitaus weniger Druck. Immerhin haben wir den Pflichtteil des gemeinsamen Lebens im Elternhaus schon erfüllt, oder zumindest ist ein festes Ende in Sicht. Alles, was die gemeinsame Zukunft danach angeht, kann viel lockerer gesehen werden. Wie viel, oft oder intensiv euer Kontakt ist, muss jede/r für sich entscheiden. Ab und zu gemeinsame Erlebnisse einplanen und die gemeinsame Vorfreude darauf genießen, ist meiner Erfahrung nach aber in jedem Fall eine sehr gute Idee.

7. SPASS HABEN

»Paare, die viel miteinander lachen können und viele schöne Dinge unternehmen, halten die Beziehung jung und frisch.« Miteinander Spaß haben ist in der Regel eine der leichtesten Übungen unter Geschwistern und kann tatsächlich sehr zusammenschweißen. Immerhin kann keiner auf so viel peinlichen, amüsanten, überraschenden und mit Insiderwitzen versehenen Erinnerungsschatz zurückgreifen wie wir Brüder und Schwestern. Nichts versetzt uns schneller in das Schwelgen in alten Erinnerungen wie Geschichten gemeinsamer Geschwistermomente. Die lustigsten bleiben natürlich besonders in Erinnerung und sollten deshalb auch ganz oben auf der ständigen Erzählliste stehen.

8. DANKBAR SEIN

»Viele Paare machen den Fehler, sich gegenseitig und ihre Liebe zueinander als selbstverständlich anzusehen.« Das könnte zu den größten Gefahren zwischen Geschwistern zählen. Denn noch viel mehr als in einer langjährigen Liebesbeziehung können wir uns der Beständigkeit unserer Geschwisterbeziehungen in der Regel

sehr sicher sein. Das Risiko, sie daher als zu selbstverständlich zu nehmen, ist demnach enorm hoch. Sich immer mal wieder kurz daran zu erinnern, dass es wichtig ist und Spaß macht, seine Geschwisterbeziehung dennoch zu pflegen, ist daher sehr wichtig für eine Gemeinschaft ohne Ablaufdatum.

9. LIEBEVOLL SEIN

»Zu einer glücklichen Beziehung gehört auch Körperliches.« Okay, das ist jetzt ganz eindeutig kein Geschwistermetier! Man könnte es jedoch so interpretieren, dass auch in einer Geschwisterbeziehung eine gewisse Nähe und ein freundlicher Umgang wichtig sind. Zum Beispiel kann es bestimmt nicht schaden, seine Geschwister manchmal einfach mal wieder ganz feste in den Arm zu nehmen. Es gibt doch nichts Merkwürdigeres, als wenn sich enge Familienmitglieder mit formalem Handschlag begrüßen, oder? Also gewöhnt man sich – meiner Meinung nach – das »Geschwisterknuddeln« am besten erst gar nicht ab.

10. KOMPROMISSE EINGEHEN

»Es dreht sich nicht mehr alles nur um eine Person. Man kann also nicht mehr egoistisch denken und handeln, sondern spielt in einem Team.« Ach ja, wirklich? Diese Aussage hat für alle, die mit Geschwistern aufgewachsen sind, absolut keinen Neuigkeitswert! Wir sind schließlich der Held, die Meisterin, der Perfektionist und die Expertin für alles, was Kompromisse eingehen angeht. Und das gilt für freiwillige genauso wie für erzwungene. Ein Klacks also für uns Brüder und Schwestern auf der Welt, aber vermutlich trotzdem vollkommen richtig. Ohne diese Fähigkeit kann keine Geschwisterbeziehung langfristig überleben. Und diese Kompromissbereitschaft sollte sich natürlich insgesamt (ohne die Regeln Nummer 3 und 5 zu vernachlässigen) zwischen den Geschwistern die Waage halten.

11. VERZEIHEN

»Niemand ist perfekt. Menschen machen Fehler. Heißt: wirklich vergeben und die Sache nicht beim nächsten Streit wieder auf den Tisch packen.« Das ist sicherlich zu 100 Prozent auch für uns Geschwister grundsätzlich ein guter und hilfreicher Rat. Und dennoch halte ich es für sehr unwahrscheinlich, vielleicht sogar geradezu unnatürlich, dass es mir als Schwester gelingen kann, meinen Geschwistern bei passender Gelegenheit keinen Ärger aus der Vergangenheit unter die Nase zu reiben. Aber das ist, denke ich, auch nicht so schlimm, denn immerhin tragen wir außerdem eine Art natürliche Superkraft in uns, die es uns erlaubt, dass wir, was unsere Geschwister angeht, extrem leicht verzeihen können. Tausendfach gebrochene Zimmerregeln, zerstörtes heiliges Eigentum, hinterlistig geplünderte Süßigkeitenvorräte, zahlreiche verpetzte Sünden und wiederholtes Entwenden verschiedenster Lieblingsklamotten. Das alles hat uns jahrelang nicht davon abgehalten, unsere Geschwister bedingungslos zu lieben, und ist daher eine wertvolle Übung und Grundlage für alle zukünftigen gefühlten Verbrechen, die eventuell verziehen werden müssen.

Einige dieser Punkte sind auf alle Fälle für jede Geschwisterbeziehung unverzichtbar. Das Erfolgsrezept, das eine lebenslange Geschwisterbeziehung garantiert, ist allerdings bestimmt dennoch für jede/n etwas unterschiedlich. Wie viel Kontakt braucht man, wie oft möchte man reden, wie viel will man teilen? All das muss jede/r für sich selbst entscheiden. In der Möglichkeit, das jedoch überhaupt selbst und nach den individuellen Bedürfnissen steuern zu können, liegt meiner Meinung nach aber auch die größte Chance auf eine lebenslange Geschwisterbeziehung. Wenn man sich nervt, sucht man Abstand, und wenn man sich braucht, findet man den Weg zueinander jederzeit schnell wieder zurück. Das funktioniert in der Regel bei keinem so gut und so variabel wie bei uns Geschwistern.

Und mit dem Wissen, dass wir sowieso für immer auf die eine oder andere Weise miteinander verbunden bleiben werden, kann man die ganze Geschwisterverhältnissache über die vielen Jahre hinweg sowieso viel lockerer angehen als jede andere Liebesbeziehung. Selbst ein Geschwisterstreit muss nicht gefährlich sein, weil er uns trennen könnte, sondern ist vielmehr fast wie ein Stück Nostalgie, immerhin zeigt ein solcher Streit doch nur das, was wir eben immer sein werden: (zankende) Geschwister!

Wissenschaftlerinnen wie Sitzler gehen sogar davon aus, dass wir niemals von unseren Geschwistern loskommen würden, selbst wenn wir es darauf anlegen: »*Sie werden ein Leben lang der Bruder ihrer Schwester bleiben. Das können sie nicht beenden. Sie können höchstens den Kontakt abbrechen. Und das trauen sich viele Geschwister auch nur, weil sie heimlich wissen: Der andere ist trotzdem da.*«

Wenn wir das Ganze also ohnehin nicht beenden können, lasst uns wenigstens das Beste daraus machen. Und zwar nicht auf eine »dann gebe ich mich eben damit zufrieden«-Art und Weise, nein, ich meine es ernst: Lasst uns wirklich das Allerbeste aus unseren Geschwisterbeziehungen machen.

AUS DEN AUGEN, ABER NIE AUS DEM SINN: WIE GEMEINSAME ERINNERUNGEN BLEIBEN

Geschwister sind wie ein Stück Vergangenheit, das man immer bei sich trägt. Vor allem die gemeinsame Kindheit hat einen ganz besonderen emotionalen Wert. Nicht selten ist jedoch jede/r so sehr mit ihrem/seinem eigenen Leben beschäftigt, dass zwar Unmengen an Fotos irgendwo in einer Schublade liegen (oder in Zeiten des Smartphones auf einer Festplatte oder im »Aufnahmen-Ordner« verstauben), genaue Details der Erlebnisse mit unseren Geschwistern scheinen uns manchmal dennoch geradezu aus den »Erinnerungssynapsen« zu rieseln. Das sollten wir Brüder und Schwestern allerdings auf keinen Fall zulassen. Es macht immerhin nicht nur aus sentimentalen Gründen Sinn, für lange Zeit unberührte gemeinsame Erinnerungen wieder gut sichtbar in unsere gedanklichen Schaufenster zu drapieren.

EntwicklungspsychologInnen wie der amerikanische Wissenschaftler Daniel Schacter, Harvard-Professor für Psychologie und Neurowissenschaft, sind davon überzeugt, dass sich regelmäßige gedankliche Zeitreisen positiv auf die Persönlichkeitsentwicklung auswirken: *»Mithilfe des Gedächtnisses (…) versucht das Gehirn, der Umwelt Ordnung aufzuerlegen.«*[48] Wer innerlich aufgeräumt und stabil sein will, sollte demnach regelmäßig einen Blick in die Vergangenheit werfen. Und nicht selten finden wir dort natürlich viele (schrecklich)schöne und lustige Geschwistermomente. Solche Erinnerungsreisen sind also offenbar gesund. Und das gilt meiner Erfahrung nach für Retro-Highlights, die man mit seinen Geschwistern teilt, in ganz besonderem Maße. Gemeinsam mit seinen Brüdern und Schwestern erlebt man immerhin die mitunter prägendsten Situationen seines späteren Lebens. Wir leiden, lachen, entdecken, versagen und triumphieren gemeinsam. *»Die Geschwistererfahrung prägt die großartigsten und die gemeinsten menschlichen Gefühle.*

Die ganze Bandbreite von Gefühlen ist in dieser Beziehung enthalten, deren Komplexität sich jeder Definition entzieht.«[49]

Unsere Geschwister beeinflussen uns so sehr, dass wir unsere eigene Persönlichkeit nicht selten sogar ganz mit Absicht in Bezug auf unsere Brüder und Schwestern definieren. Manchmal grenzen wir uns vielleicht gezielt von ihnen ab, ein anderes Mal erkennen wir starke Gemeinsamkeiten dagegen bewusst an und leben diese Merkmale stolz aus.

Und genau deshalb sind (fast alle) unsere gemeinsamen Geschwistererfahrungen auch so wertvoll, dass wir sie besser nicht verlieren sollten. Zum Glück gibt es, was das angeht, schon einmal eine sehr gute Nachricht vorab: Bei einer Art von Ereignissen müssen wir uns immerhin schon einmal definitiv keine Sorgen machen, dass sie in Vergessenheit geraten könnten. Die Rede ist von Momenten, in denen uns etwas außergewöhnlich Peinliches, Lustiges, Tollpatschiges, moralisch Fragwürdiges oder einfach nur total Lächerliches passiert ist. Für solche Situationen scheinen unsere Geschwister nämlich interessanterweise auf Lebzeiten einen elefantengroßen Teil in ihrem Erinnerungsgedächtnis reserviert zu haben.

Und um diesen Platz in ihrer Erinnerung auch auf keinen Fall zu verlieren, wiederholen unsere Geschwister Geschichten dieser Art gemeinsamer Erlebnisse in der Regel ganz intuitiv und selbstverständlich in möglichst kurzen Abständen und hoher Frequenz zu jeder Gelegenheit.

Das ist zwar häufig für die betroffenen Geschwister, die dadurch ungewollt im Fokus stehen, sehr unangenehm und oftmals sicher auch ein bisschen gemein, allerdings ist dieses Verhalten in Bezug auf peinliche Momente auch der/die perfekte LehrmeisterIn, wie ich finde. Denn was ist denn nun mit den wunderschönen, kleinen, vielleicht manchmal nicht ganz so lustigen, aber trotzdem sehr wichtigen Dingen, die zwischen uns Geschwistern im Laufe der vielen Jahre so passieren? Wie können wir auch diese Geschichten lebendig halten? Immerhin sind unsere Erinnerungen grundsätzlich ja leider zeitlich etwas eingeschränkt. Wie hat es sich angefühlt, zum ersten Mal allein auf beiden Beinen zu stehen? Was war unser allererstes Lieblingsessen? Und wie war das erste Weihnachtsfest für uns? Solche Fragen kann kein einziger Mensch auf der Welt zuverlässig beantworten, denn niemand erinnert sich so richtig an seine ersten zwei Lebensjahre. Kinder können sich schätzungsweise erst etwa ab einem Alter von 18. Monaten erinnern. In dieser Zeit bildet sich das episodische Gedächtnis, aus dem man seine Erinnerungen bewusst abrufen kann.[50] Konkrete Erinnerungen behält man allerdings in der Regel erst an Situationen aus dem dritten oder vierten Lebensjahr und dann auch oftmals nicht sehr detailliert und nur, wenn sie zu einschneidenden Momenten gehören, wie beispielsweise die Geburt seiner Schwester oder seines Bruders.

Das kann ich aus eigener Erfahrung bestätigen. Ich weiß zum Beispiel noch ganz genau, wie unglaublich enttäuscht ich war, als mein Vater nach der Geburt meines vier Jahre jüngeren Bruders aus dem Krankenhaus kam und uns mitteilte, dass sein Name »Tobias« und nicht, wie ich es mir gewünscht hatte, »Florian« sein sollte. Ich könnte bis heute schwören, dass mir meine Eltern unmissverständlich suggeriert haben, dass ich Mitspracherecht, wenn nicht sogar so etwas wie Entscheidungsgewalt über die Namensgebung meines neuen Bruders haben sollte. Letztendlich haben sie sich dann jedoch trotzdem dafür entschieden, einfach den Namen zu nehmen, der ihnen am besten gefallen hat, und die Ratschläge ihrer vierjährigen Tochter einfach zu ignorieren. Wirklich enttäuschend! Aber das ist eine andere Geschichte. Jedenfalls beginnen die ganz bewussten Erinnerungen also etwas später: *»Erst mit dem Eintritt in die Schule beginnen die Erinnerungen zusammenhängender zu werden. Dabei graben sich Ereignisse stärker ins Gedächtnis, wenn sie danach sprachlich vermittelt werden, also Eltern mit ihren Kindern darüber sprechen.«*[51] Im Prinzip also genauso, wie wir Geschwister das untereinander bereits mit den peinlichen Momenten, die wir gemeinsam teilen, ganz intuitiv und ständig machen.

In Forschungsuntersuchungen ist daher auch nachgewiesen worden, dass in europäischen Kulturen, in denen das Individuum vergleichsweise stärker im Mittelpunkt steht als beispielsweise im asiatischen Raum, auch die Erinnerungen an die frühere Kindheit ausgeprägter sind. Der vermutete Grund dafür: Die Eltern kommunizieren mehr mit ihren Kindern über die eigene Vergangenheit, weshalb diese sich die durchgesprochenen Ereignisse dann besser merken können.[52]

Daher halten es EntwicklungspsychologInnen grundsätzlich für sehr wichtig, mit Kindern von klein auf über ihre Erlebnisse zu sprechen. Wer seine Vergangenheit intensiv und bewusst betrachtet, kann Geschehnisse besser verarbeiten, einordnen und gegebenenfalls auch im Nachhinein noch stärker genießen.

Und das gilt nicht nur für Kinder. Auch wir Geschwister jeden Alters sollten am besten nicht nur die peinlichen, sondern auch die schönen Momente, die wir miteinander geteilt haben, auf diese Weise gemeinsam am Leben erhalten.

Am besten ermutigt man sich bei passenden Gelegenheiten gegenseitig immer mal wieder dazu, über genau diese Momente zu sprechen: »*Weißt du noch, wie wir damals zum ersten Mal ganz alleine, zusammen dein Fahrrad repariert haben?*« oder »*Welcher war dein Lieblingsfamilienurlaub?*«

Interessant können auch Gespräche sein, die die gemeinsame Zukunft betreffen: »*Kannst du dir vorstellen, wie es mal sein wird, wenn unsere eigenen Kinder gemeinsam im Garten spielen werden?*«

Alte Fotos rauskramen und vielleicht immer mal wieder ein neues Album zusammenstellen, ist dabei der Expressweg für lang anhaltende Erinnerungswellen. Geübt sind wir darin ja schließlich durch alle peinlichen Geschwistergeschichten, die wir uns ständig gegenseitig vorhalten … ich meine natürlich erzählen. Warum nicht also von Zeit zu Zeit auch mal ein paar schöne und friedliche Erinnerungen gemeinsam neu durchleben.

Je kürzer die Erlebnisse in der Vergangenheit liegen, desto einfacher und detailgetreuer sind die Erinnerungen an sie logischerweise auch. Und genau deshalb ist es auch das allerschönste Gefühl, regelmäßig für neue Erinnerungen zu sorgen, über die wir dann mit unseren Geschwistern wieder sprechen können. Gerade wenn man schon erwachsen und jede/r so beschäftigt damit ist, sein eigenes Leben zu leben, sind fest eingeplante Erlebnisse wie ein gemeinsames Konzert, ein Urlaub oder vielleicht auch nur ein Gemeinschaftsbesuch bei Oma und Opa der sicherste Weg, gemeinsame Erinnerungen und Erlebnisse ein Leben lang zu pflegen.

Denn es bleibt dabei, was der Dichter Johann Paul Friedrich Richter schon im 18. Jahrhundert feststellte: »*Unsere Erinnerung ist das einzige Paradies, woraus wir nicht vertrieben werden können.*«[53]

DANKE!

Tina und Tobias. Ohne euch wären viele Seiten dieses Buches leer geblieben. Gemeinsam lachen wir lauter, weinen wir weniger und lächeln wir mehr.

Mama, du hast uns alle bis heute erfolgreich am Leben gehalten, streng genommen, konnte ich die Seiten deshalb vor allem dank dir füllen.

Der Rest meiner Familie: Bernd, Oma, Opa, Papa, Petra, Stefan und Frank. Wir sind nicht viele, dafür aber genau die Richtigen.

QUELLENNACHWEIS

1 *https://www.tagesspiegel.de/wissen/familiengesundheit-geschwister-haben-ist-gesund/23054778.html*

2 *http://www.spiegel.de/kultur/literatur/das-buch-von-susann-sitzler-geschwister-a-1009931.html*

3 *Joachim Ringelnatz, Dichter*

4 *http://www.navigator-medizin.de/eltern_kind/die-wichtigsten-fragen-und-antworten/wachstum.html*

5 *Felson, R.B. und Russo, N.J.: »Parental punishment and sibling aggression«, Social Psychology Quarterly, 51 (1988), S. 11-18*

6 *http://www.beratung-caritas-ac.de/index.php?id=geschwister*

7 *https://www.bunte.de/family/kinder-schule/kindererziehung/der-ewige-zoff-im-kinderzimmer-deshalb-ist-geschwister-streit-so-wichtig.html*

8 *Brandtstädter, Jochen (Hrsg.) und Lindenberger, Ulman (Hrsg.): »Entwicklungspsychologie der Lebensspanne: ein Lehrbuch«, Kohlhammer W., GmbH, 2007, S. 173*

9 *http://www.fr.de/wissen/forschung-zwillinge-im-fokus-der-wissenschaft-a-1383297,0*

10 *https://www.ndr.de/fernsehen/sendungen/45_min/rueckschau/Gewalt-unter-Geschwistern-Lange-ein-Tabuthema,geschwister186.html*

11 *https://www.sueddeutsche.de/news/wissen/wissenschaft-us-forscher-ferien-sind-ehe-killer-dpa.urn-newsml-dpa-com-20090101-160821-99-169320*

12 *http://www.dr-wolfgang-krueger.de/presse_freiraum.pdf, Dr. Wolfgang Krüger: Freiraum für die Liebe, Kreuz Verlag, 2011*

13 *Juul, Jesper: »Essen kommen: Familientisch – Familienglück«, Beltz, Weinheim, 2017, S. 22*

14 *Sattelberger, Thomas; Welpe, Isabell und Boes, Andreas: »Das demokratische Unternehmen: Neue Arbeits- und Führungskulturen im Zeitalter digitaler Wirtschaft«, Haufe Lexware, 2015*

15 *Jung, Mathias, Dr. phil.: »Geschwister. Liebe, Hass, Annäherung«, emu Verlag, 2001, S. 84*

16 *https://www.tandfonline.com/doi/abs/10.1080/15248372.2013.848869*

17 *http://www.handelsblatt.com/panorama/aus-aller-welt/geburtenrate-in-deutschland-werden-immer-mehr-kinder-geboren/21122836.html*

18 *http://sciencev1.orf.at/science/news/60006*

19 *https://www.volksfreund.de/magazin/familie/vorbilder-rivalen-vertraute_aid-4892586*

20 *https://www.focus.de/familie/psychologie/praegt-die-geburtenfolge-den-charakter-schwierigste-rolle-faellt-sandwich-kindern-zu_id_4462013.html*

21 *Leman, Kevin: »Geschwisterkonstellationen: Die Familie bestimmt Ihr Leben«, übersetzt von Thomas Lardon, mvg Verlag, München, 2004, S. 9*

22 *Kasten, Hartmut: »Geschwister. Vorbilder, Rivalen, Vertraute«, Ernst Reinhardt Verlag, 2003, S. 166*

23 *Sitzler, Susan: »Geschwister. Die längste Beziehung des Lebens«, Klett-Cotta, Stuttgart, 2017, S.209*

24 *Ebd.*

25 *Kasten, Hartmut: »Geschwister. Vorbilder, Rivalen, Vertraute«, Ernst Reinhardt Verlag, 2003, S. 167*

26 Kasten, Hartmut: »Geschwister. Vorbilder, Rivalen, Vertraute«, S. 168
27 Kasten, Hartmut: »Geschwister. Vorbilder, Rivalen, Vertraute«, Ernst Reinhardt Verlag, 2003
28 https://blog.tausendkind.de/2018/01/17/geschwister-anzahl-altersabstand/
29 https://de.wikipedia.org/wiki/Liste_von_Wrestling-Begriffen
30 Kasten, Hartmut: »Geschwister. Vorbilder, Rivalen, Vertraute«, Ernst Reinhardt Verlag, 2003, S. 64
31 Ebd.
32 Kasten, Hartmut: »Geschwister. Vorbilder, Rivalen, Vertraute«, Ernst Reinhardt Verlag, 2003, S. 67
33 https://www.soft-skills.com/good-cop-bad-cop-taktik/
34 https://www.businessinsider.de/13-tricks-um-verhandlungen-zu-gewinnen-2016-2
35 http://www.badische-zeitung.de/liebe-familie/experte-raet-so-kann-man-vorurteilen-begegnen--114490551.html
36 http://www.badische-zeitung.de/Tutorliebe-familie/der-geschwister-mythos--153658394.html
37 https://www.tagesspiegel.de/wissen/familiengesundheit-geschwister-haben-ist-gesund/23054778.html
38 Dunn, J., & Plomin, R.: »Warum Geschwister so verschieden sind«, Klett-Cotta, Stuttgart, 1996
39 McGillicuddy-De Lisi, A. V. (1993): Sibling interactions and children›s communicative competency. Journal of Applied Developmental Psychology, 14, 365-383
40 Cicirelli, V. G. (1975): Effects of mother and older sibling on the problem-solving behavior of the younger child. Developmental Psychology, 11(6), 749-756
41 www.aachener-nachrichten.de/ratgeber/familie/gefechts-pausen-streit-mit-geschwistern-meistern_aid-25647863
42 http://www.spiegel.de/kultur/literatur/das-buch-von-susann-sitzler-geschwister-a-1009931.html
43 https://www.das-neue-ich.com/mein-angebot-im-detail/psychologische-beratung/
44 Kasten, Hartmut: »Geschwister. Vorbilder, Rivalen, Vertraute«, Ernst Reinhardt Verlag, 2003
45 http://www.spiegel.de/kultur/literatur/das-buch-von-susann-sitzler-geschwister-a-1009931.html
46 http://www.instyle.de/lifestyle/glueckliche-fuer-immer-beziehung?amp
47 http://www.instyle.de/lifestyle/glueckliche-fuer-immer-beziehung?amp
48 Schacter, Daniel L.: »Wir sind Erinnerung, Gedächtnis und Persönlichkeit«, übersetzt von Hainer Kober, Rowohlt, Reinbek, 2001
49 Bank, Stephen und Kahn, Michael: »Geschwister-Bindung«, DTV, München, 1998
50 http://www.psychologie.uni-frankfurt.de/56075439/Interview_mit_Frau_Prof_Knopf_in_der_Zeitschrift_Junge_Familie.pdf, S. 35
51 http://www.faz.net/aktuell/gesellschaft/menschen/wie-momente-aus-der-kindheit-in-erinnerung-bleiben-15367095.html
52 https://www.zeit.de/2010/45/Kindliche-Amnesie
53 https://www.aphorismen.de/zitat/14721

HOW TO SURVIVE ELTERNABEND

SO ÜBERLEBEN SIE KRABBELGRUPPE,
SCHULE UND SPORTVEREIN IHRES KINDES

HOW TO SURVIVE ELTERNABEND
SO ÜBERLEBEN SIE KRABBELGRUPPE,
SCHULE UND SPORTVEREIN IHRES KINDES
Mit Illustrationen von Jana Moskito
Von Angela Römelt
224 Seiten | Taschenbuch
ISBN 978-3-86265-599-1 | Preis 9,99 €

Das Phänomen des Elternabends begleitet Eltern vom Krabbelkreis bis zum Abiturjahrgang. Bis ein Kind endlich das Abiturzeugnis, den Ausbildungsvertrag oder das Sportabzeichen in der Hand hält, haben seine Eltern unzählige Stunden auf zu niedrigen Stühlen gesessen, endlose Diskussionen über das Mitnehmen von MP3-Playern und Smartphones auf Klassenfahrten hinter sich gebracht, Stapel von Wahlzetteln unterschrieben und Monologe anderer Eltern ertragen, die insgeheim lieber Lokalpolitiker geworden wären.

Um in diese und ähnliche Situationen nicht unvorbereitet hineinzugehen, gibt es keine bessere Vorbereitung als dieses Buch. Der Umgang mit Veranstaltern, Teilnehmern, Anlässen und Folgen von Elternabenden wird amüsant und hilfreich, immer aber authentisch beschrieben.

WWW.SCHWARZKOPF-SCHWARZKOPF.DE

HOW TO SURVIVE ALS SINGLE

ALLEIN IST MAN WENIGER ZU ZWEIT:
WIE FRAU DAS SCHÖNE SINGLELEBEN GENIESST!

HOW TO SURVIVE ALS SINGLE
ALLEIN IST MAN WENIGER ZU ZWEIT:
WIE FRAU DAS SCHÖNE SINGLELEBEN GENIESST!
Von Katrin Nusshold
376 Seiten, Taschenbuch
ISBN 978-3-86265-759-9 | Preis 12,99 €

Weiblich, 30, Single. Das heißt Stress. Man ist taktlosen Fragen ausgesetzt und kann quasi dabei zusehen, wie die Eierstöcke verkümmern. Also klatscht man sich frustriert das scharlachrote A für »Alte Jungfer« auf die Brust.

So muss das Singleleben nicht laufen. Blicken wir der Realität ins Auge: Beziehungen sind nicht so rosig, wie man sie sich vorstellt. Dieses Buch zeigt auf direkte Art mit einem Hauch Ironie, dass eine Singlefrau froh sein kann, keinen Mann an der Backe zu haben, über den sie sich ärgern und an den sie sich anpassen muss.

Als Single ist sie frei. Sie kann ihr Leben nach den eigenen Wünschen führen und sich selbst absolut treu bleiben. Weder muss sie Pärchenabende meiden noch die Hoffnung auf Liebe aufgeben – sie kann einfach glücklich sein.

WWW.SCHWARZKOPF-SCHWARZKOPF.DE

KATJA SCHWARZ, geboren 1991, lebt seit ihrem Studium der Soziologie und Politikwissenschaften in München und arbeitet als Autorin, mit dem Schwerpunkt Auslandsreportagen, für verschiedene Fernsehsender. Sie ist mit einem kleinen Bruder und einer großen Schwester aufgewachsen. Als »leidgeprüftes Sandwichkind« genießt sie es, in diesem Buch endlich mal ohne Unterbrechungen zu Wort zu kommen.

Katja Schwarz
HOW TO SURVIVE MIT GESCHWISTERN
Manchmal hassen wir sie, manchmal lieben wir sie.
Aber ohne sie wär's ganz schön langweilig!
Mit Illustrationen von Jana Moskito

ISBN 978-3-86265-752-0

HOW TO SURVIVE – DIE REIHE MIT DEM HAI wird von Martin Brinkmann und Oliver Schwarzkopf herausgegeben | Zeichnungen: Jana Moskito | Coverfotos von links oben nach rechts unten: © dgmphoto, © nadezhda1906, © Andrey Bandurenko, © ulza, © photophonie, © Martinan, © kanareva, © AllaSerebrina (alle: www.stock.adobe.com, © ArturVerkhovetskiy (www.depositphotos.com)

VERLAG
Schwarzkopf & Schwarzkopf Verlag GmbH
Kastanienallee 32, 10435 Berlin
Telefon: 030 – 44 33 63 00
Fax: 030 – 44 33 63 044

INTERNET | E-MAIL
www.schwarzkopf-schwarzkopf.de
www.facebook.com/schwarzkopfverlag
info@schwarzkopf-schwarzkopf.de